화성돈전

화성돈전

: 미국의 독립 영웅 워싱턴 전기

후쿠야마 요시하루 저
이해조 역
손성준·유석환 옮김

숭실대학교 한국기독교문화연구원은 1967년 설립된, 명실공히 숭실대학교를 대표하는 인문학 연구원으로 발전하여 오늘에 이르렀다. 반세기가 넘는 역사 동안 다양한 학술행사 개최, 학술지 『기독교와 문화』(구 『한국기독문화연구』)와 '불휘총서' 30권 발간, 한국기독교박물관 소장 자료의 연구에 주력하면서, 인문학 연구원으로서의 내실을 다져왔다. 2018년에는 한국연구재단의 인문한국플러스(HK+) 사업 수행기관으로 선정되어 또 다른 도약의 발판을 마련하였다.

본 HK+사업단은 "근대 전환공간의 인문학, 문화의 메타모포시스"라는 아젠다로 문학과 역사와 철학을 아우르는 다양한 인문학 연구자들이 학제간 연구를 진행하고 있다. 개항 이래 식민화와 분단이라는 역사적 격변 속에서 한국의 근대(성)가 형성되어온 과정을 문화의 층위에서 살펴보는 것이 본 사업단의 목표이다. '문화의 메타모포시스'란 한국의 근대(성)가 외래문화의 일방적 수용으로도, 순수한 고유문화의 내재적 발현으로도 환원되지 않는, 이문화들의 접촉과 충돌, 융합과 절합, 굴절과 변용의 역동적 상호작용을 통해 형성되었음을 강조하려는 연구 시각이다.

본 HK+사업단은 아젠다 연구 성과를 집적하고 대외적 확산과 소통을 도모하기 위해 총 네 분야의 총서를 발간하고 있다. 〈메타모포시스 인문학총서〉는 아젠다와 관련된 연구 성과를 종합한 저서나 단독 저서로 이뤄진다. 〈메타모포시스 번역총서〉는 아젠다와 관련하여 자료적 가치를 지닌 외국어 문헌이나 이론서들을 번역하여 소개한다. 〈메타모포시스 자료총서〉는 숭실대 한국기독교박물관에 소장된 한국 근대 관련 귀중 자료들을 영인하고, 해제나 현대어 번역을 덧붙여 출간한다. 〈메타모포시스 교양문고〉는 아젠다 연구 성과의 대중적 확산을 위해 기획한 것으로 대중 독자들을 위한 인문학 교양서이다.

본 사업단의 연구가 진행되는 가운데 새로운 총서 시리즈인 〈근대계몽기 서양영웅전기 번역총서〉를 기획하였다. 1907년부터 1911년까지 집중적으로 출간된 서양 영웅전기를 현대어로 번역하여 학계에 내놓음으로써 해당 분야의 연구 자료로 제공하자는 것이 기획 의도이다.

총 17권으로 간행되는 본 시리즈의 영웅전기는 알렉산더, 콜럼버스, 워싱턴, 넬슨, 표트르, 비스마르크, 빌헬름 텔, 롤랑 부인, 잔다르크, 가필드, 프리드리히, 마치니, 가리발디, 카보우르, 코슈트, 나폴레옹, 프랭클린 등 서양 각국을 대표하는 인물이다. 1900년대 출간 당시 개별 인물 전기로 출간된 것도 있고 복수의 인물들의 약전으로 출간된 것도 있다. 이 영웅전기는 국문이나 국한문으로 표기되어 있는데, 국문본이어도 출간 당시의 언어로 표기되어 있으므로 지금 독자가 읽기에는 다소 어려울 것으로 예상된다. 이에 원문을 현대어로 번역하고, 원자료를 영인하여 첨부함으로써 일반 독자는 물론 전문 연구자에게도 연구 자료로 제공하고자 했다. 현대

어 번역은 해당 분야 전문가의 도움을 받았다. 본 시리즈가 많은
독자와 만날 수 있도록 애써 주신 연구자들께 감사드린다.

동양과 서양, 전통과 근대, 아카데미즘 안팎의 장벽을 횡단하는
다채로운 자료와 연구 성과를 집약한 메타모포시스 총서가 인문학
의 지평을 넓히고 사유의 폭을 확장하는 데 기여할 수 있기를 기대
한다.

2025년 2월
숭실대학교 한국기독교문화연구원 HK+사업단장
장경남

차례

일러두기

01. 번역은 현대어로 평이하게 읽힐 수 있는 것을 원칙으로 하였다.

02. 인명과 지명은 본문에서 해당 국가의 발음을 한글로 표기하고 각주에서 원문의 표기법과 원어 표기법을 아울러 밝혔다. 역사적 실존 인물인 경우 가급적 생몰연대도 함께 밝혔다.

    예) 루돌프(羅德福/ Rudolf Ⅰ, 1218~1291)

03. 한자는 꼭 필요한 경우 괄호 안에 병기하였다.

04. 단락 구분은 원본을 기준으로 삼되, 문맥과 가독성을 위해 필요한 경우 번역자가 추가로 분절하였다.

05. 문장이 지나치게 길면 필요에 따라 분절하였고, 국한문 문장의 특성상 주어나 목적어 등 필수성분이 생략되어 어색한 경우 문맥에 따라 보충하여 번역하였다.

06. 원문의 지나친 생략이나 오역 등으로 인해 그대로 번역했을 때 의미가 잘 전달되지 않는 경우 번역자가 [ ] 안에 내용을 보충하여 번역하였다.

07. 대사는 현대의 용법에 따라 " "로 표기하였고, 원문에 삽입된 인용문은 인용 단락으로 표기하였다.

08. 총서 번호는 근대계몽기 영웅 전기가 출간된 순서를 따랐다.

09. 책 제목은 근대계몽기에 출간된 원서 제목을 그대로 두되 표기 방식만 현대어로 바꾸고, 책 내용을 간결하게 풀이한 부제를 함께 붙였다.

10. 표지의 저자 정보에는 원저자, 근대계몽기 한국의 번역자, 현대어 번역자를 함께 실었다. 여러 층위의 중역을 거친 텍스트의 특성상 번역 연쇄의 어떤 지점을 원저로 정할 것인지가 문제였다. 일단 근대계몽기 한국의 번역자가 직접 참조한 판본부터 거슬러 올라가면서 번역 과정에서 많은 개작이 이뤄진 가장 근거리의 판본을 원저로 간주하고, 번역 연쇄의 상세한 내용은 각 권 말미의 해설에 보충하였다.

서언

내가 미국사를 읽고서 천년 불후의 영웅을 구하다가 한 사람을 얻었다. 그 기개는 온화한 바람의 봄날이고, 빼어난 봉우리와 맑고 푸른 샘과 같다. 그 뜻은 아름다운 옥과 황금이고, 숫돌의 평평함과 송백(松柏)의 무성함과 같다. 이는 누구인가? 고금 세계의 제일인걸 워싱턴[1]이 아니겠는가. 워싱턴은 호걸 중의 군자이자 군자 중의 영웅이다.

비평가가 말했다.

"옛사람이 일찍이 이르길 '세상에 완전한 사람이 없다'고 하지만 위아래로 3천 년 동안 성인 이외에는 완전한 사람에 가까운 자는 오직 워싱턴뿐이다. 강하되 부드럽고, 엄하되 온화하며, 의지가 굳세고, 재지(才智)가 충만하다. 영웅의 담력과 지략이 있고, 군자의 훌륭한 덕을 겸하였으며, 자신감이 넘치고, 겸손함이 넉넉하다. 개인의 자유주의를 품되 국가의 관념을 잊지 않는다. 군인으로서 말하면 지혜와 용기의 장군이고, 정치로서 말하면 사람을 이끄는 지

1) 워싱턴(華盛頓, George Washington, 1732~1799)

도자이다. 요컨대 박애하고 공명정대한 인물이다."

일찍이 들으니 링컨[2]이 농사를 지을 때 워싱턴의 품격을 몹시 흠모해 그 행위를 본받다가 마침내 미국의 두 번째 국부가 되었다고 한다. 아! 저 영걸 링컨도 그 숭배가 이와 같았는데, 마땅히 구미 인사들이 첫째가는 인물을 논하면 반드시 워싱턴을 추천할 것이다. 현재 사회의 형편을 보건대 차마 말하지 못할 자가 많다. 바라건대 우리의 후인은 워싱턴을 거울삼아 자유와 공리, 국가와 국민을 일으켜야 할 것이다.

---

2) 링컨(林肯, Abraham Lincoln, 1809~1865): 미국의 16대 대통령으로, 1861년부터 1865년까지 재임했다. 그는 남북 전쟁을 이끌며 노예제를 폐지하고, 미국의 단합을 지키기 위해 중요한 역할을 했다.

제1장

학교 생도와 측량 기사

　북미합중국[1] 건국의 아버지 워싱턴은 그 선조가 영국인이다. 13세기에 가문이 농업에 종사하다가 1657년에 존[2]과 로렌스[3] 형제 두 사람은 영국을 떠나 북미[4]에 와서 웨스트모어랜드 카운티[5] 포토맥강[6] 부근에 정착했다. 형 존은 주 군대의 지휘관이 되어 포프[7]를 아내로 맞아 2남 1녀를 낳았고, 그 장남도 두 아들을 또 낳았다. 어린 아들의 이름이 어거스틴[8]이었는데, 곧 워싱턴의 아버지였다.

---

1) 북미합중국(北美合衆國, United States of America)

2) 존(專興, John Washington, 1633~1677): 미국의 초대 대통령인 조지 워싱턴의 할아버지다. 그는 영국 식민지 시절에 주로 농업과 군사 활동에 종사했다.

3) 로렌스(魯倫斯, Lawrence Washington, 1635~1677): 조지 워싱턴의 아버지인 존 워싱턴의 동생으로, 버지니아에서 군인 및 토지 소유자로 활동했다. 그는 버지니아의 중요한 농장과 군사 활동에 참여했으며, 워싱턴 가문의 토지 및 사회적 지위를 확립하는 데 중요한 역할을 했다.

4) 북아메리카(北美/北美州, North America)

5) 웨스트모어랜드 카운티(惠斯穆蘭郡, Westmoreland County)

6) 포토맥강(薄脫馬若河, Potomac River)

7) 포프(北巴, Ann Pope Washington, 1638~1668): 조지 워싱턴의 할머니로, 버지니아의 중요한 초기 식민지 정착민이었다. 그녀는 존 워싱턴과 결혼해 워싱턴 가문의 토지 소유와 번영에 기여하며, 가족의 영향력을 확립한 인물로 알려져 있다.

전처는 네 아들을 낳았는데, 두 아들은 일찍 죽었다. 후실은 볼[9] 중령의 딸로 워싱턴을 낳았는데, 때는 1732년 2월 22일이었다.

어거스틴이 죽었을 때 워싱턴은 이제 막 13세였다. 그 형제가 아버지의 유언을 따라서 생계를 각자 꾀했을 때 워싱턴의 가옥 토지는 스태퍼드 카운티[10]에 있었다. 이때 여러 동생들이 모두 어려서 어머니 볼이 재산을 맡았는데, 신중하고 부지런하여 의무를 극진히 다했다.

버지니아[11] 지방 교육의 결점은 아주 많았다. 그러므로 워싱턴의 배움은 단지 읽기, 습자, 산술, 부기 등의 항목뿐이었다. 워싱턴의 성격이 활발하여 달리기, 높이뛰기, 씨름, 창던지기 및 기타 경쾌한 힘이 필요한 놀이를 모두 좋아했다. 특히 병법을 좋아해 어렸을 때 아이들을 모아서 군대와 진지를 가짜로 만들고 전쟁놀이를 했다.

워싱턴은 어렸을 때 작문에 매우 서툴렀는데, 해가 갈수록 열심히 공부해 그 대의를 비로소 전달할 수 있었다. 나중에 프랑스어를 배웠다. 진보가 없었지만 필기본 작성에는 조리가 없지 않았다. 산술의 실용학, 기학학 및 측량법의 정확한 도식으로써 발명한 것이

---

8) 어거스틴(柯架斯頓, Augustine Washington, 1694~1743): 조지 워싱턴의 아버지로, 버지니아에서 중요한 농장주이자 사업가였다. 그는 큰 토지 소유자였으며, 워싱턴 가문의 부와 사회적 지위를 확립하는 데 중요한 역할을 했다.

9) 볼(波路, Joseph Ball, 1649~1711): 조지 워싱턴의 외할아버지로, 버지니아에서 성공적인 농장주이자 상인으로 알려져 있다. 그는 워싱턴 가문에 중요한 재정적 기반을 마련하고, 그의 후손들이 사회적 지위를 확립하는 데 큰 영향을 미쳤다.

10) 스태퍼드 카운티(武福特郡, Stafford County)

11) 버지니아(巴其尼惡/巴基亞, Virginia)

많았다. 또 여러 증명 서식도 있었는데, 토지임대차계약서, 영수증 및 각종 문서의 서식이었다. 나중에 또 수백 종을 모아 기록했는데, 뛰어난 논문이 아주 많았다.

워싱턴은 학과목을 익히고 닦은 것 외에도 언행을 신중히 하여 덕을 잃는 일이 없었다. 예의와 겸손을 유지하고자 하여 격언을 뽑아 책 한 권을 만들어서 그 이름을 『언행규율』이라고 불렀다. 유년기의 거친 기질과 격렬한 성품을 억제하고 완전한 자치력을 양성했다. 『언행규율』은 모두 110개의 조목이었다. 지금 몇 조목 을 들어 다음과 같이 제시한다.

다른 사람 앞에서 콧소리를 내거나 노래를 부르거나 춤을 추 는 것은 모두 불경한 일이다.

무릇 바쁜 사람에게 말할 때는 간단명료함이 소중하다.

무릇 통달한 사람 앞에서는 사소한 일로 재잘거리지 말고, 비루한 사람 앞에서는 중대한 문제를 이야기하지 말라. 세속에 의심을 일으키기 때문이다.

일에 대해 미리 말할 때는 그 선악을 헤아리고, 그 질서를 구분하여 조리 있게 해야 한다.

무릇 언행은 그 마음에 항상 부끄러움이 없기를 구해야 한다.

이상의 사실로 미루어 살피면 그 언어와 거동은 비록 훌륭하고 거리낌이 없었지만, 실제로는 엄정하고 정숙하였다. 극기의 공부 로 정신을 도야해 정확한 인물을 양성한 것이었다.

담력과 지략을 타고나 모험을 불사했는데, 해군이 대해로 보루를 삼고, 푸른 하늘을 장막으로 삼아 폭풍과 성난 파도와 싸우는 장쾌함을 보고 해군에 입대할 뜻이 생겼다. 그때 나이가 15세로 소학교에 재학 중이었다. 그 형은 해군 소위 후보생의 추천서를 얻어주었다. 워싱턴이 매우 기뻐하며 해군에 막 들어가려고 했을 때 어머니가 해군의 방종함을 본디 싫어하여 저 소년의 몸으로 그곳에 입대함을 불허했다. 워싱턴은 그 뜻을 바꾸어 다시 학교로 돌아갔다.

16세에 이르러 소학교를 졸업하고, 기하, 삼각, 측량의 각종 방법을 연구하여 학교 주변 평원에서 실지로 연습했다. 그 근방 여러 곳을 실지 연습으로 정밀히 측량해 수첩에 일일이 그것을 기록했는데, 사람들이 비웃어도 신경 쓰지 않았다. 대체로 어떤 일을 막론하고 실험으로써 종지(宗旨)를 삼아서 털끝만큼도 구차한 마음이 없었다. 사소한 일도 이와 같았으므로 국가와 사회에 대처함도 미루어 알 수 있을 것이다.

이때 형은 마운트버넌[12]에 살았다. 워싱턴이 졸업한 뒤에 어머니가 이곳으로 그를 보내 형과 함께 살게 했다. 그 형수의 아버지 윌리엄 페어팩스[13]가 영국에서 와서 워싱턴을 보고 매우 사랑하고 소중하게 여겼다. 워싱턴이 세상 사람에게 소중히 여겨진 것은 이

---

12) 마운트버넌(培爾嫩邱, Mount Vernon)
13) 윌리엄 페어팩스(威亞弗斯, William Fairfax, 1691~1757): 조지 워싱턴의 친척이자 중요한 버지니아 식민지의 토지 소유자였다. 그는 버지니아에서 정치인, 공직자로 활동하며, 워싱턴 가문과 긴밀한 관계를 유지했다.

렇게 시작되었다.

월리엄 페어팩스는 문학에 능하고, 뛰어난 인재를 사랑했다. 워싱턴이 어린 나이에도 정직하고, 침착하고, 의젓하며, 용감한 것을 깊이 사랑하여 속지(屬地)를 살필 때는 반드시 데리고 다녔다. 그 판단이 명석함을 사랑하여 속지의 측량을 부탁했다. 그중 앨러게니 산맥[14]은 수십 리에 걸쳐 큰 호수, 깊은 산골짜기, 계곡이 많았다. 원주민도 사납고 모질어서 늘 이리저리 옮겨 다니며 살인을 일삼았으므로 굳세고 용감한 자가 아니면 능히 가지 못했다. 당시에 원주민 중 정착하는 자가 없었으므로 구역을 나누는 일은 실로 가장 중요한 급무였다.

워싱턴은 월리엄의 부탁을 받아들여 1748년 4월에 잔설이 아직 녹지 않았는데 측량기를 가지고 월리엄의 아들과 동행했다. 4월 15일에 월리엄의 아들이 워싱턴의 큰형에게 편지를 전했다.

"저는 종일 일이 바쁩니다. 현재 거주하는 곳은 어느 작은 집입니다. 매일 저녁 식사에 잠깐 이야기하다가 마침내 모두 잠드는데, 잠자리는 불결하고 침구는 온전치 않아 형편이 아주 군색합니다. 이 집 또한 지대가 낮아 습하고 이(虱)가 많습니다. 그래서 옷과 신발을 벗지 않고 당신 동생과 함께 앉아 밤을 지샙니다……."

---

14) 앨러게니 산맥(亞奈加尼山脉, Allegheny Mountains)

이는 워싱턴이 그곳에 처음 이르러 나무꾼의 작은 집에서 밤을 지내는 광경이다. 대체로 그는 부귀하게 자라나서 가난한 상황을 알지 못했다. 비취색 휘장의 붉은색 침실에 앉고 눕지는 못했지만, 음식은 충분히 굶주림을 면했고, 옷은 충분히 추위를 막았으며, 휘장 하나의 침상은 충분히 편했다. 지금 이 광경을 보면 어찌 경탄치 않겠는가. 그러므로 그 편지는 참으로 부득이한 상황에서 보낸 것이었다. 그러나 이런 행동은 세상살이의 어려움을 충분히 가르쳐주는 것이었다. 무릇 깊은 숲과 가시덤불은 길을 가로막았고, 높은 산과 험한 계곡은 전방을 에워쌌으며, 맹수가 습격했고, 원주민들은 노략질했다. 종종 자연과의 싸움은 다 영웅의 심지와 담력을 연마하고 신체를 강건하게 하므로 나중에 공을 세우고 과업을 이루는 데 도움이 되었다.

워싱턴이 종사한 지 두 달 동안 인욕을 모두 끊고 정교한 심력을 다하여 맡은 일을 완수했다. 이후로 측량의 명성이 크게 알려졌다. 또 그 기간에 토지의 형세와 원주민들의 내부 사정을 알아서 후일 군대 일과 관계되는 것이 적지 않았다. 앞으로 측량학을 세계에 크게 쓰고자 하여 3년을 더 연구했다.

그런데 그가 지기를 얻은 결과가 어찌 이에 그쳤겠는가. 윌리엄 집에는 서적이 매우 많았다. 모두 새로운 저술이었고, 진부한 것은 없었다. 그러므로 워싱턴이 호학(好學)의 숙원을 드디어 이루어 식견이 더욱 높아졌다. 그중에 대가인 애디슨[15]의 저술을 특히 좋아

---

15) 애디슨(亞基遜, Joseph Addison, 1672~1719): 영국의 작가, 시인, 정치가이다.

하며 말했다.

"지혜를 넓히려면 많이 듣기를 반드시 먼저 하고, 덕을 세우려면 인(仁)을 가까이하는 것을 반드시 먼저 하라. 젊은 시절은 홀연히 금세 지나간다."

영국[16]과 프랑스[17]의 식민지 전쟁이 비로소 일어났다. 이에 일세의 인걸 워싱턴의 이름이 세상에 알려졌다.

그의 글은 사회적, 문화적 문제를 풍자하며, 영어 문학에 큰 영향을 미쳤다.
16) 영국(英/英國, The United Kingdom)
17) 프랑스(法/法蘭西, France)

영국과 프랑스의 식민지 전쟁 및 육군 대령

1492년 10월 12일에 콜럼버스[1]가 아메리카[2] 신대륙을 발견한 새로운 소식이 스페인[3]으로부터 전 유럽[4]에 떠들썩하게 전해지자 각국 정부가 그 풍요를 부러워하여 백성을 앞다투어 이주시켰다. 17세기 말엽에 북아메리카 대서양[5] 연안에 각국 식민지가 널리 퍼져 있었다. 이에 앞서 스페인은 중앙아메리카의 멕시코,[6] 플로리다[7]를 점령했고, 프랑스는 북아메리카의 북부를 점령했는데, 곧 지금의 캐나다[8] 동부다. 영국 식민지는 그 중앙의 버지니아와 대서양

---

1) 콜럼버스(哥侖布, Christopher Columbus, 1451~1506): 이탈리아 출신의 탐험가로, 1492년에 스페인 왕실의 후원을 받아 신대륙을 발견한 것으로 유명하다. 그의 항해는 유럽과 아메리카 대륙 간의 교류를 시작하게 되었으며, 대항해시대의 중요한 전환점을 이루었다.

2) 아메리카(亞米利加, America)

3) 스페인(西班牙, Spain)

4) 유럽(歐洲/歐, Europe)

5) 대서양(大西洋, Atlantic Ocean)

6) 멕시코(墨西哥, Mexico)

7) 플로리다(夫洛利達/夫洛利達, Florida)

8) 캐나다(坎拿大, Canada)

연안을 점령했고, 네덜란드[9] 영지는 그 사이에 띄엄띄엄 있었을 뿐이다. 당시에 오직 영국과 프랑스 두 나라만이 식민지에 광대한 권력이 있어서 강토를 서로 늘렸으므로 두 나라의 경쟁이 더욱 치열했다. 1689년에서 1697년에 이르는 8년 동안의 영국 윌리엄 왕 전쟁[10]과, 1702년에서 1713년에 이르는 12년 동안의 앤 여왕 전쟁[11]과, 1744년에서 1748년에 이르는 4년 동안의 조지 왕 전쟁[12] 등 3차례 모두 평화의 국면이 정해지지 못했다. 조지 왕 전쟁 3년 후에 영국과 프랑스의 식민지 경계 문제는 다시 싸움의 발단이 되었다. 프랑스인이 원주민들을 선동하여 영국 경계를 침입하자 인심이 다시금 들끓었다. 영국령 식민지에서 민병을 대대적으로 모집할 때 워싱턴은 20세의 혈기 왕성한 청년이었다. 오랜 뜻을 이루고자 하여 어머니께 청하고 육군에 투신했다. 이때 민병 조직을 여러 구역에 나누고, 각 구역에 소령 한 명을 둬서 검열, 감독, 연병

---

9) 네덜란드(荷蘭, Holland/Netherlands)

10) 윌리엄 왕 전쟁(英王威廉戰爭, King William's War, the Second Indian War, 1688~1697): 영국과 프랑스 식민지 간 최초의 전쟁이다. 이 전쟁을 시작으로 약 1세기 동안 영국과 프랑스의 식민지 전쟁이 전개된다. 그 결과 신대륙에서 영국의 식민지가 확장되고, 프랑스의 식민지는 위축되었다.

11) 앤 여왕 전쟁(女王亞唔戰爭, Queen Anne's War, 1702~1713): 유럽의 국가들이 프랑스의 스페인 왕위 계승을 저지하려고 일어난 '스페인 왕위 계승 전쟁' 때 식민지에서 발생한 전쟁이다. 이 전쟁에서 승리한 영국은 프랑스로부터 뉴펀들랜드, 노바스코샤, 허드슨만 지역을 확보했다.

12) 조지 왕 전쟁(專輿王戰爭, King George's War, 1744~1748): 오스트리아 왕위 계승 전쟁 때 발생한 영국과 프랑스의 식민지 전쟁이다. 영국이 프랑스의 루이스버그 요새를 점령했지만, 1748년의 엑스라샤펠 조약 결과 루이스버그 요새를 프랑스에 반환했다.

의 세 가지 일을 맡겼는데, 워싱턴이 친구의 주선으로 감독의 명을 받고 그 일에 종사하였다. 병서를 연구하고 군사학 전문가에게 가르침을 구하며 전력을 다하기로 다짐했다.

워싱턴이 명을 받은 지 얼마 되지 않아 큰형이 병에 걸렸다. 형의 병실에 갔을 때 천연두에 걸려서 고통을 호소하다가 오래지 않아 다행히 나았지만, 형의 병은 점점 심해져 치료가 무효했다. 버지니아에 함께 갔다가 형이 죽었다. 때는 1752년 7월 26일이었다. 죽을 때 유언을 남겼다.

"남긴 땅을 어린 딸에게 주었다가 딸이 죽거든 네가 이어받아라."

워싱턴은 형수를 위하여 뒤처리를 잘했고, 그 직무도 결코 소홀히 하지 않았다. 버지니아 북방 감독의 임무를 또 받았는데, 이때 워싱턴의 나이 22세였다.

1년이 지나 국민의 중대한 임무가 워싱턴 신상에 또 맡겨졌다. 그때 영국과 프랑스는 앨러게니 산맥 서부의 오하이오[13] 등 기름진 들판을 두고 서로 다투었다. 프랑스인이 구실을 대며 말했다.

"이 땅을 프랑스인이 먼저 발견했으므로 프랑스인이 마땅히 점령해야 한다."

영국인이 말했다.

"원주민에게 얻었다."

서로 물러서지 않았다. 프랑스인은 병사를 대거 몰고 오하이오에 들어와 원주민을 꾀어 영국인을 습격해 죽이고, 그 기회를 틈타

---

13) 오하이오(屋淮郁, Ohio)

목책을 완성하고자 했다. 영국 관리가 할 수 없이 한 사람을 프랑스군에 보내어 그 이유를 따져 물으려 했다. 사절로 보낼 만한 인재는 소령 워싱턴을 빼면 능히 감당할 자가 없었다. 그러므로 워싱턴이 그 선택을 받았다.

얼마 후 프랑스군은 견고한 요새를 오하이오에 두텁게 쌓았고, 원주민을 꾀어 영국의 작은 요새를 파괴했으며, 상인을 사로잡아 캐나다로 보냈다. 원주민 추장은 크게 놀라 그 생각을 따져 물었다. 프랑스 장군은 자기 뜻을 이 토지에서 행한다고 했다. 이에 영국인에게 구원을 청했다. 영국 주지사가 워싱턴을 임명하여 오하이오로 보냈다. 때는 1753년 10월 31일이었다. 워싱턴이 원주민 4명과 프랑스 통역관 1명을 데리고 윌스크리크[14]에 이르렀다. 그 지역 신사(紳士) 기스트[15]가 토지 사정에 아주 익숙하므로 동행을 권했다. 7명이 식민지에서 점점 멀어져 불모지로 깊이 들어갔다. 윌리엄 페어팩스의 측량 일 덕분에 인근 사방을 익숙히 알았다. 옛길에 다시 왔기에 심히 편했다.

이동한 지 얼마 되지 않아 오하이오강에 이르렀다. 그 지명은 피츠버그[16]로 곧 앨러게니와 머논가힐라[17] 두 큰 강이 서로 만나는

---

14) 윌스크리크(溫司里克, Wills Creek)

15) 기스트(克士脫, Christopher Gist, 1706~1759): 영국계 미국인 탐험가이자 초기 정착민으로, 1750년대에 오하이오 밸리와 그 주변 지역을 탐험한 것으로 유명하다. 그는 프렌치 인디언 전쟁 중 중요한 정보 제공자로 활동했으며, 후에 미국의 개척과 확장에 기여한 인물로 평가된다.

16) 피츠버그(比次罷古, Pittsburgh)

17) 머논가힐라(木諾軋拉, Monongahela)

곳이었다. 워싱턴은 요충지임을 알아보고 목책 하나를 쌓고자 하다
가 사명을 아직 마치지 않은 까닭에 실행하지 못했다. 이 강을 따라
서 20마일을 이동하다가 한 촌락에 이르렀다. 원주민을 모집하여
평의회를 열고, 사명의 목적과 주지사의 의견을 알렸다. 수일을 머
물다가 프랑스군 총독 본진을 향해 나아갔을 때 추장이 원주민 4명
을 보내 길 양쪽에서 호위했다. 프랑스군 대위가 종종 모략을 세워
원주민을 유혹했지만, 어찌 워싱턴을 속일 수 있었겠는가. 워싱턴
이 이리호[18] 남쪽에 이르러 사명을 전하자 프랑스 총독 생피에르[19]
가 대답했다.

"나는 장관의 명을 받들어 오하이오 요새를 지키는 것이다. 나
는 다만 맡은 일을 행할 뿐이다."

이 대답은 영국인이 헤아린 데에서 벗어나지 않았다. 워싱턴은
무례한 대답을 듣고, 그 요새의 진지와 병력의 강약을 염탐하여
돌아왔다. 도로의 험난함은 또다시 평범한 사람이 감당할 수 있는
바가 아니었다.

윌리엄즈버그[20]의 길은 험난함으로 천하제일이었다. 깎아지른
듯한 언덕과 절벽에는 비탈길도 찾을 수 없었고, 밧줄을 당길 수도
없었다. 더구나 섣달의 살을 에는 듯한 계절에 쌓인 눈이 길을 덮었

---

18) 이리호(伊犁湖, Lake Erie)

19) 생피에르(沈布, Jacques Legardeur de Saint-Pierre, 1701~1755): 18세기 프
렌치 인디언 전쟁 직전과 전쟁 중에 북미 전역에서 직책을 맡았던 캐나다 식민지
군사 지휘관이자 탐험가이다.

20) 윌리엄즈버그(維里亞勃, Williamsburg)

다. 무너진 눈이 아래로 떨어져서 피할 곳을 찾지 못했고, 물결이 크게 일어나서 건널 방법이 전혀 없었다. 호위하는 원주민은 프랑스인의 지시를 받아 중도에 몰래 달아났다. 프랑스인이 다시금 간첩을 보내서 빈번히 암습해 아끼는 말과 충성스러운 종이 쓰러지거나 죽었다. 따르던 자 중 오직 기스트 한 사람만 간신히 탈출했다. 시야가 너무 흐려 시골집을 찾지 못했고, 식량도 보이지 않았다. 하지만 워싱턴은 흔들리거나 꺾이지 않고 정신을 더욱 가다듬어 다음 해 1월 26일에 윌리어즘버그에 마침내 돌아왔다. 기스트는 이때부터 워싱턴을 복종하여 섬겼다.

주지사 딘위디[21]는 프랑스 총독의 말을 듣고 대노하여 병력을 정돈해 워싱턴에게 위임했다. 피츠버그 땅에 요새를 쌓았을 때 주지사는 민병을 다시 모아 대령 프라이[22]가 통솔하게 했고, 워싱턴을 뽑아 중령으로 삼았다. 프랑스 장군 콩트레쾨르[23]는 소식을 듣고 프랑스 병사와 원주민 약간을 이끌고 앨러게니를 습격해 왔다.

---

21) 딘위디(亭維樑, Robert Dinwiddie, 1692~1770): 영국의 식민지 행정관이자 버지니아의 주지사로, 1751년부터 1758년까지 버지니아를 통치했다. 그는 프렌치 인디언 전쟁의 발발을 촉진한 주요 인물로, 영국의 북미 식민지 확장을 위한 중요한 역할을 했다.

22) 프라이(夫里, Colonel Joshua Fry, 1699~1754): 버지니아의 군인 및 학자로, 프렌치 인디언 전쟁 중 중요한 역할을 했다. 그는 1754년, 당시 버지니아 총독의 명령으로 군을 이끌고 오하이오 계곡 지역에서 프랑스군과 싸웠으며, 그해 군사 작전 중 사망했다.

23) 콩트레쾨르(康帶克, Claude-Pierre Pécaudy de Contrecœur, 1705~1775): 프랑스의 군인으로, 프렌치 인디언 전쟁 동안 중요한 역할을 했다. 그는 1754년 오하이오 계곡에서의 싸움에서 프랑스군을 이끌었다.

워싱턴은 중도에서 프랑스 병사가 오는 것을 알고 급히 주지사께 보고하여 군비를 증강하고, 머논가힐라에 요새 쌓기를 요청했다. 얼마 후 기스트가 보고했다.

"프랑스군 한 부대가 그레이트 메도우[24]에서 5마일 떨어져 있다."

워싱턴은 병사 40명을 이끌고 몰래 밤에 원주민 촌락에 이르러 그 추장을 꾀어 프랑스 병사를 공격하고, 프랑스 장군 주먼빌[25]을 죽였다. 때는 1754년 3월 28일이었다.

이때 프라이 대령이 병사했다. 워싱턴이 그 직책을 이어받아 버지니아 병사를 휘하에 다 거두었다. 프랑스군이 반드시 와서 다시 습격할 것을 알고 그레이트 메도우 본진을 보수하여 온갖 계책으로 방어했다. 이것이 네세시티 요새[26]였다.

이때 프랑스군은 오하이오 들판에 있었다. 나이아가라,[27] 르뵈프[28] 두 요새로 근거지를 만들고, 대군 수만을 서쪽으로 향하여 영국 식민지를 침입하고자 했다. 샘플레인[29] 호숫가에 성을 쌓고, 샛길로 뉴욕[30]을 장차 압박하려고 수천 병사를 상시 주둔하고, 영국 식민지

---

24) 그레이트 메도우(格來特密, Great Meadows)

25) 주먼빌(裘蒙弼, Joseph Coulon de Villiers, Sieur de Jumonville, 1718~ 1754): 프랑스의 군인으로, 프렌치 인디언 전쟁에서 중요한 역할을 했다. 그는 1754년에 버지니아군의 조지 워싱턴에게 포로로 잡혀 사망했다. 그의 죽음은 전쟁의 발발을 촉발한 사건 중 하나로 알려져 있다.

26) 네세시티 요새(奈塞啓寨, Fort Necessity)

27) 나이아가라 요새(尼恰軋寨, Fort Niagara)

28) 르뵈프 요새(爾布夫寨, Fort Le Bœuf)

29) 샘플레인호(香巴侖湖, Lake Champlain)

30) 뉴욕(紐約, New York)

의 허실을 엿보았다. 이때 영국 식민지의 형세는 상비 군대가 없어 어찌할 바를 몰랐다. 민병을 징집했지만, 병사의 수효가 부족했고, 병기와 탄약이 미비했으며, 보루와 요새는 미완성이었다. 그러므로 만약 프랑스군이 한 걸음을 나아가게 되면 여러 요새가 연이어 함락하여 영국의 차지는 앞으로 없게 될 터였다. 당시 프랑스군의 병력이 앨러게니 방면으로 집중해서 워싱턴의 책임이 중대해졌다. 이때 막하에 대위 맥케이[31]이란 자가 있었다. 영국에서 파견된 육군 사관이었는데, 강경하게 요청했다.

"식민지에서 물러나 지키면서 영국 왕의 명령을 기다립시다."

워싱턴은 굳은 각오로 말했다.

"내가 국경에서 물러나 수비하면 우리 군은 안전하겠지만, 우리 군이 계속 지더라도 수일을 지체하면 우리 식민지의 군비는 점점 굳건해질 것이다."

버지니아 부대를 이끌고 몇 마일을 나아가 장차 적군을 막고자 했다. 프랑스군의 많은 병사가 그 땅을 이미 점령했다. 버지니아 연대를 명령해 프랑스군과 맞서게 하자 맥케이가 필패임을 자주 말했다. 워싱턴이 꾸짖으며 말했다.

"내 흉중에 계책이 있는데 당신은 왜 걱정하는가."

병사를 독촉하여 방어가 미완성인 곳을 계속 보수했다. 갑자기

---

31) 맥케이(麥寇, James Mackay, 1718~1785): 스코틀랜드 출신의 군인으로, 프렌치 인디언 전쟁 동안 영국군의 장교로 활동했다. 그는 1755년, 미션 리버에서 프랑스군과 싸운 전투에서 중요한 역할을 했으며, 후에 북미에서 영국의 군사 작전을 이끌었다.

적군이 대거 이르렀고, 포격이 아주 맹렬했다. 하지만 워싱턴은 응전하지 않았다. 그 고요함은 사람이 없는 것과 같았다. 잠시 후 프랑스군이 곧장 이르렀다. 이때 영국군이 함성을 지르며 뛰쳐나갔고, 복병은 다시금 조응하여 힘을 다해 싸웠다. 프랑스군의 사망자가 헤아릴 수 없었다.

워싱턴은 용기를 북돋우며 굽히지 않고, 시체를 넘어 다시 나아갔다. 프랑스 장군 드 빌리에[32]가 강화를 요청했다. 이는 워싱턴에게 절호의 기회였다. 이에 따라 약속하길 "요새를 양보하고 나가면 1년을 휴전한다"라고 하자 프랑스 장군이 허락했다. 이 전투에서 영국군 사망자는 겨우 12명이었고, 부상자는 42명이었다. 즉시 돌아오자 주지사가 칭찬하고 상을 내렸다. 이는 1754년 7월 3일이었다. 식민지에서 이 기회 덕분에 군비를 크게 보수할 수 있었다.

식민지의 군비가 이윽고 점점 견고해지자 주지사 딘위디가 말했다.

"앨러게니에 요새를 다시 쌓아서 뒤켄[33]으로 진격하지 않을 수 없다."

워싱턴이 극력으로 간언했다.

"훈련이 미숙하고 병기가 미비한데, 몹시 추운 겨울에 병사를 움직이는 것은 반드시 불리합니다. 또한 천하에 신뢰를 잃는 일을

---

32) 드 빌리에(杜理, Louis Coulon de Villiers, 1710~1757): 프랑스의 군인으로, 프렌치 인디언 전쟁 중 중요한 역할을 했다.
33) 뒤켄(梯肯, Duquesne)

지혜로운 장군은 취하지 않습니다."

이때 주 의회 역시 논의했다.

"전쟁하기에는 계절이 적당하지 못하다."

그러나 주지사가 동의하지 않고 워싱턴을 강등시키고, 그 비장(裨將)[34]으로 군대를 재조직하여 오하이오 들판에 나갔다. 이때 분개한 군사가 조금밖에 없었지만, 참지 못했다. 워싱턴은 군대를 떠나 시골로 돌아와 한가로이 지냈다. 그러나 주지사가 뒤켄에 급급한 데에는 대체로 몇 가지 이유가 있었다.

첫째, 뒤켄은 앨러게니의 요충지였다. 만약 적병이 이 견고한 보루를 굳게 지키면, 오하이오 사이의 버지니아 및 펜실베이니아 주[35] 사람들이 적병의 습격을 피하지 못할 것이다.

둘째, 프랑스군이 뒤켄에 있으면 루이스버그[36] 및 아카디아[37] 두 지역에서 앞서나가는 형세를 모두 차지하므로 식민지에 마음속 근심이 반드시 있을 것이다.

셋째, 크라운 포인트[38], 타이콘데로가[39] 두 지역은 샘플레인에서 뉴욕에 이르는 길목이다. 프랑스군이 이를 경유하여

---

34) 비장(裨將): 조선시대에 감사(監司)·유수(留守)·병사(兵使)·수사(水使)·견외 사신(使臣)을 따라다니며 일을 돕던 무관 벼슬을 뜻한다.

35) 펜실베이니아(奔鼻巴尼州, Commonwealth of Pennsylvania)

36) 루이스버그(里司巴格, Louisbourg)

37) 아카디아(亞里干様/亞爾干様, Arcadia)

38) 크라운 포인트(夸侖冰忒/夸倫冰忒, Crown Point)

39) 타이콘데로가(啓孔央/啓孔笑, Ticonderoga)

뉴욕으로 진격하는 것이 가장 편하기 때문에 오하이오를
속히 파괴하여 적군에게 진격하는 것이 마땅할 것이다.
넷째, 나이아가라가 이리 및 온타리오[40] 두 호수 사이에 있
다. 만약 프랑스군이 이를 점령하면 프랑스인과 원주민의
무역을 보호할 것이다. 뒤켄을 빼앗기면 나이아가라가 반
드시 위태로울 것이다. 그 이익을 뺏어야 할 것이다.
다섯째, 퀘백[41]은 캐나다의 가장 견고한 포대이므로 프랑스
군의 근거가 이 지역에 전부 있다. 만약 뒤켄을 얻고 다른
길목을 다시 끊어서 퀘백을 압박하면, 이는 바로 프랑스군
의 목을 움켜쥐는 것이다. 프랑스인은 한 걸음도 남진하지
못할 것이다.

주지사의 의견이 이와 같았기 때문에 그는 뒤켄으로 진격하는
것이 유일무이의 급무로 알았다. 그러나 불행히도 워싱턴의 이야
기가 정곡을 찔렀다. 몹시 추운 겨울은 이미 시작되었고, 쌓인 눈
이 산에 가득했다. 영국군은 그 괴로움을 견디지 못했다. 순식간에
프랑스군이 거침없이 대거 진격해 와 약속 어긴 것을 꾸짖고 크게
싸워 영국인에게 대승했다. 식민지의 정황이 심히 위태로웠으므로
주지사가 황급히 본국에 원조를 구했다.
1755년 봄에 브래독[42] 장군은 정병 한 부대를 이끌고 영국으로

---

40) 온타리오호(翁他碌湖, Lake Ontario)
41) 퀘백(槐培古/塊培古, Quebec)

부터 버지니아에 이르렀다. 병사를 준비할 때 워싱턴을 먼저 뽑아서 원래 직책에 복귀시켰고, 월스크리크에서 병사를 모았다. 이때 바야흐로 눈이 녹아 여러 하천이 범람해 군수품이 뒤로 처지고 도로가 험악했다. 워싱턴이 말했다.

"군대를 한 곳에 집합하는 것은 불리하니 한 부대를 나누어 뒤켄을 급습하면, 뒤켄은 반드시 함락될 것입니다."

장군이 듣지 않자 다시 말했다.

"간첩을 속히 내보내 적의 형세를 정찰하십시오."

장군은 듣지 않았다. 그러나 뒤켄에 다다르기 전에 워싱턴의 말은 이미 증명되었다. 이때 브래독 장군이 날쌘 기병 수천을 몸소 이끌고 나아갔을 때 덤바[43] 대령은 본대를 감독했다.[44] 워싱턴은 와병으로 2주일을 점점 뒤처졌다가 병이 낫자 장군을 뒤쫓아서 따라붙었다. 1755년 7월 8일이었다. 곧 머논가힐라 대전의 전날 밤이었다. 이 대전에서 패배하게 된 원인은 실로 워싱턴의 말을 받아들

---

42) 브래독(布拉脫苦, Edward Braddock, 1695~1755): 영국군의 장군으로, 프렌치 인디언 전쟁 초기 단계에서 중요한 역할을 했다. 1755년에 그는 조지 워싱턴과 함께 오하이오 계곡에서 프랑스군과 싸웠지만, 치명적인 패배를 당했다. 이 패배는 전쟁의 전환점을 나타내는 중요한 사건이 되었다.

43) 덤바(古里巴, Thomas Dunbar, ?~1767)

44) 원문의 "時에布拉脫苦將軍이輕騎數千을自率ᄒᆞ고古里巴로進ᄒᆞᆯ식"(이때 브래독 장군은 날쌘 기병 수천을 몸소 이끌고 덤바로 나아갔을 때)는 오역으로 추정된다. "古里巴"(덤바)는 지명이 아니라 인명이기 때문이다. 이해조 『화성돈전』의 저본인 띵찐(丁錦)의 『화성돈』에서 해당 문장은 다음과 같다. "時布拉脫苦將軍自率輕騎數千而進. 古爾巴大佐監督本隊." 본문의 해당 문장은 띵찐의 문장에 근거해 수정했다.

이지 않은 까닭이었다. 7월 9일에 뒤켄에서 10마일을 못 미쳐 머논가힐라를 건너려고 했을 때 느닷없이 복병이 습격해 왔다. 영국 병사는 한 곳에 모였다가 적의 공격을 갑자기 당했다. 죽은 자가 수백여 명이었다. 워싱턴이 의연히 달려오지 않았다면, 머논가힐라의 실패가 어찌 이에 그쳤겠는가. 이 전투에서 브래독은 전사했다. 그 나머지 장교 중 사상자는 63명이었고, 병사 중 사상자는 720여 명이었다. 워싱턴도 말 2마리와 화탄 및 외투를 잃어버렸다. 네 차례나 전쟁했으므로 그 격렬함을 알 수 있을 것이다. 누군가 말했다.

"장군의 전사는 적의 살해 때문이 아니다. 완고한 자가 '장군이 죽지 않는다면 군대를 어찌 유지하겠는가' 하며 암살하였다."

워싱턴은 패잔병을 컴벌랜드[45]에 거두고, 장군의 죽음에 분통해 했다. 하지만 허물을 돌릴 데가 없었으므로 버지니아의 병영을 떠나 마운트버넌으로 돌아왔다. 뒤켄 전투에서 프랑스 장군은 영국 군의 기세가 큼을 듣고 뒤켄을 포기하고자 했다. 하지만 그 부하가 그러지 말 것을 권해 두 부대를 길목에 나누어 보내어 승리를 거두었다. 영국의 식민지인은 소식을 듣고 희망을 크게 잃어버렸다. 하지만 다행히 북부가 승리를 얻어 그 실망을 보상받을 수 있었다. 이에 앞서 프랑스군은 영국의 요새를 습격하고자 하여 뉴욕으로 몰래 향하다가 영국 북부군의 역습을 받아 대패했다.

앨러게니를 잃은 뒤에 영국 식민지의 여러 군대는 습격해 오는 것을 두려워하여 모두 브래독에게 허물을 돌렸다. 워싱턴은 이름을

45) 컴벌랜드(根排侖, Cumberland)

크게 떨쳤다. 그의 뛰어난 용맹을 일컫기도 했고, 그의 탁견을 칭찬하기도 했다. 지난날 주지사가 워싱턴을 좌천시킨 것을 원망했다.

1756년에 프랑스 정부는 용장 몽칼름[46]을 주미총장(駐美總長)으로 임명하여 영국군에 우두머리 장군이 없는 틈을 타서 여러 요새를 격파하고자 했다. 1757년에 몽칼름은 군사를 이끌고 캐나다에서 뉴욕에 들어갔다. 그곳을 지키는 장군은 자못 전투에 능했고, 10마일 떨어진 곳에 영국 장군 웹[47]이 마침 있었다. 수비하던 장군은 도움을 구했다. 하지만 웹이 프랑스군을 두려워하여 도와주러 오지 않았다. 요새는 마침내 함락되었고, 장군과 병사는 모두 죽었다. 프랑스군은 싸울 때마다 승리하여 그 영지가 영국 영지에 20배가 되었다. 영국과 프랑스의 식민지 형편이 이와 같았으므로 총독은 크게 두려워하여 워싱턴을 다시 기용해 군대를 조직하려고 했다. 워싱턴은 그들의 변덕을 이미 겪었는데, 이제와 어찌 급하게 동의했겠는가. 이에 약속을 요구했다.

"식민지 장관의 임면권과 군제 개혁은 제 뜻을 반드시 따라야 합니다."

총독이 허락하여 장군의 인수(印綬)[48]를 가지고 군제를 크게 고

---

46) 몽칼름(蒙卡爾媒, Louis-Joseph de Montcalm-Gozon, 1712~1759): 프랑스의 군인으로, 1750년대 북미에서 프랑스 군을 이끌며 프렌치 인디언 전쟁 중 중요한 역할을 했다. 그의 가장 유명한 전투는 1759년 퀘벡 전투로, 여기서 영국군에게 패배했다.

47) 웹(烏也布, Daniel Webb, 1700(?)~1773)

48) 병권(兵權)을 가진 무관이 발병부(發兵符) 주머니를 매어 차던, 길고 넓적한 녹비 끈.

쳤다. 아! 그 이전에는 식민지의 군제가 완전하지 않아 병사는 오합지졸이었고, 병기는 불량품이었다. 규율이 원래 없어 전장에 나가면 도망을 앞다투었다. 브래독이 패한 후 식민지의 병력은 오로지 허명뿐이었다. 프랑스군은 전쟁에서 승리한 여세를 몰아 원주민을 꾀어 영국 영지를 약탈하게 했고, 프랑스 병사를 국경에 주둔시켜 영국군의 허실을 염탐했다. 다행히 영국 총독 셜리[49] 장군이 북부에 있었기 때문에 프랑스군은 감히 침략하지 못했다. 식민지는 점점 안정되었다.

워싱턴은 현재의 상황을 목격하고, 군제를 고치지 않으면 사용할 수 없음을 알았다. 여러 사람의 의견을 물리치고 온갖 어려움을 무릅써서 군사의 수효를 먼저 정하고, 병기를 갖추며, 장교를 가르치고, 규율을 세우며, 주 의회를 다시 설치하여 군대에서 도망하거나 반역한 자는 군령에 따라 벌하겠다고 했다. 당시 자유로운 민병으로서 엄정한 군율에 복종하기가 어려웠지만, 식민지를 공고하게 하려는 데 어찌 불복했겠는가.

그러나 그 효과를 거두는 일은 하룻저녁에 이루어질 수 없었다. 2년으로 기한을 정했는데, 이 2년간을 모진 고생으로 채웠다. 원주민은 여러 번 침입해 인명을 살해했다. 안타깝게도 우리의 선량한 혈액으로 저 잔인한 도끼를 칠했구나! 그때 민병이 부족해 구원하지

---

49) 셜리(希呀來/希爾, William Shirley, 1694~1771): 영국의 군인 및 정치가로, 1741년부터 1757년까지 매사추세츠의 총독을 역임했다. 그는 프렌치 인디언 전쟁 중 중요한 군사 작전인 1755년의 아카디아 정복과 1756년의 몬트리올 공격을 계획하며, 북미에서 영국의 군사적 입지를 강화하는 데 기여했다.

못하자 총독이 그 소홀함을 의심하여 질책했다. 워싱턴이 노하여
말했다.

"여러 사람의 질책이 이와 같지만, 군비가 미비하므로 좋은 방
법이 실로 없다."

대위 닥워시[50]는 본국에서 파견한 자였다. 식민지 사관을 경시해
워싱턴의 명령을 여러 번 어겼다. 워싱턴이 처벌하자 대위가 대노하
여 주미총독(駐美總督)에게 호소했다. 워싱턴은 250마일을 달려가
보스턴[51]에 이르러 그 이유를 자세히 설명하며 자기 뜻을 함께 밝혔
다. 총독 설리가 대우를 심히 정중하게 했고, 대위를 명하여 식민지
총독 막하에서 총독의 명령을 따르게 했다. 이에 전군의 장교와
병사가 한 사람도 명령을 어기지 않았다. 하지만 가장 괴로운 일은
양식과 의복의 공급이 병사의 수에 미치지 않는 것이었다. 겨울에
방비할 때마다 그 마음이 가장 괴로웠다. 만약 병사에게 원망하는
빛이 보이면 일어나고 눕는 것을 같이하거나 음식을 함께했다. 장교
와 병사 중 감동한 자가 많았다. 한 몸으로 여러 업무에 종사했고,
군제에 시급했다. 저 인자함과 강인함이 아니었으면 어찌 해낼 수
있었겠는가.

개혁의 효험이 점점 나타나서 식민지군의 정예로움과 자부심은
세상 사람이 다 아는 바였다. 2년간 창과 방패에서 일어나 누웠고,

---

50) 닥워시(古怒基, John Dagworthy, 1721~1784): 영국군의 장교로, 프렌치 인디
언 전쟁 동안 활동했다. 그는 브래독 장군의 부하로 참전했으며, 전쟁 동안 여러
군사 작전에서 중요한 역할을 했다.
51) 보스턴(波斯頓, Boston)

비바람을 실컷 맞았다. 저 건강에 어찌 무해했겠는가. 저 사나운 호랑이와 같고, 웅장한 사자와 같은 워싱턴이 한 번 병에 걸리자 오랫동안 낫지 않아 의사를 찾아 마운트버넌에서 치료했다. 때는 1757년 7월이었다. 이때부터 밝은 달에 마음을 씻고, 시원한 바람에 몸을 닦았다. 그러다가 다음 해 3월 1일에 새로운 치료로 병든 몸을 떨치고 일어나 식민지 본진에 복귀했다. 이때 영국 수상이 내각을 새로 조직하고, 회의를 열며 말했다.

"식민지 문제를 매듭짓지 않으면 영국에 이롭지 않다."

정예를 다시 내보내 승부를 가리고자 했다. 포브스[52] 장군을 명하여 감독하고, 워싱턴은 식민지를 그대로 감독하게 했다. 안타깝게도 외환(外患)이 제거되지 않고 내란이 먼저 일어났다. 승냥이와 호랑이의 욕심이 만족하지 않으면 형제의 싸움은 끝나지 않는구나! 본국 장교와 식민지 사관 사이에 충돌이 누차 일어났는데, 뒤켄 전투를 앞둔 까닭에 겨우 중재되었다. 이때 포브스는 필라델피아[53]에 있었다. 대령 부케[54]는 펜실베이니아에 진을 쳤고, 식민지 군대는 뒤를 막게 했다. 7월에 워싱턴은 버지니아 부대를 이끌고 컴벌랜드로 나아갔다. 그 기세가 활시위를 끝까지 당긴 활의 화살과 같았고, 우리를 나온 호랑이와 같았다. 뒤켄 요새를 선공하려 하자 포브

---

52) 포브스(福利培, John Forbes, 1707~1759): 영국군의 장군으로, 프렌치 인디언 전쟁 중 중요한 역할을 했다. 그는 1758년에 뒤켄 요새 공격을 이끌어 프랑스군을 물리쳤고, 이로써 영국군은 중요한 전략적 승리를 거두었다. 그의 승리는 프렌치 인디언 전쟁의 전환점 중 하나로 평가된다.

53) 필라델피아(堅鐵譃, Philadelphia)

54) 부케(簿開, Henry Bouquet, 1719~1765)

스 장군이 힘써 막았다.

"옛길은 반드시 불리할 테니 다른 길을 따로 구하는 것만 같지 않다."

워싱턴은 어쩔 수 없이 로열해나[55]로 나갔다. 11월 말에 워싱턴의 뜨거운 마음이 끓는 물의 증기와 같아서 끓는 온도가 점점 높아졌다. 비록 만근의 돌이라도 그 솟구치는 힘을 어찌 누를 수 있었겠는가. 장군께 먼저 청해 적의 형세를 정탐했다. 적병은 비로소 깨닫고 급히 맞받아쳤다. 워싱턴은 대군을 지휘하며 나아갔다. 프랑스군은 버티지 못했다. 요새를 버리고 오하이오강을 건너서 달아났다. 워싱턴은 병사를 거두어 요새에 들어가 국기를 높이 달았다. 다음날 포브스도 이르렀다.

그때 영국군은 길을 나누어 전진해 차례로 승리를 얻었다. 루이스버그에 나아간 것은 울프[56]가 거느렸는데, 아카디아를 먼저 빼앗았다. 크라운 포인트와 타이콘데로가에 나아간 것은 존슨[57]이 거느렸는데, 적장 몽칼름에게 패배했다가 후에 승리를 얻어 그 요새를 차지했다. 나이아가라에 나아간 것은 셜리가 거느렸는데, 오랫동

---

55) 로열해나(羅義享那, Loyalhanna or Loyal Hannon)

56) 울프(烏爾夫, James Wolfe, 1727~1759): 영국군의 장군으로, 프렌치 인디언 전쟁 중 가장 유명한 전투인 1759년 퀘벡 전투에서 승리하며 프랑스군을 물리친 인물이다. 그의 승리는 영국이 북미에서 프랑스의 세력을 축소시키는 중요한 전환점이 되었으며, 그는 전투 중 전사했다.

57) 존슨(喬松, Sir William Johnson, 1st Baronet, 1715(?)~1774): 영국의 군인, 외교관, 그리고 북미의 중요한 토지 소유자로, 특히 원주민들과의 관계에서 중요한 역할을 했다. 그는 프렌치 인디언 전쟁 동안 영국군의 지도자로 활동했고, 여러 원주민 부족과의 동맹을 통해 영국의 북미 식민지 확장을 돕는 중요한 역할을 했다.

안 전쟁에서 승리하지 못했다가 1759년에 비로소 승리했다.

그때 프랑스군의 견고한 요새는 오직 퀘백 한 곳만 남았다. 퀘백은 세인트로렌스강[58]에 임하여 절벽 위에 곧게 서 있었다. 200피트가 넘어서 견고하고 날카롭다고 오랫동안 불리는 곳이었다. 프랑스 장군 몽칼름은 정예를 다 모아서 굳건하게 지켰다. 영국군이 여러 길에서 이긴 뒤에 용장 울프가 8,000 정예병을 거느리고 사방을 포위하며 진격했지만, 여러 날 동안 항복시키지 못했다. 이에 밤을 틈타 적 요새 앞까지 물길을 따라갔다가 낮고 평평한 곳을 찾아서 언덕 위로 올라갔다. 갑자기 함성을 지르며 일시에 쳐들어갔다. 때는 1759년 9월 3일이었다. 두 나라의 운명이 이 한 번에 달렸기 때문에 영국과 프랑스의 장군은 모두 힘써 싸웠다. 양쪽 군대는 죽은 자뿐이었다. 부상한 자도 없었다. 한참 후 영국군이 대승했다. 대장 울프가 중상을 입고 죽었을 때 승전보를 듣고 미소를 머금고 죽었다. 적장 몽칼름은 패잔병을 수습해 다시 일으키고자 했다가 총알에 맞고 쓰러져 죽게 되었다. 그러자 프랑스군이 이에 항복했다. 다음 해에 몬트리올[59]이 또 함락되었다. 이때 영국과 프랑스의 전권대사가 프랑스 수도 파리[60]에서 강화했다. 스페인의 플로리다 땅과 프랑스의 미시시피[61] 동쪽은 영국 영토에 모두 속하게 되었다. 이 전쟁은 모두 6년 동안이었는데, 생명을 희생하고 군비를 헤아릴

58) 세인트로렌스강(聖多廉士河, Saint Lawrence River)
59) 몬트리올(孟爾利, Montreal)
60) 파리(巴黎, Paris)
61) 미시시피(米司希比, Mississippi)

수 없었다. 영국 영토는 수십 배로 갑자기 늘어나 깃발이 이르는 곳마다 모두가 놀라고 두려워했다. 아메리카 원주민도 감히 침범하지 못했다. 아! 뜻이 있으면 일이 마침내 이루어진다고 했는데, 워싱턴을 위해 기뻐하는 바이다.

높이 나는 새도 이미 다했고, 교활한 토끼도 이미 죽었다. 파리 강화가 정해진 뒤 워싱턴은 물러날 뜻을 점점 굳혔다. 군직에 여러 번 뽑힌 것은 처음 뜻이 아니었다. 하물며 지금 큰 공을 세운 것에 어찌 돌아갈 뜻이 없었겠는가. 12월에 본직을 사임하고 마운트버넌으로 돌아갔을 때 부하 장교가 감사의 편지를 써서 주며 헤어졌다. 저 7년을 종군했는데, 자애로운 정신과 탁월한 재능과 강인한 의지가 세상 사람의 머릿속에 깊이 박힌 까닭에 덕망이 점점 드러났다. 훗날 호랑이의 수염을 뽑고, 붕새의 날개를 떨쳐서 강한 영국을 벗어나 새로운 나라를 세운 일이 모두 여기에서 비롯되었다.

이때 워싱턴은 미망인 커스티스[62]와 결혼했다. 17세 때 한 소녀와 정분을 맺어 서로 애정이 깊었다. 불행히도 꽃이 피지 못하고 약한 체질이 갑자기 시들어 이 비할 데 없이 어여쁘고 사랑스러운 소녀는 속세를 영원히 떠났다. 비록 워싱턴의 강인한 위엄으로도 둥그런 눈물을 머금고 붉은 눈물을 뿌렸다. 포과(匏瓜)가 짝 없음을 애태웠고, 견우(牽牛)의 홀로 삶을 읊조렸다.[63] 측량에 종사하며 월

---

62) 커티스(加其斯, Martha Dandridge Custis, 1731~1802): 조지 워싱턴의 아내이자, 미국의 초대 대통령 영부인으로 잘 알려져 있다. 그녀는 첫 번째 결혼에서 큰 재산을 물려받았으며, 1759년 조지 워싱턴과 결혼한 후 그의 삶과 정치 활동에 중요한 지원을 했다.

리엄 페어팩스 집에 머물렀는데, 소녀와의 애정을 여전히 슬퍼하여 비련의 편지를 써서 친우에게 부치며 스스로 위로했다. 그 애정의 깊음과 절조의 풍부함을 알 수 있을 것이다. 이후에 영국과 프랑스의 식민지 일이 일어났는데, 마침 국가가 어려움이 많은 시기였다. 영웅의 눈물은 소녀에게 미칠 여유가 없었다. 세월은 흐르는 물과 같고, 세상일은 차츰차츰 지나가 펄펄 날던 소년은 27세의 나이가 되었다. 대영국에 위명이 드높아 대륙을 뒤흔드는 시기가 이미 밝아 왔다. 버지니아 객사에 우연히 있었다가 커스티스를 보고 의기투합하여 혼인을 이루었다. 커스티스의 재주와 미모로 워싱턴의 용기와 기상을 짝지음에 서로 아쉬움이 없었다. 전 남편 소생의 어린 딸 두 명이 있었다. 워싱턴은 깊이 사랑하여 친아버지와 같았다. 커스티스가 워싱턴에게 돌아온 후로 낳고 기르는 일은 없었다. 봄꽃이 이미 피었는데, 가을 이삭은 열리지 않았다. 이는 워싱턴에게 큰 유감이었다. 그러나 그 후 큰 공을 이루어 출중해져 북미합중국의 시조가 되었다. 오늘날 합중국 천만 생명 중 어떤 사람이 그의 사랑스러운 아이가 아니겠는가. 살아서는 자유의 백성을 만들었고, 죽어서는 자유의 귀신을 만들었다. 만방이 혼란스러운데 서반구의 풍월은 근심이 없었고, 떼 지어 으르렁거려도 북아메리카의 산하는 예전과 같았다. 아! 그 눈을 지하에서 감을 수 있을 것이다.

63) "포과 …… 읊조렸다": 조식(曹植, 192~232)의 「낙신부」(洛神賦)를 인용한 구절이다. 포과와 견우는 별 이름이다.

제3장

영국 왕의 압제와 주 의회원

1763년에 영국과 프랑스의 전쟁은 이미 끝났고, 파리강화회의가 이미 맺어진 뒤 영국의 기치가 더욱더 빛났다. 동으로 프랑스를 눌렀고, 남으로 스페인을 눌렀다. 13주 2백만 인구에 금은이 가득했고, 미곡은 풍부했다. 산은 높고 물은 맑으며 기후는 따뜻하고 땅은 기름진 낙토(樂土)에 영원히 대영국 기치를 높이 세웠다. 그렇지만 해도 중천에 이르면 기울고, 달도 차면 이지러지며, 즐거움이 지극하면 교만이 생기고, 흥이 다하면 슬픔이 온다. 영국 왕의 탐욕과 압제는 날로 심했고, 식민지의 혁명과 자유는 날로 진보했다. 이때 7년 독립 대전이 일어났고, 이때 북아메리카에 새로운 나라가 세워졌으며, 이때 일세의 인걸 워싱턴의 역사가 완전해졌다.

유럽 각국의 식민지는 아메리카에 있었다. 자유를 사랑한다고 하거나 재화와 보물을 사랑한다고 하며 그 땅에 한 번 이르면, 원주민의 습격을 피하지 못해 오늘의 통행길이 내일이면 잿더미가 되었다. 만약 영토를 넓히고 직업을 안정시키고자 하면, 마땅히 자유의 정신을 사랑하고, 자유주의로 발흥하여 신분이 낮은 자와 심부름꾼도 생명과 같이 여기지 않으면 안 될 것이다. 또한 우승열패의 공리는 인간 세상에서 피할 수 없는 것이다. 앉은뱅이도 일어나는 것을 잊지 않고, 장님도 보는 것을 잊지 않았는데, 다행히 자극하는 일이 없었던 까닭에 아무 일도 일어나지 않았다. 마침 그때 힘차게 일어나 대항하며 말했다.

"하늘이여, 나에게 자유를 주시옵소서. 아니면 죽음을 주시옵소서."

반기를 높이 세우고 모국과 싸우며 지금까지 들어본 적 없는 새 정부를 세웠는데, 그 기세가 세찼다.

이에 앞서 식민지의 정권은 영국 정부에 모두 있어서 자치의 권리가 없었고, 관리는 반드시 영국 왕이 파견했으며, 상업 이익은 모두 영국 왕이 소유한 바 되었다. 식민지인은 점점 불평했다. 경천동지의 독립전쟁은 이로부터 일어났다.

그런데 당시 식민지의 상황은 어떠했는가? 법의 적용은 엄격했고, 행정의 집행은 유력한 자가 늘 소유한 바 되어 아버지와 아들이 대물림했다. 교육에 이르면, 비록 식민지인은 지극히 환영했어도 식민지 주지사는 힘쓰지 않았다. 대개 그 뜻은 교육이 날로 성하면 훗날 굴레를 받지 않고 독립을 주창할까 두려워한 것이었다. 그러므로 음해가 매우 심했다. 식민지인은 점점 분노했다. 필라델피아, 보스턴 여러 도시에 시민회를 세우고 평등 의논을 주창했다. 자유의 사상과 공화의 정신은 더욱 단련되고, 더욱 발달해 민회를 또 세우자 각 주가 앞다투어 일어나 호응했다. 이때 워싱턴은 혼사를 치렀는데, 사람들이 추천한 바 되어 프레데릭 카운티[1] 대표자로 버지니아주 회의장에 찾아왔다.

　　북아메리카의 절대적 권위와 절대적 옥토를 영국 정부에 다 주고 식민지인은 상처가 수없이 생겨나 생계가 빠르게 막혔다. 이에 힘차게 일어나 실업을 장차 회복하고자 했다. 저 주지사의 이리와 개 같은 탐욕과 저 정부의 벌 같은 눈과 승냥이 같은 마음은 영원히 예속하는 것으로 여겨 세금 거두는 것을 가중했고, 제조를 금하거나 항해 선박을 제한했다. 식민지인의 이익을 희생해서 그 모국의 실업을 흥하게 했고, 그 정부의 욕망의 골짜기를 채웠다. 또 속이는 말로 식민지인을 꾀며 말했다.

　　"이 전쟁 비용에 국고가 바닥났다. 이는 식민지인 보호를 위함이므로 식민지인은 마땅히 상당한 조세를 내서 정부의 은혜를 갚지 않으면 안 될 것이다."

　　식민지인은 이 무례한 말을 듣는 일이 땔나무에 기름을 더하고, 짐새[2]에 독을 더하는 것과 같았다. 지난번엔 조용하고 침착하던 자가 이번엔 모두 정신없이 슬퍼했고, 멍하니 두려워하다 갑자기 후회하고 벌떡 일어나서 그 죄상을 죄다 밝히며 말했다.

　　"식민지의 돈으로 식민지의 일을 다스리면 독립과 자치를 주는 것이 옳은데, 어찌 속방으로 여기는가. 만약 속방으로 여기면 국고로 대신 갚아야 하는 것인데, 어찌 또 이 조세안이 있는가."

---

1) 프레데릭 카운티(斐狄克郡, Frederick County)
2) 짐새(鴆): 중국 남방 광둥(廣東)에서 사는, 독이 있는 새이다. 몸의 길이는 21~25cm이며, 몸은 붉은빛을 띤 흑색, 부리는 검은빛을 띤 붉은색, 눈은 검은색이다. 뱀을 잡아먹는데, 온몸에 독기가 있어 배설물이나 깃이 잠긴 음식물을 먹으면 즉사한다고 한다.

이때 헨리[3]는 버지니아주의 공회당원이 되어 수천의 군중을 대하여 거침없는 혀로 정부의 무도함과 영국 왕의 어그러짐을 통렬히 물리치며 말했다.

"영국 정부가 어찌 식민지의 조세를 다시 간섭하는가."

마지막으로 큰 소리로 말했다.

"옛날 로마[4]에 카이사르[5]가 있자 브루투스[6]가 바로 있었고, 영국에 찰스[7]가 있자 크롬웰[8]이 바로 있었다. 어찌 거울로 삼지 않겠는가."

이 소리가 비장해 듣는 자가 크게 달아올랐다. 영국 정부는 전

---

3) 헨리(顯利, Patrick Henry, 1736~1799)

4) 로마(羅馬, Rome)

5) 카이사르(該撒, Gaius Julius Caesar, 100 BC~44 BC): 고대 로마의 군인, 정치가, 그리고 독재자로, 로마 공화국의 종말과 로마 제국의 탄생을 이끈 중요한 인물이다. 그는 갈리아 전쟁에서의 승리로 명성을 얻었고, BC 49년에 로마로 진군하여 내전에서 승리한 후 절대적인 권력을 장악했다. BC 44년에 암살되었지만, 그의 유산은 로마 역사에 깊은 영향을 미쳤다.

6) 브루투스(不盧多, Marcus Junius Brutus, 85 BC~42 BC): 고대 로마의 정치가이자 군인으로, 율리우스 카이사르의 암살자 중 한 명으로 가장 잘 알려져 있다. 카이사르의 친척이자 정치적 동맹이었지만, 카이사르의 독재적 권력에 반대하여 카이사르를 암살하는 음모에 가담했다. 그 후 로마 내전에서 군사적 활동을 했으나, 필리피 전투에서 패배하고 자살했다.

7) 찰스(査爾斯, Charles I, 1600~1649): 영국의 왕으로, 1625년부터 1649년까지 재위했다. 그는 절대왕정을 강화하려 했으나, 의회와의 갈등으로 내전을 초래했다. 1649년에 의회에 의해 반역죄로 재판을 받고 처형되었으며, 이는 영국 역사에서 중요한 전환점이 되었다.

8) 크롬웰(克林威爾, Oliver Cromwell, 1599~1658): 영국의 군인과 정치가로, 영국 내전 동안 의회군을 이끌며 왕당파에 승리한 후 1649년에 찰스 1세를 처형하고, 잉글랜드를 공화국으로 선언했다. 1653년부터 1658년까지 '호국경'으로서 국가를 통치하며, 영국 역사의 중요한 정치적 변화를 이끌었다.

성시대를 맞이했으므로 식민지의 준동을 어찌 신경 썼겠는가. 의연히 인지조례[9]를 발표했다. 일체의 물품에 해당 인지를 구매하여 사용함으로써 근거를 만들었고, 그 수입은 국채를 갚는다고 했다. 식민지인은 이 소식을 듣고 죽을힘으로 굳게 거부했다. 이 인지를 사용하지 않기로 맹세했다. 때는 1756년 11월 1일이었다. 각 지역민이 깃대를 들어 인심을 고무시켰을 때 헨리가 공회당에 다시 이르러 마음이 복받치는 연설을 하다가 크게 소리쳐 말했다.

"나에게 자유를 주거나 아니면 나에게 죽음을 달라."

저 교활하고 사나운 영국 정부는 조삼모사(朝三暮四)[10]의 계책으로 이 조례를 폐하고, 새로운 조례를 따로 공포했다. 유리, 차, 종이 등의 일용품을 세금으로 마련하고, 수세국(收稅局)을 보스턴에 설치해 징수하려 했을 때 한편으로 병력을 사용하여 목적에 도달하고자 했다. 식민지인은 그 속셈을 꿰뚫어 보고 공표했다.

"영국 의회는 과세의 권리가 없으므로 불법 과세는 복종할 의무가 없다."

그러면서 영국 산물을 사용하지 않았다. 집에서 쓰는 온갖 물품

---

9) 인지조례(印紙條令, Stamp Act): 1765년에 영국의 의회가 북아메리카 13개 식민지에 대하여 각종 증서·신문광고 따위의 인쇄물에 인지세를 매기는 일을 정한 조례. 식민지 측은 자치권의 침해로 여기고 강력히 반대하여 이듬해 폐지하였는데, 이 사건은 미국 독립전쟁의 중요한 계기가 되었다.

10) 조삼모사(朝三暮四): 간사한 꾀로 남을 속여 희롱함을 이르는 말이다. 중국 송나라 저공(狙公)의 고사로, 먹이를 아침에 세 개, 저녁에 네 개씩 주겠다는 말에는 원숭이들이 적다고 화를 내더니 아침에 네 개, 저녁에 세 개씩 주겠다는 말에는 좋아하였다는 데서 유래한다.

은 처녀가 스스로 만들게 했고, 음료는 각 지역의 나뭇잎으로 대신 사용하게 했다. 영국 정부가 그 방침을 다시 변경해 차세(茶稅) 외엔 일체 면제하겠다고 했다. 보스턴 시민은 밤에 항구에 모여 차를 실은 배 3척을 침몰시켰다. 저 호랑이와 이리 같은 욕심을 어찌 참을 수 있었겠는가. 정부가 듣고 대노하여 최후의 처치를 장차 내려고 했다. 북아메리카에 전운이 짙어지면서 한순간에 유일무이 의 기이한 상황이 연출되었다. 이에 앞서 영국 장군 게이지[11]는 보스 턴시에 침입해 위력으로 시민을 압제하고자 해 충돌이 늘 있었다. 시민 중 피해자가 여러 명이었다. 경보가 사방으로 전해져 전 식민 지가 일시에 어지러워졌다. 각 주지사는 필라델피아에서 회의해 영국 정부에 항거했다. 때는 1774년 9월 5일이었다. 버지니아주의 대표자가 7명 있었는데, 워싱턴은 그중 한 명이었다.

워싱턴은 결혼한 후 15년을 의원 대표로 프레데릭 의회에 참가 하였다. 비록 어눌하고 말이 적었지만, 판단력이 좋아서 주 의회에 서 두터운 신임을 받게 되었다. 헨리는 그 사고력의 위대함을 항상 칭찬했다. 영국 정부의 압제는 날로 심해졌다. 식민지인이 격앙해 크게 일어났을 때 저 카운티 의회장은 영국과의 관계를 끊고, 독립 을 주창하여 여러 주의 의회를 요청했다. 여러 주의 의회는 대표자 를 필라델피아 회의에 파송했다. 각 주의 대표인은 모두 53명이었

---

11) 게이지(拜其, Thomas Gage, 1718~1787): 영국의 군인으로, 미국 독립 전쟁 초기에 중요한 역할을 했다. 그는 1774년부터 1775년까지 매사추세츠주의 총독을 역임하며, 렉싱턴과 콩코드 전투에서 영국군을 이끌었다. 그의 군사적 결정을 둘러 싸고 독립전쟁의 초기 충돌이 일어나게 되었다.

다. 주 의회의 의안 및 의결 위임장을 각자 갖고 여러 사람의 의견대로 랜돌프[12]를 추천하여 의장으로 삼고 결의하여 말했다.

"만약 영국 정부가 병력을 의지해 조세를 더하면, 전 식민지가 항거하는 데 진력할 것이다. 만약 매사추세츠[13] 등의 주가 영국 정부의 압제를 받으면, 마땅히 서로 보호할 것이다. 만약 의논하여 결정한 후에 영국의 위력을 두려워해 동맹자를 멸시하면, 전 식민지가 떼 지어 일어나 그를 꾸짖을 것이다."

이 벼락치는 성난 우렛소리 하나가 캐나다에 신속히 알려졌다.

"만약 영국의 포학한 정치에 핍박받아 동정을 표하길 원하는 자는 우리의 행동에 속히 따르라."

또한 영국에도 신속히 알렸다.

"우리 백성은 자유를 사랑하다가 만약 이루지 못하면 죽음만이 있을 뿐이다."

이때 워싱턴의 명성과 명예는 어떠했는가. 워트[14]는 헨리의 전기를 저술한 사람이었는데, 일찍이 이렇게 말했다.

"하루는 헨리가 의회로부터 돌아왔을 때 누군가 의원 중의 최대 인물을 물었다. 답하길 만약 웅변가라면 러틀리지[15]가 출중하다.

---

12) 랜돌프(倫杜夫, Peyton Randolph, 1721~1775): 버지니아의 변호사이자 정치가로, 미국 독립 전쟁 전 중요한 역할을 했다. 그는 1774년 제1차 대륙회의의 의장을 맡았으며, 버지니아 식민지의 대표로서 영국과의 갈등을 조정하는 데 중요한 역할을 했다.
13) 매사추세츠주(馬薩犬斯州/馬薩尤斯州, Commonwealth of Massachusetts)
14) 워트(維爾脫, William Wirt, 1772~1834)
15) 러틀리지(准武爾, John Rutledge, 1739~1800): 미국의 정치가이자 변호사로,

하지만 완전한 사고력을 갖추고 천하의 중망(重望)을 받는 자는 워싱턴, 그 사람이다.”

아! 돌이 옥을 간직하면 산이 빛나고, 물이 진주를 품으면 개천이 아름다우므로 영웅의 불우함을 말하지 말아야 한다. 이 닭 떼 중 학이 한 번 울면 누가 놀라지 않겠는가. 의회를 마친 뒤 워싱턴은 의용병의 요청을 따라 보병 사관이 되어 군의 직무를 감독했다.

풍조는 이미 이르렀고, 기회는 이미 다가왔다. 그러나 개미가 있지 않으면 큰 둑을 어떻게 무너뜨리며, 가느다란 침이 있지 않으면 독기를 어떻게 빼겠는가. 식민지의 정신은 대세만 엿보고 먼저 움직이지 않았다. 저 완고한 영국 내각과 사리에 어두운 식민지 주지사가 헐뜯는 말을 날마다 올려 영국 왕은 오랫동안 품은 뜻을 더욱 굳세게 하며 말했다.

“보잘것없는 반란 무리는 대군 한 부대면 충분히 진압할 것이다.”

그러자 피트[16]가 그 그릇된 계책을 간절히 간언했지만, 듣지를 않았다. 1775년 2월에 반역한 무리를 토벌한다고 전국에 포고하고, 정병을 게이지 장군에게 모두 맡겨 보스턴 선창을 지키게 했다. 3월에 버지니아에서 주 의회를 다시 열었다. 부러워하고 존경할

사우스캐롤라이나의 주지사를 역임했다. 독립전쟁 동안 중요한 역할을 했으며, 1787년 헌법 제정 회의에서 주요한 인물로 활동했다.

16) 피트(費忒, William Pitt, 1708~1778): 영국의 정치가이자 외교관으로, 1750년대에 영국의 수상직을 역임하며 프렌치 인디언 전쟁에서 중요한 역할을 했다. 그의 지도 아래 영국은 북미와 유럽에서 프랑스에 대한 중요한 군사적 승리를 거두었으며, 영국의 세계적인 패권을 강화하는 데 기여했다.

만하며 지극히 영광스럽고 복된 아메리카의 독립 한마디가 헨리의
입속에서 처음으로 나왔다.

제4장

독립전쟁과 미군 총독

게이지가 보스턴 선창을 수비했을 때였다. 매사추세츠 주민이 무기와 식량을 이미 갖췄다는 걸 알고 약탈하고자 했다가 민병이 방어를 더욱 견고히 해 이루지 못했다. 얼마 후 영국군이 다시 침입했다. 민병이 비록 잘 막았지만, 나중에는 버티지 못해 군수품을 영국 병사가 점유하게 되었다. 이 전투에서 민병의 사망자는 겨우 7명이었다. 1775년 4월 19일에 영국 병사가 민병을 다시 위협했다. 잔인하고 포학하기가 그지없었다. 때마침 소령 아무개가 신병을 이끌고 영국군을 함께 공격했다. 영국군은 민병이 갑자기 늘어난 걸 보고 보스턴 선창으로 물러나 지키고자 했지만, 민병이 요해의 길목을 막았다. 포성 한 발에 영국 병사 서너 명이 쓰러졌다. 물러난 뒤 그 시체를 세어봤는데, 300명이 넘었다.

렉싱턴[1]의 전보(戰報)[2]가 한순간에 전해지자 전 식민지인이 힘

---

1) 렉싱턴(勒與頓, Lexington).
2) 렉싱턴·콩코드 전투(Battles of Lexington and Concord): 미국 독립전쟁의 포문을 연 전투로 1775년 4월 19일에 일어났다. 영국군이 보스턴 북서쪽에 위치한 콩코드에 있던 미국 식민지 민병대 무기고 접수 작전을 실시했다. 그 조치에 반발한 식민지

차게 무리 지어 일어났다. 농부는 호미와 쟁기를 버렸고, 직공은 공장을 닫았으며, 노인과 아이 모두 무기를 들었다. 사랑하는 아내는 남편과 헤어졌고, 인자한 어머니는 아들을 떠나보냈다. 집에서 쓰는 조총과 수저를 녹여 총알을 만들어서 큰아이에게 주었고, 이미 녹슬고 낡은 장검은 둘째 아이에게 주었다. 울며 헤어질 때 말했다.

"아! 너는 이 검을 잘 간직해야 한다. 만약 전투 중에 누군가 병이 나 총을 버리고 도망치거든 네가 그 총을 주워서 용감히 나아가야 한다."

또한 어느 농부의 아들이 15세에 입대를 자원해서 그 가문을 지나갈 적에 머리가 하얗게 센 노인이 크게 소리 질러 말했다.

"바라건대 용맹한 장수는 영원하소서. 내 아들이 너희 군대에 있으므로 반드시 죽음을 각오하고 싸워라. 그렇지 않으면 노부가 아들 얼굴을 다시 보지 않을 것이다."

아! 이것이 무슨 말이며, 이것이 무슨 일인가? 그 용기와 지략, 그 장쾌함이 어찌 이에 이르렀는가? 부모, 아이, 여자는 더없이 사랑스럽지 않으며, 강토에서의 전쟁은 더없이 위험하지 않은가? 어찌 서로 떠나보내며, 서로 권면하는 것이 어찌 이와 같은가? 얼마 지나지 않아 2만여 민병은 보스턴 교외에 이미 모였다.

렉싱턴의 전보는 들불이 마른풀을 태우는 것과 같았고, 돌풍이 기러기 털을 날리는 것과 같았다. 식민지 전체의 인심이 크게 격렬

민병대와 무력으로 충돌, 렉싱턴과 콩코드에서 영국군과 민병대가 격렬한 전투를 벌여 식민지군이 영국군을 격파했다.

해져 매사추세츠에서 조지아[3] 사이의 13주에서 주지사의 명을 받드는 자가 없었다. 주지사는 태연스레 아무것도 몰랐다. 각 주 위원이 샬럿[4]에 모여서 결의했다.

"생명을 바쳐서 자유를 얻는 것 외엔 다른 좋은 방법이 없다."[5]

이때 민병의 날랜 장군 알렌[6]은 수백 병사를 이끌고 영국인의 견고한 요새를 공격했다. 그 요새는 샘플레인호 앞에 있었다. 알렌이 기발한 계책을 냈다. 어두운 밤에 호수를 건너서 요새 아래에 도착한 뒤 고함을 지르며 갑자기 올라가자 수비하는 병사가 어찌할 바를 몰라 감히 대항하는 자가 없었다. 요새 안에서 사로잡은 포로가 헤아릴 수 없었지만, 민병은 한 사람도 다치지 않았다. 때는 1775년 10월이었다. 이틀 후에 크라운 포인트를 다시 함락시키자 민병의 기세가 크게 높아졌다.

알렌 장군이 승리한 날, 식민지 의회가 다시 열렸다. 의장 랜돌프는 병이 심하여 핸콕[7]이 대신하였는데, 10월에 승보가 이르자 의회에서 크게 상찬하고 한편으로는 영국에 사신을 파견하고 한편으로는 준비를 갖추었다. 식민지 독립의 함성이 일시에 높아졌다.

---

3) 조지아(局尼迦, Georgia).
4) 샬럿(郤羅武, Charlotte).
5) 원문은 "生命을捨ᄒ고自由를壓ᄒ는外엔善法이更無ᄒ더라"(생명을 바쳐서 자유를 억압하는 것 외엔 더 좋은 방법이 없다)이다. 문맥상 오역으로 추정해 수정했다.
6) 알렌(倭倫, Ethan Allen, 1738~1789): 미국의 군인 및 혁명가로, 버몬트 지역의 독립을 지지하며, 독립전쟁 중 중요한 역할을 했다.
7) 핸콕(享殼克, John Hancock, 1737~1793): 미국 독립선언서에 가장 크게 서명한 인물로 유명하며, 독립운동을 적극적으로 지원한 정치 지도자였다. 그는 제2차 대륙회의 의장을 맡았고, 이후 매사추세츠 주지사로도 활동했다.

의회는 워싱턴을 택하여 위원을 삼고 지폐를 발행하기로 의결하였다. 당시 겁 많은 의원 중에는 영국 관리의 잔혹함은 견디지 못하지만 당당한 모국에서 갑자기 분리되는 것도 참지 못하는 자가 있었다. 많은 이들이 크게 우려하더니 5월 하순에는 영국 군함이 대규모로 도달하였고 사신은 다시 돌아와 보고하되 '영국 정부가 어리석고 완고하여 식민지를 짓밟고자 한다.'고 하였다.

이에 식민지의 의지가 크게 정해져 식민지 총독을 선거할 때 애덤스[8]가 워싱턴을 강력히 추천하였다. 많은 사람이 따라서 결정하니 워싱턴이 두세 차례 고사하였지만 어쩔 수 없었다. 그는 크고 밝은 목소리로 충애(忠愛)의 정성을 펼치며 말하였다.

"제가 지금 이 큰 명령을 받았으니 어찌 감사하지 않을 수 있겠습니까마는 여러분의 사랑이 과분한 고로, 맡은 임무의 막중함을 물러나 생각해보았습니다. 저처럼 민첩하지 못한 자는 두려워하는 바이지만, 바로 지금 나라의 행보가 난관에 처해 만민이 도탄에 빠져 있습니다. 또한 의회가 과한 믿음으로 큰 임무를 전적으로 위임하니, 못난 저는 마땅히 분골쇄신해서라도 임무를 다할 따름입니다. 여러분은 살펴봐 주십시오."

이에 총독의 인수(印綬)를 허리에 찬 후에, 보스턴의 급보를 듣

---

8) 애덤스(亞達密, John Adams, 1735~1826): 정치가이자 외교관으로, 미국의 제2대 대통령(1797~1801)을 역임했다. 그는 독립선언서 초안 작성에 기여했으며, 미국 헌법 체제 확립에 중요한 역할을 했다.

고는 케임브리지[9]를 향해 달렸다. 먼저 영국 장군 하우[10]는 버고인[11]과 클린턴[12] 두 명이 보스턴 해안에 올라 정병을 이끌고 보스턴을 습격하게 하였다. 벙커힐[13]과 브리드힐[14]의 요해처(要害處)를 점령하려 할 때 벙커힐은 반도 사이에 있고 보스턴 만에 돌출되어 110피트를 우뚝 섰고, 브리드힐은 보스턴에 더 근접하여 보스턴을 내려다볼 수 있었다. 만약 적이 이곳을 점거한다면 보스턴을 어떻게 우리의 것이라 하겠는가?

모(某) 대령은 민병 천 명을 이끌고 보스턴을 지켰다. 6월 17일에 영국 병사가 대거 도착하니 민병의 수는 영국군의 3분의 1에도 미치지 못하며, 또 호미를 버리고 검을 잡은 자가 어찌 영국군의 오랜 훈련에 비할 수 있겠는가. 그러나 대령이 매우 용맹하여 병사로 하여금 조용히 기다리다가 10보 이내로 가까워지면 갑자기 공격

9) 케임브리지(肯祺布, Cambridge)

10) 하우(花/赫華, William Howe, 1729~1814): 미국 독립전쟁 당시 영국군 총사령관(1775~1778)으로, 보스턴 점령과 뉴욕 전투에서 승리를 거두었으나 필라델피아 점령 이후 전략적 실패로 비판받았다. 결국 그는 1778년 사령관직에서 물러났고, 영국으로 돌아갔다.

11) 버고인(罷公, John Burgoyne, 1722~1792): 미국 독립전쟁 당시 영국군 장군으로, 1777년 새러토가 전투에서 미국군에 항복하여 전세를 뒤집는 결정적인 패배를 기록했다. 이 패배는 프랑스가 미국 독립전쟁에 본격적으로 참전하는 계기가 되었다.

12) 클린턴(崑頓, Henry Clinton, 1730~1795): 미국 독립전쟁 당시 영국군 총사령관(1778~1782)으로서, 윌리엄 하우 장군의 후임으로 임명되었다. 뉴욕을 방어하며 전쟁을 지휘했으나 요크타운 전투에서 영국군이 항복하면서 결정적인 패배를 겪었다. 이후 영국으로 돌아가 군사적 실패에 대한 비판을 받았다.

13) 벙커힐(晚霞丘, Bunker Hill)

14) 브리드힐(蒲緇爾, Bred's Hill)

하게 하였는데, 영국 병사는 앞사람이 넘어져도 뒷사람이 그 뒤를
이어 앞으로 나가며 용진불퇴(勇進不退)하였다. 미국군은 탄약이
이미 소진되어 맨손에 계략도 없었다. 퍼트넘[15]은 요새 밖으로 나
가 용맹하고 신속하게 퇴각하였다. 7월 2일에 워싱턴이 케임브리
지에 이르니 전투가 마친 지 이미 10여 일이었다. 필라델피아는
여기서 수백 리 떨어진 곳에 있어서 고루 돌보기가 힘들었다.

워싱턴이 필라델피아로부터 케임브리지로 향할 때, 그의 덕과
위엄, 명성과 인망이 도처에 전해져 많은 사람들이 무한한 경앙(敬
仰)과 애모(愛慕)의 마음으로 그의 깃발을 환영하였다. 얼마 지나지
않아 말 머리 앞에 모여 목숨을 바치고자 하는 이가 길에 가득했다.
그러나 10분의 9는 모두 새로 모집된 병사로, 의복도 없고 도검도
없고 탄약, 창포(鎗砲)도 없으니, 영국 정예군에 항거하고자 함이
계란으로 바위 치는 것과 같았다. 워싱턴이 새로 오니 군대 행정이
통일되지 못하여 공급의 방법이 간혹 부족하고 병사가 자유를 즐겨
엄격한 규율은 매우 힘들어했다. 이때 부대 지휘의 참담함과 노고
를 어찌 형언하겠는가.

1776년 2월에 골바람은 쓸쓸하고 잔설(殘雪)은 밝고 밝았다. 만
사를 무릅쓰고 얼어붙은 강을 건너 보스턴의 영국 병사를 공격하고
자 할 때, 워싱턴은 의회에 편지를 보내 말했다.

"저는 지금 매우 고통스러워 감히 말씀드리지 않을 수 없습니
다. 첫째는 군량과 장비가 부족하고 훈련이 미숙하며, 둘째는 모든

---

15) 퍼트넘(巴武嫩, Israel Putnam)

게 부족하여 제로(諸路)가 하나도 없으니 만일 적병이 공격해오면 대세는 떠나버릴 것입니다. 어찌 준비에 소홀함이 있겠습니까? 옛 사람은 병사를 운용할 때 정예를 감추고 허약함을 보였지만, 지금 은 곧 형세가 다르니 이 방식을 반대로 운용하여야 오래 견딜 수 있을 듯합니다. 하지만 요행을 기대하는 것은 병법에서 기피하는 바입니다. 제 마음의 침통이 어찌 이보다 더 심할 수 있겠습니까? 일이 시급하고 말이 촉박하니 굽어살펴 주십시오."

이 편지를 본즉 당시의 상황을 알 수 있을 것이다.

얼마 지나지 않아 워싱턴의 군사에 관한 준비가 점차 안정되어 보스턴을 포격하여 도체스터[16] 언덕을 선점하였다. 도체스터 언덕 은 보스턴 우측에 있어 부(府)로부터 단지 1000척(尺)이 떨어져 있 었고, 또 후방을 따라 바라보면 성(城) 전부가 눈에 들어왔다. 비록 고지대의 우세를 차지했지만 저 웅비(熊羆) 같은 영국군이 어찌 조 금이라도 꺾이려 하겠는가? 풍조(風潮)가 이미 멈추고 푸른 물결이 이미 잔잔해지매 미국군의 수비가 더욱 철저하여 구멍 하나 틈탈 곳이 없었다. 영국군이 대적하지 못하여 보스턴을 포기하자 미국 병사가 환호하며 바로 들어가니, 때는 3월 17일이었다. 세상 사람 이 이를 보스턴 대승이라 불렀다.

1775년 여름에 미국 장군 몽고메리[17]가 캐나다를 공격하여 두

---

16) 도체스터(杜牽泰, Dorchester)

17) 몽고메리(孟格梅, Richard Montgomery, 1738~1775): 미국 독립전쟁 당시 대 륙군 장군으로, 캐나다 원정(1775~1776)을 이끌며 몬트리올을 점령했으나 퀘벡 전 투에서 전사했다. 그의 죽음은 미국의 캐나다 정복 실패로 이어졌지만, 그는 독립전

진지를 함락시키고 퀘벡[18]의 견고한 보루만 겨우 남았다. 하지만 민병이 고향에 돌아갈 때가 이미 이르니, 남은 자가 예전의 반도 되지 못했다. 몽고메리가 적은 민병을 이끌고 전진할 때 아놀드[19]는 캐나다 민병을 이끌고 와서 퀘벡을 함께 공격하니, 슬프다! 사마귀 가 어찌 수레를 당하며, 많고 적음이 어찌 상대가 되겠는가. 몽고메 리는 전사하고 아놀드 또한 부상을 입어 전군이 대패하니, 캐나다 전역을 영국군이 점유한 바 되었다. 이 소식이 사방에 이미 전해지 매 식민지 병사가 사기를 잃어버렸었는데, 때마침 보스턴 소식이 이르자 식민지의 슬픔이 변하여 기쁨이 되니, 군기가 다시 떨쳐 일어났다.

보스턴에서 승리한 후, 아메리카 군대를 나누어 한 부대는 뉴욕 으로 바로 돌진하여 4월 14일에 다시 승리하였다. 워싱턴은 필생의 힘을 다하여 방어를 개선하고 식량을 저장하였다. 이때에 영국 장 군 클린턴이 부하 정예병 3천 명과 함대 수십 척을 이끌고 남쪽 식민지를 먼저 손에 넣고자 전함을 보내어 항만을 확보하고 포대를 공격하였다. 방어하던 장군 물트리[20]가 그 공격에 반격하여 대파하

쟁의 초기 영웅으로 기억된다.

18) 퀘벡(塊培, Quebec)

19) 아놀드(亞腦特, Benedict Arnold, 1741~1801): 미국 독립전쟁 초반 대륙군에서 활약한 장군이었으나, 1780년 영국으로 망명하며 배신자로 악명이 높아졌다. 그는 웨스트포인트 요새를 영국에 넘기려다 발각되었다. 이후 영국군 장교로 활동했지만 명예를 잃고 생을 마쳤다.

20) 물트리(摩德立, William Moultrie, 1730~1905): 미국 독립전쟁 당시 사우스캐 롤라이나 민병대 장군으로, 1776년 샐러번 요새 전투에서 영국군의 공격을 막아낸 영웅이었다. 이후 그는 사우스캐롤라이나 주지사를 두 차례(1785~1787, 1792~1794)

니 해군 제독 파커[21]는 가까스로 죽음을 면했다. 남쪽 식민지가 크게 기뻐하고 의기충천하여 영국군을 경시하였다. 다시 보스턴이 새로 복속되자 영국군의 위엄이 땅에 떨어졌다. 영국 장군 하우[22]는 함대를 이끌고 뉴욕 남해안에 있다가 7월 초순에 화친(和親)을 청하였다. 그의 말이 불손하므로 워싱턴은 강하게 거절하였다.

2대 승전보를 이미 들은 식민지 인민의 의기는 넘치도록 왕성하였다. 그들은 7월 2일 필라델피아와 버지니아 의회를 재개하고 독립정책을 결의하며 이렇게 말하였다.

"식민지 연방이 자유독립을 이미 얻은즉, 마땅히 자유 독립의 권리를 가지리니, 지금 우리들은 영국에 대한 충애의 의무를 일절 끊어버리고 정치상 추호의 관계도 없게 한다."

애덤스는 매우 열심히 전국에 보고하며 국민을 부르짖어 말하였다.

"아메리카는 미증유의 큰 문제를 풀었으니 이는 크게 통쾌한 일입니다. 우리 국민은 힘을 내야 합니다."

이렇게 독립을 선포하고 아메리카합중국이라 칭하였다.

역임했다.

21) 파커(栢克, Peter Parker, 1721~1811): 미국 독립전쟁 당시 영국 해군 제독으로, 1776년 사우스캐롤라이나 찰스턴 공략 실패로 유명하다. 이후 영국으로 돌아가 해군 최고직인 해군 원수(Fleet Admiral)까지 승진했지만, 미국 전쟁에서의 실패로 평가는 엇갈린다.

22) 하우(赫華, Richard Howe, 1726~1799): 윌리엄 하우 장군의 형이다. 윌리엄 하우는 영국의 육군 최고사령관이었고, 리처드 하우는 해군 사령관이었다. 그는 뉴욕과 필라델피아 점령을 지원했으나, 결국 영국군이 전세를 뒤집지 못하면서 1778년 해군 지휘권을 내려놓았다.

위원 몇 명을 택하여 독립선언문을 초(草)하고 각 부와 각국에 보내어 세계의 여론을 구하였다. 프랭클린[23]을 정위원으로 추천하고, 애덤스와 제퍼슨[24]을 보조 위원으로 삼았다. 그 원고의 서론에서는 모국(母國)에서의 분리는 곧 자연의 이치라고 하였으니, 이렇게 약술하였다.

인류의 진보는 인사(人事)의 복잡함에서 연유하므로 상호 연계된 정치를 몇 나라로 나누는 것이 자연의 이치요, 또한 인류는 평등하여 권리를 상호 침탈하지 못할지니 생명이라, 행복이라, 자유라 하는 것은 모두 권리의 일부이다. 그 권리를 지키고자 한다면 반드시 정부를 인민들 사이에 설치하고 권리 일부를 나누어 정부에 속하게 해야 하니, 즉 시정권(施政權)[25]이 이것이다. 만약 정부가 그 목적을 기만하여 인민의 권리를 멸시하고 그 빌린 권리를 남용한즉, 인민의 자유, 생명, 행복을 도모하기 위하여 새로운 정부를 별도로 세우는 것이 어찌 불가능하다고

---

23) 프랭클린(富蘭比, Benjamin Franklin, 1706~1790): 외교관, 정치가, 과학자로, 독립선언서 작성에 기여하고 프랑스를 외교적으로 설득해 미국을 지원하게 만든 핵심 인물이었다. 또한 그는 미국 헌법 제정에 참여하고, 전기, 인쇄업, 철학 등 다양한 분야에서 혁신적인 업적을 남겼다.

24) 제퍼슨(吉富爾, Thomas Jefferson, 1743~1826): 미국 독립선언서의 주요 작성자이자 미국 제3대 대통령(1801~1809)으로, 민주주의와 공화주의 이념을 확립한 핵심 인물이었다. 그는 루이지애나 매입(1803)을 통해 미국 영토를 대폭 확장했으며, 계몽주의 사상과 인권을 강조했다.

25) 시정권(施政權): 신탁 통치 지역에 대하여 입법, 사법, 행정의 삼권을 행사하는 권한이다.

말하겠는가?

그 전문(全文)이 영국 정부의 죄악을 나열하고 모국과 분리할 수밖에 없는 이유를 비유로 말하니, 흥미진진하여 사람을 움직일 만했다. 문장의 말미에는 또 이렇게 약술하였다.

그러므로 우리 아메리카합중국의 대의사(代議士), 여기 서로 모여 정의와 공도(公道)로써 공명사회에 고하니, 지금부터 우리 식민지 연방은 자유 독립의 권리가 있으니 영국왕에 대하여 충애의 의무도 없고 정치상 털끝만큼의 관계도 없다. 그런즉 모든 화친과 전쟁, 그리고 맹약(盟約)은 세계 독립국의 예를 따르며, 모든 식민지 인민은 하나님[皇天]의 돌보심만 의지하고, 자신과 가족의 생명을 희생하여 이 맹세를 반드시 실천할 것이다.

문서 끝에는 의장 핸콕과 서기관 톰슨[26]의 이름으로 서명하였다.[27] 1776년 7월 4일[28]에 포고서가 각 주(州)에 이미 도달하니, 시민

[26] 톰슨(泰姆遜, Charles Thomson, 1729~1824): 미국 독립전쟁 당시 대륙회의의 서기로, 15년 동안 회의 기록을 유지하며 미국 독립의 중요한 문서들을 작성하고 전달했다. 그는 미국 독립선언서의 공식 사본을 필사하여 조지 워싱턴에게 전달한 인물로도 유명하다.

[27] 문서 끝에는 …… 서명하였다.: 이해조 판본에서 이 문장은 전 단락인 인용문 끝에 위치하지만, 마치 독립선언문의 일부처럼 오해될 수 있어 다음 단락의 첫머리로 분리하였다.

[28] 7월 4일: 후쿠야마, 띵찐, 이해조 판본 모두 "4월 4일"로 되어 있다. 하지만 이 대목의 직전 내용이 독립선언문과 관련된 1776년 7월의 내용이고, 이 대목의 직후

들이 모여 다투어 그 말을 듣고자 하였다. 뉴욕 지역에서는 영국왕의 동상을 파괴하였다. 보스턴부(府)에서는 시민 수천 명이 한 곳에 모였고 그중 한 명이 우뚝 서서 격문을 낭독하였는데, 취한 듯 미친 듯 말하는 모습에 민기(民氣)는 크게 진동하였다. 영국 장군 하우가 이를 듣고 크게 분노하고 본국의 군대 및 함대 다수를 요청하여 뉴욕을 공격하고자 하였다. 이를 워싱턴이 예상하여 뉴욕 왼쪽 해협에 선척(船隻)[29]을 가라앉혀 영국 함대의 길을 막고, 한편으로는 9천 명의 병사를 보내 브루클린[30] 등의 요해처를 방어하였다.

브루클린은 뉴욕의 맞은편에 있었는데 큰 못이 좌우에 끼어 있고, 두 강이 동북쪽을 둘러싸고 있어 롱아일랜드[31]에서 뉴욕에 이르는 육로가 이 지역을 관통하였다. 부장 그린[32] 씨는 이곳에 본영을 설치하고 산 중턱에 전영(前營)을 설치하여 방어를 매우 견고하게 하였다. 영국 장군이 정예 병사 3만 명을 이끌고 롱아일랜드에

내용도 영국의 하우 장군이 활약한 롱아일랜드 전투(1776년 여름)를 다루고 있으므로, "4월 4일"이 아닌 "7월 4일"로 수정하였다. 현재 미국의 독립기념일로 지정되어 기념하고 있는 1776년 7월 4일은 사실 독립선언서가 발표된 날이다. 참고로 실제로 미국의 독립이 승인된 파리조약 체결은 1783년 9월 3일, 이 조약의 발효는 1784년 5월 12일이었다.

29) 선척(船隻): 사람이나 짐 따위를 싣고 물 위로 떠다니도록 나무나 쇠 따위로 만든 물건이다.

30) 브루클린(浦爾肯, Brooklyn)

31) 롱아일랜드(倫葵蘭, Long Island)

32) 그린(葛林, Nathanael Greene, 1742~1786): 미국 독립전쟁 당시 대륙군의 주요 장군으로, 남부 전역에서 영국군을 상대로 전략적 승리를 거두며 전세를 뒤집은 인물이었다. 특히 코웬스 전투(1781)와 길퍼드 코트하우스 전투(1781)에서 영국군을 크게 약화시키며 독립전쟁의 승리에 기여했다.

올라와 한 부대는 강한 전함으로 가라앉은 배를 파괴하고 한 부대는 브루클린 우측을 돌아서 공격하고자 하였다.

브루클린에는 세 개의 길이 있으니, 한 길은 산 앞에 있고, 두 길은 좌우 양측에 있어 모두 협로(峽路)였다. 그린 장군은 지세(地勢)를 관찰하여 세 곳을 고수하다가 불행하게도 병이 심하여 설리번[33]으로 교체되었는데, 설리번은 그린의 계획에 반대하여 우측 샛길 및 중앙만 방어하였다. 영국 장군은 그 허실을 알고 겉으로는 우측을 강하게 공격하다가 정예 병사를 몰래 보내어 좌측의 샛길로 직진하였다. 미국군이 불의의 변을 당하여 브루클린에서 퇴각하고자 하니, 영국 병사가 길을 끊었다. 미국군의 오랜 고전 끝에 영국 병사는 점차 물러났고, 이에 브루클린으로 들어가서 보니 미국 병사 9천 명 중 4분의 1은 무기도 없어 맨손으로 3만 명의 적군에 맞서야 하는 중과부적(衆寡不敵)이었다. 그린의 계획도 따르지 않았으니, 어찌 이 패배를 막을 수 있었겠는가. 때는 1776년 8월 27일이다. 이를 세상 사람들이 롱아일랜드의 고전(苦戰)이라 불렀다고 한다.

이때에 워싱턴이 뉴욕에서 브루클린으로 오다가 멀리서 전장의 흙먼지를 보고 크게 놀라 질주하였다. 성(城)내의 병사들을 점검하니 무기도 준비되지 않았고 적병은 다시 임박하여 형세가 심히 긴급하였다. 방어 계획을 세우고 전방 요새에 들어가서는 패배 진영

---

33) 설리번(薩利彭, John Sullivan, 1740~1795): 미국 독립전쟁 당시 대륙군 장군으로, 롱아일랜드 전투(1776)에서 패배했지만, 프로비던스 및 뉴포트 전투에서 활약했다. 특히 1779년 설리번 원정(Sullivan Expedition)을 지휘하며 이로쿼이족을 격퇴, 영국의 인디언 동맹을 약화시켰다.

의 장군을 일일이 위로하였다. 저 범과 이리 같은 영국이 전방 요새를 이미 점령하고도 북하(北河) 함대를 동시에 진격시켜 브루클린을 급습하니, 워싱턴은 브루클린을 포기하고자 하였다.

28일 밤 큰비가 내려 뉴욕으로 퇴각할 때, 무기와 식량을 하나하나 운반하여 돌아갔다. 비록 연일 장맛비가 내려 도로가 진흙탕이었지만 노고를 꺼리지 않았다. 29일 새벽에 이스트강[34]을 건너니 그 험난한 고생을 어찌 형언하리오. 그 사이 밤낮으로 긴 창을 들고 말에 앉아 흑철(黑鐵)에 붉은 피를 흘리는 와중에도 치달리며 잠시도 눈을 붙이지 않았다. 그가 목석이 아니라면 어찌 혼미하지 않았겠는가. 그러나 군사학 지식이 이로 말미암아 크게 진전하여 엄연히 군사학 전문가의 반열에 들게 되었다. 실패하고 훈련되지 않은 군대가 사방에 강적이 둘러싼 가운데서도 편안히 후퇴하여 잃은 바가 없었으니, 군사학상의 대단한 재능이 아니면 어찌 이를 구제했겠는가.

영국군은 보스턴에서 패한 후로 전군의 사기가 꺾였는데, 롱아일랜드의 승전보를 듣고 해군 제독이 크게 기뻐하여 이 기회를 타서 화친을 청하였다. 설리번 장군이 영국 장군과 협의하였으나, 영국 장군이 새로 승리한 기세를 믿고 식민지를 속방으로 보았다. 식민지 의회는 독립을 주장하여 완강히 거부하며 동의하지 않으니 화친 회의는 결국 깨어졌고, 롱아일랜드 좌우의 여러 섬은 영국 장군 하우에게 점령된 바 되었다.

34) 이스트강(東河, East River)

아! 하늘이 미국을 외면함이 극에 달하였다. 이 전투로부터 시작하여 저먼타운[35]에 이르기까지 그 패배의 일들을 말하고자 하나 내 마음이 아프고 내 코가 시큰거린다. 어찌 일세의 인걸(人傑) 워싱턴의 사업이 이에 이르렀는가. 어찌하여 봄의 꽃은 지려 하고 가을의 달은 둥그렇게 변해가는데 민병(民兵)의 기세는 강물이 날마다 흘러내리는 것과 같은가. 좋은 일은 꺾여 쉽게 무너지고 시세는 아직 이르지 않았는가. 아! 하늘이 미국을 외면함이 극에 달하였다.

이제 영국은 육해군 10만을 합하여 미국 인민의 견고한 보루를 깨트리고자 하였다. 미국군은 전국에서도 겨우 2만이었다. 양군의 형세가 벌써 다르고 그 속 사정은 이보다 더 심각한 것도 있었다. 적병은 하나의 규율 아래 단련하고 하나의 명령 아래 복종하여 그 장군과 병사가 일상을 같이 하고 환란을 같이 하는데, 우리는 어떠한가? 적병은 병기가 날카롭고 식량은 충분히 보급되며 탄약, 피복, 천막 등 모든 도구가 준비되어 있었다. 함대의 보호 또한 있어서 전진도 후퇴도 가능한데, 우리는 어떠한가? 병사의 신규 모집은 규율이 일정치 않아 기한이 차면 면직되어 귀향하고 전쟁의 의무가 시작되면 맨손으로 온다. 전쟁의 승부는 비록 많고 적음에 있지 않지만, 용기와는 관계가 있다. 예전의 만 명이 지금의 천 명인 것과 예전의 백 명이 지금의 천 명인 것은 그 천이라는 수는 동일하나 기세의 성쇠는 이미 판가름이 난 셈이다.

롱아일랜드에서의 패배로 그들은 영국군을 겁내기를 귀신을 대

---

35) 저먼타운(迦孟呑, Germantown)

하듯 하였다. 사라지는 자가 있어도 서로 바라만 보니, 워싱턴의
힘으로도 어떻게 해볼 방책이 없었다. 사마귀의 팔로 수레에 맞설
때 비록 사마귀가 전력을 다한다 해도 어떻게 수레를 상대하겠는
가? 하지만 전투에서 어려움이 없다면 승리한다 해도 영광은 없다.
패전을 겁내지 않고 곤란을 불사하며 노고와 한탄을 피하지 않고
굴욕을 수치로 여기지 않았다. 의연하고 남다르게 서서 식민지의
패배를 바꾸어 승리로 만들었으니, 이는 워싱턴이 아니면 누가 또
가능했겠는가. 이로부터 그 패전의 역사 또한 이미 결말을 맞았다.

　당시 영국군은 롱아일랜드에 주둔하였고 미국군은 뉴욕에 주둔
하였다. 뉴욕부(府)는 뉴욕섬의 한 모퉁이에 있었고 왼편은 이스트
강이었다. 가까이 마주하는 롱아일랜드 북쪽 강, 즉 너비 2마일이
되는 허드슨강[36]이 그 우편에 흐르고, 멀게는 스태튼 아일랜드[37]와
코네티컷[38] 연안을 마주하고 있었다. 넓은 곳에 위치하니 식민지
중에서는 일대 주요한 항구다. 만약 이곳을 잃으면 중부 식민지는
스스로 허물어질 터였다. 영국군이 이를 알고 브루클린의 강한 군대
와 북쪽 강의 함대가 힘을 합쳐 진공(進攻)했으나 이기지 못하였다.

　9월 15일에는 클린턴 장군에게 4천 명의 병력을 이끌고 이스트
강을 건너 블루밍데일[39] 연안의 고지에 거점을 잡게 하였다. 그 지
역은 뉴욕 동북으로부터 5마일의 거리였다. 미국군 중 포격에 의해

---

36) 허드슨강(哈獨宋河, Hudson River)
37) 스태튼 아일랜드(Staten Island)
38) 코네티컷(Connecticut)
39) 블루밍데일(蒲明特, Bloomingdale)

피해를 입은 자가 무수하게 많았고 영국군이 간격을 좁혀오니, 미국군은 성을 포기하고 달아났다. 영국군은 뉴욕부에 들어가 포대(砲臺)를 구축하고 장기 방어전을 계획하였다. 9월 16일 미국군은 사력을 다해 나아가 공격하며 사기가 점점 올라갔다.

워싱턴은 뉴욕섬을 고수하고자 했다. 명장 리[40]는 이렇게 간언하였다.

"각하, 만약 이 섬을 사수하다가 영국군에게 포위당하면 화살 한 발 못 쏘고 사로잡힐 것입니다."

10월 26일에 다시 강을 건너 한 언덕으로 후퇴[41]하여 방어하고, 이때 병사를 점검하니 겨우 6천 명이었다. 영국군이 쫓아오자 워싱턴은 부장(部將)[42]으로 하여금 우익을 맡게 하고 좌익은 자신이 인솔하여 적을 맞았다. 적포가 심히 맹렬하자 우익이 패주하는데도 좌익은 구할 수 없었다.

영국 장군은 뉴욕 지원병을 다시 늘려 미국군을 재차 공격하고자 했다. 그러나 큰 비가 내려 며칠 동안 그치지 않자 진흙탕에 사람 정강이까지 잠기게 되어 결실을 맺지 못했다. 워싱턴이 영국군의 지원병 확대를 알고 11월 1일에 다시 북쪽[43]으로 건너갔다.

---

40) 리(李, Charles Lee, 1732~1782): 미국 독립전쟁 당시 대륙군 장군으로, 초기에는 중요한 지휘관이었으나 먼마우스 전투(1778)에서 혼란스러운 후퇴 명령을 내려 조지 워싱턴과 갈등을 빚었다. 이후 군법회의에서 유죄 판결을 받고 해임되었으며, 독립전쟁의 논란 많은 인물로 남았다.
41) 다시 강을 건너 한 언덕으로 후퇴: 강은 브롱크스(Bronx)강, 언덕은 화이트플레인즈(White Plains)였다.
42) 부장(部將): 맥도걸(Alexander McDougall) 장군을 뜻한다.

때는 찬 구름이 아득하고 쌓인 눈은 새하얀 상태였다. 영국군이 퇴각하여 포대를 빼앗고자 남쪽으로 허드슨강을 따라 내려왔다. 앞서 워싱턴 포진지는 뉴욕에서 10여 마일 떨어져 뉴욕 포진지와 대치하며 허드슨 항로를 담당하고 있었다. 미국군이 이 소식을 듣고 장군과 병사를 모아 의논하였다. 리 장군은 버리고 철수할 것을 주장하였고 그린 장군은 고수할 것을 굳게 고집하니, 워싱턴은 수비대 장군 마고[44]로 하여금 고수하게 하고 그린에게는 리 장군의 포대를 지키게 하였다.

11월 15일, 영국 장군[45]은 워싱턴 포대를 먼저 함락하고[46] 해군 제독에게 신속히 알렸고 18일에 바다와 육지로 함께 전진하여 리 포대 또한 함락하였다. 수비 장군 그린은 워싱턴에게 달려가 읍소했는데 워싱턴은 죄과를 묻지 않았고, 병사를 나누어 리 장군에게는 노스 캐슬[47]을 지키게 하고 자신은 서쪽으로 향했다.

당시 영국군의 기세는 욱일승천(旭日昇天)과 같아서 싸우면 반

---

43) 북쪽: 퇴각 장소는 노스 캐슬(North Castle)이었다.

44) 마고(馬科, Robert Magaw, 1738~1790): 미국 독립전쟁 당시 대륙군 장교로서 포트 워싱턴 전투에서 미국군을 지휘했다. 그는 영국군의 공격을 저지하려 했으나 결국 항복하여 포로가 되었고, 이후 전쟁에서 큰 역할을 하지 못했다.

45) 영국 장군: 윌리엄 하우 장군을 뜻한다.

46) 11월 15일, 영국 장군은 워싱턴 포대를 먼저 함락하고: 일반적으로 포트 워싱턴 전투(Battle of Fort Washington) 혹은 워싱턴 요새 공방전 등으로 불린다. 실제 전투 시기는 11월 16일로 알려져 있다. 영국군이 뉴욕 맨해튼섬 북부의 포트 워싱턴을 공격하여 대륙군을 패배시킨 전투이다. 이 전투로 약 2,800명의 대륙군이 포로가 되었고 워싱턴 군대의 사기는 바닥으로 떨어졌다. 이는 대륙군 최대의 패배 중 하나였다.

47) 노스 캐슬(約加斯爾, North Castle)

드시 이기고 공격하면 반드시 물리쳤다. 롱아일랜드를 격파하고 뉴욕을 함락하여 한 척을 얻으면 한 척을 전진하고 한 보를 얻으면 한 보를 전진하여 미국군으로 하여금 내지로 멀리 후퇴하고 감히 전진할 수 없게 만들었다.

워싱턴 포대의 함락으로 미숙한 공화정부는 혼이 나갈 지경이었고, 군사는 용기를 잃고 그저 앉아서 쳐다볼 뿐이었다. 하물며 복무 기간이 끝나가자 대열은 모두 흩어지니, 오일경조(五日京兆)[48]에 어찌 다른 것을 걱정할 겨를이 있겠는가. 다만 워싱턴은 괴롭고 또 괴로웠다. 대적은 앞에 있는데 떠나는 자는 영영 가서 돌아오지 않으니, 오래 품어온 뜻도 이루지 못했는데 내일의 큰 일은 또 어떻게 하겠는가?

워싱턴은 정부 명령으로 민병을 모집하여 다시 거사를 도모하고자 했으나, 신병이 도착하지 않으니 큰 집을 어찌 나무 한 그루로 지탱하겠는가? 남은 병사를 다시 이끌고 해컨색[49]으로 물러나 방어한 뒤 부하 병사를 점검하니 겨우 3천이었다. 전투에는 무기가 없고 추위에는 피복이 없고 숙소에는 천막이 없고 바닥에는 모포가 없고 굶주렸으나 식기가 없었다. 워싱턴은 모병[50]을 믿을 수 없음

---

48) 오일경조(五日京兆): 중국 고사에서 유래한 표현으로 오래 계속되지 못하는 일을 비유적으로 이르는 말이다.

49) 해컨색(根塞, Hackensack)

50) 모병(募兵): 이해조 역본에는 "募兵"이지만, 후쿠야마와 띵찐 판본에는 모두 "寡兵"(적은 병사)으로 되어 있다. 오역 혹은 식자공의 실수로 볼 수 있지만, 앞서 "민병을 모집"한다는 대목이 등장하므로 "모병"이라 해도 의미가 완전히 어긋나는 것은 아니다. 즉, 이해조의 의도된 선택일 수도 있기에 이해조 판본을 기준으로 그대로

을 알고 군대를 빼내었다. 퇴각한 지 3일만에 영국군이 이미 임박하였고, 미국 병사가 다시 퇴각할 때 남은 병사는 겨우 2천이었다. 그러나 워싱턴은 의연자약(毅然自若)하여 포병에게 명령하여 강위에 진을 펼치고 아픈 병사는 필라델피아로 돌려보냈다.

이때에 펜실베이니아의 지원군이 합류하여 다시 전진을 시도하였다. 큰 하천을 건너려 했지만 영국 병사가 이미 도달하여 배와 노를 먼저 빼앗겼기에 중단되었다. 이보다 앞서 워싱턴이 해컨색으로 후퇴할 때 리 장군에게 급히 전하여 신속히 퇴각하라 했으나, 애석하게도 그 정보를 활용하지 못하여 적병에게 사로잡히게 되었다. 이에 군대의 사기는 점점 떨어져 사람마다 후퇴를 생각하였다.

얼마 지나지 않아 적장 하우 장군은 정예병 2만 7천을 데리고 트렌턴[51]에 주둔하고, 강물이 얼기를 기다렸다가 미국군을 모조리 무찔러 죽이겠다고 맹세하였다. 미국 군영의 장교와 병사는 생기가 없어 자살하는 자도 생겼다. 영국 장군은 또 다양한 계획으로 위협하고 클린턴 장군에게 명하여 함대를 이끌고 롱아일랜드섬에 상륙하게 하여 미국군의 수비병을 격파하고 본대로 합쳤다.

이보다 앞서 워싱턴은 뉴욕을 떠나 트렌턴으로 퇴각하였다. 주민(州民)이 심히 걱정하여 병사를 스스로 모집하고자 하나 인심이 두려워하여 모집 명부에 들어간 자는 한 명도 없었다. 아마 국가의 안위가 일신의 안위보다 못하기 때문이다. 적장이 작은 혜택을 또

번역하였다.

51) 트렌턴(脫倫頓, Trenton)

베풀어 영국의 관대함을 알게 하니 이에 부자는 모두 투항하여 그 눈치를 살폈고, 오직 중류 이하만 여전히 묵묵히 미국군의 승전을 기도하였다. 이때 미국 독립의 형세는 서산(西山)에 지는 해처럼 기운이 다하려 했다. 그러나 워싱턴은 오히려 자약(自若)하니 그는 하나님의 명령을 깊이 믿는 자였다.

워싱턴의 경우 역시 애처롭구나. 모병의 방법은 효과가 없었고 전쟁에서는 누차 패배하니 비방의 의론이 어지럽게 일어나 그의 한 몸이 화살받이가 되었다. 그러나 그의 고귀한 성정은 외적 상황에 동요하지 않고 의연한 정신으로 스스로 실천하는 데 있었다. 어찌되었든 그를 향한 비방은 반드시 곤란을 타개한 이후에야 그칠 수 있었다.[52]

누군가는 당시의 상황을 이렇게 서술하였다.

"이때에 강적은 서로 들이닥치고 장교는 서로 배반하고 병사는 서로 이탈하여 종종 위험이 일신에 집중되었다. 그러나 그는 능히 불요불굴(不撓不屈)의 정신으로 방어에 진력하였다. 비록 한두 차례의 패배가 있었지만 조금도 겁내는 기색 없이 자연스럽고 태연하게 최후의 일전에서 공을 세울 것을 기대하였다."

브루클린에서 패배하고 뉴욕에서 패배하며 포루(砲壘)를 빼앗기고 장수가 사로잡혔으나 그의 의기는 침착하였다. 이제 델라웨어[53] 동쪽은 적군이 점령한 바 되었으나 오히려 진중하고 주도면밀

---

52) 반드시 곤란을 타개한 이후에야 그칠 수 있었다.(困難을 必破흔 後에 乃已코져 흐더라): 이해조 역본에는 "乃已"로 되어 있으나, 문맥상 "乃已"의 오기로 보고 수정하여 번역하였다.

하여 불퇴(不退)를 자임(自任)하니, 아! 이 불요불굴의 정신에 어떻게 우리가 미칠 수 있겠는가.

12월 12일에 필라델피아 의회는 볼티모어[54]로 이전했다.[55] 이보다 앞서 워싱턴은 의회에 서신으로 다음과 같이 보고하였다.

"병력이 크게 부족하니 인구수를 계산하여 병력을 징집하되 3년을 기한으로 정하고 각국에 지원병을 요청해주십시오."

의회가 허락하고 식민지에 사람을 파견하여 민병을 징집하였는데, 각 군(郡) 당 몇 개의 부대로 계산하면 78개 부대를 얻을 수 있었다. 그러나 말은 쉽고 행동은 어려우니, 어떻게 사람들이 지극히 사랑하는 혈육의 생명을 서로 헌신하고자 하겠는가. 워싱턴이 수천의 약한 병사로 수만의 정예(精銳)[56] 영국군을 대적하니, 원기는 쇠잔해지고 무기는 부족하였다. 그 고심을 알 수 있을 것이다.

워싱턴은 인심이 날로 나빠지는 것을 걱정하여 군기를 다시 일으키려 하였다. 이때 하우 장군 등이 3만 병사를 이끌고 내습하려 하다가 델라웨어강에 배가 없어 트렌턴으로 퇴진하였다. 워싱턴은 혼자 '적의 세력을 꺾고자 한다면 적병이 산재한 틈을 타서 격파하지 않으면 안 된다.'고 생각하여 한편으로는 필라델피아를 견고히

---

53) 델라웨어(特拉威, Delaware)

54) 볼티모어(巴爾却, Baltimore)

55) 12월 12일에 필라델피아 의회는 볼티모어로 이전했다. : 3종 판본(후쿠야마, 딩찐, 이해조) 모두 이 문장은 앞 단락에 포함되어 있으나, 문맥상 새로운 단락으로 구분하였다.

56) 정예(精銳): 이해조 판본에는 "精銃"(46쪽)으로 되어 있으나 문맥상 수정하였다.

방어하고 한편으로는 전군을 세 부대로 나누었다. 가운데 부대는 자신이 맡고, 퍼트넘[57]과 머서[58]를 좌우익으로 삼아 델라웨어강을 건너 세 길로 나아갔다. 이때 하늘이 아직 밝지 않았다. 영국군에게 돌격할 때 사람마다 모두 죽음을 결의하니 적병이 버티지 못하고 앞다투어 달아나버렸다. 이를 '트렌턴의 승리'라고 한다. 이 싸움으로 국민의 원기를 구하고 정신에 영향을 미친 것이 많아서 식민지인의 존경과 믿음은 날로 커졌다.

1777년[59] 1월에 워싱턴의 병력이 크게 증원되었다.[60] 병사를 명하여 일률적으로 우두(牛痘)를 접종하게 하니, 무릇 군대에서 두려워할 만한 것은 총검으로 인하여 천연두가 생기기 때문이다.[61] 이에 영국군은 미국군의 세력이 이미 크다는 것을 알고 감히 가볍게

---

57) 퍼트넘(巴忒嫩, Israel Putnam, 1718~1790): 미국 독립전쟁 당시 대륙군 장군으로, 벙커힐 전투(1775)에서 중요한 역할을 했으며 "적들이 가까이 올 때까지 쏘지 마라"는 명령으로 유명하다. 이후 뉴욕 방어전에서 활약했지만 건강 악화로 전쟁 후반에는 전장에서 물러났다.

58) 머서(馬梭, Hugh Mercer, 1726~1777): 미국 독립전쟁 당시 조지 워싱턴의 신뢰를 받던 대륙군 장군으로, 프린스턴 전투(1777)에서 치열한 전투 중 치명상을 입고 전사했다. 그의 죽음은 독립군 사기에 큰 영향을 미쳤으며, 이후 미국에서는 그의 이름을 딴 지명과 기념물이 세워졌다.

59) 1777년: 이해조 역본에는 "1771년"(47쪽)으로 되어 있고, 띵진 역본에는 "1770년"(47쪽)으로 되어 있으나, 후쿠야마 판본(113쪽), 그리고 직전 사건인 '트렌턴의 승리'가 1776년 12월 26일인 점에 근거하여 "1777년"으로 수정하였다.

60) 크게 증원되었다.: 이해조 역본에는 "大振"(47쪽)으로 되어 있으나 띵찐 역본의 "大增"(47쪽)이 문맥에 적합하여 수정하였다.

61) 무릇 군대에서 …… 생기기 때문이다.: 총검과 천연두는 인과관계가 아니므로 이해조의 오역일 가능성이 크다. 후쿠야마 판본에는 "군중(軍中) 가장 두려워한 것은 적의 총검보다는 천연두"(114쪽)라고 되어 있다. 띵찐 역시 천연두가 더 주된 두려움의 대상이라고 번역하였다.(47쪽) 다만 여기서는 이해조의 문장을 준용하였다.

움직이지 못하였다.

　이보다 앞서 영국 장군 모씨는 정예병을 이끌고 뉴욕에 들어갔다. 가는 곳마다 적군이 없어 타이콘더로가[62]와 에드워드[63] 두 요새를 함락시켰다. 이때 미국군이 사력을 다해 항전하여 영국군을 대파하니, 영국군이 정예병을 모두 데리고 갑자기 와서 습격하였다. 미국 장군은 스스로 이렇게 맹세하였다.

　"만약 이 전투에서 잃는 게 있다면 나는 다시는 사람을 만나지 않겠다."

　부하들이 크게 분투하여 다시 대파하니, 무수한 총포와 탄약을 획득하였다. 북부 식민지가 이로 인하여 크게 진작되니 때는 8월 13일[64]이었다.

　영국군이 수 차례 패배한 후 사기는 떨어지고 식량은 부족하여 과거 미국군의 상태와 비슷해졌다. 9월 19일에야 다시 출전했는데 북부 제독[65]이 힘껏 격퇴시켰다. 10월 7일에 다시 대파하니 새러토가[66] 수비병은 겨우 9천 명이었다. 미국 장군이 1만 3천의 병사로 사방에서 심하게 압박하니 영국 장군[67]은 비록 힘써 싸웠으나 지원

---

62) 타이콘더로가(啓孔突, Ticonderoga)

63) 에드워드(愛特威, Edward)

64) 8월 13일: 이해조 역본에는 "8월 3일"(47쪽)로 되어 있으나 후쿠야마, 띵찐 판본에 근거하여 수정하였다.

65) 북부 제독: 새러토가 대승의 영웅이 되었다가 훗날 몰락하는 게이츠(Gates) 장군을 뜻한다. 이 대목은 후쿠야마 판본에서만 실명이 언급된다.

66) 새러토가(撒脫格, Saratoga)

67) 영국 장군: 후쿠야마 판본에 의하면 이때의 영국 장군은 버고인(John Burgoyne)

군이 도착하지 않아 뚫지 못하였다. 잔병 6천 명을 데리고 항복하니, 그 병기와 수레의 짐들은 모두 미국군이 갖게 되었다. 북부 식민지군의 사기가 날로 진동하였고 유럽의 여러 나라들이 대부분 놀라고 탄복하였다. 이때가 10월 17일[68]이었다. 훗날 사람들은 이를 새러토가 대승이라고 불렀다.

이보다 앞서 워싱턴은 영국 총독 하우와 델러웨어강을 사이에 두고 대치하였다. 패배한 약한 병사와 불완전한 무기로 정예인 수만의 영국군에 대항할 때 전선은 겨우 60마일이었다. 그러나 적은 감히 한 발짝도 서쪽으로 향하지 못하였다. 하우 장군은 대처가 헛되다는 것을 알고 1만 6천 병사를 이끌고 롱아일랜드에서 떠나니,[69] 그 의도는 필라델피아에 있었다. 워싱턴이 이를 듣고 퍼트넘의 병사를 나누어 긴급히 지원하게 하고, 한 개 부대를 다시 나누어 델라웨어강을 방어하게 하였다. 자신은 병사 4천 명을 이끌고 델라웨어주 남부로 출격하였다.

8월 24일에 영국군이 함대로 델라웨어주를 격파하고 북쪽으로 나아가려 할 때 워싱턴을 마주쳐 크게 싸웠다. 9월 11일에 미국군

<hr>

이고 지원군은 클린턴(George Clinton)이 담당했다.(116쪽) 띵찐이나 이해조의 역본에서는 이러한 고유명사가 생략되는 경우가 빈번하다.

68) 10월 17일: 이해조 역본에는 "10월 7일"(48쪽)로 되어 있으나 후쿠야마, 띵찐 판본에 근거하여 수정하였다.

69) 롱아일랜드에서 떠나니: 이해조 역본에는 "倫葵蘭島에出ᄒ니"(48쪽)로 되어 있어서 '롱아일랜드를 향하다'라고 해석하기 쉽지만, 내용상의 흐름 및 후쿠야마 판본의 "ロングアイランド嶋を出づ"(116쪽)를 고려하여 그 반대의 의미, 즉 '롱아일랜드에서 떠나다'로 수정하였다.

4천 명이 영국 병사 1만 6천 명의 습격을 받았고, 워싱턴은 잔여 병력을 모아 길목에서 잠복하며 기다렸다. 하지만 공교롭게도 큰 뇌우가 내려 화약이 다 젖었고, 워싱턴은 탄식을 이기지 못하였다. 이로부터 필라델피아 방어는 모두 실패하였다. 함께 했던 자는 다른 이들에게 "8월 25일[70]부터 9월 26일에 이르기까지 그 전투의 격렬함은 상상하지 못할 게 많으니, 총독의 고생은 실로 말로 전하기 어렵다."고 말하였다.

이 전투에 대해 영국 논자는 하우 장군의 전공(戰功)을 크게 칭찬하며 그 큰 성과는 전례가 없었다고 하였다. 그러나 지금의 독립전쟁의 여러 전투를 검토하여 그 승리를 서로 비교해보면, 워싱턴이 하우에 뒤지지 않음을 알 것이다. 그는 부족한 무기와 정비되지 않은 패잔군으로 수만의 정예 영국군과 서로 60마일의 간격을 두고 30일을 버텨낼 수 있었다. 9월 11일의 패배를 말하는 것은 적합하지 않다. 그는 옷도 없고 음식 없는 패잔군을 모아 사력을 다해 적을 제압하고자 했지만, 불행히 하늘은 혼란을 꺼리지 않아 무정한 뇌우가 영국군을 아껴 보호하니, 이 어찌 패배의 죄라 하겠는가.

영국군은 필라델피아를 점령한 후, 그 승세를 타서 워싱턴군을 공격하고자 병사와 군마를 거듭 진격시켰다. 워싱턴이 적병의 준비 부족을 틈타 습격하고자 했는데, 하필 짙은 안개에 사방이 막혀 지척을 분간하지 못하였다. 미국군이 큰 혼란 속에서 다투어 퇴각

70) 8월 25일: 이해조 역본에는 "8월 15일"(48쪽)로 되어 있지만 후쿠야마, 띵찐 판본에 근거하여 수정하였다.

했고, 12월 11일에 다시 후퇴하니 전투는 잠지 중단되었다.[71]

이때 미국군은 새로이 패배하였다. 얼마 전 델라웨어강에서는 영국군을 충분히 저지했는데 지금의 거듭된 패배로 필라델피아는 다시 함락되었다. 델라웨어의 수비병은 더욱 위태로워졌다. 때마침 북부 식민지에서 새러토가 대승이 일어나 게이츠[72] 장군의 명성이 전국에 자자해졌다. 민중의 마음은 워싱턴을 의심하여 게이츠로 대체하고자 하였다. 아! 영웅이 길을 잃게 되니 참으로 불쌍하다.

비록 그러하나 질풍에도 부러지지 않는 억센 풀은 평범한 나무에 비할 바가 아니고, 금옥(金玉)이나 규벽(圭璧)[73]은 모래와 자갈에 비할 바가 아니다. 워싱턴의 자애위망(慈愛威望)이 사람의 마음에 깊이 들어가 있으니, 비록 한두 명의 소인이 그 사이를 미혹하였지만 이를 갑자기 바꾸지는 못하였다. 더 이상한 것은 게이츠 장군 휘하의 병사도 워싱턴이 물러나는 것을 원치 않았다는 점이다. 이 귀신과 물여우[74]의 음모는 물거품으로 돌아가 다행히 잔류한 약한 미국군이 정예 영국군을 이겼으며, 다행히 소수의 미국군이 다수의 영국군을 쫓아냈으며, 다행히 가련한 워싱턴이 지위에서 물러나지 않게 되었고, 다행히 사랑스러운 워싱턴이 머지않아 미국 대

---

71) 미국군이 큰 …… 중단되었다.: 첫 퇴각은 화이트 마쉬(White Marsh), 두 번째 퇴각은 밸리 포지(Valley Forge)였다(후쿠야마 판본 119쪽 참조).

72) 게이츠(拜其, Horatio Lloyd Gates, 1727~1806): 미국 독립전쟁 당시 새러토가 전투(1777)에서 영국군을 항복시켜 큰 승리를 거둔 대륙군 장군이었다. 그러나 1780년 캠던 전투에서 참패하며 명성이 추락했고, 이후 군에서의 영향력을 상실했다.

73) 규벽(圭璧): 제사 등에서 사용되던 일종의 옥기(玉器)를 뜻한다.

74) 귀신과 물여우: 원문에는 "귀역(鬼蜮)"으로 되어 있다.

통령에 추대되었다.

아! 이는 꿈에서나 하는 잠꼬대인가. 이때 미국은 패전을 거듭하며 워싱턴이 위기에 급급했던 때가 아닌가. 그러나 각국 정부는 독립의 포고를 이미 들어 비록 크게 반겼으나 대개는 영국의 권위를 질투했던 것이지 진실로 미국을 크게 아낀 것은 아니었다. 또한 영국을 심히 꺼려하여 대놓고 편들지 못하였다. 이때 프랑스 정부가 먼저 병사를 보내어 미국을 원조하는 데 동의하니 때는 1778년 6월이었다. 영국군은 필라델피아를 포기하고 뉴욕으로 향하려 했다가 프랑스의 지원병이 이미 도착하였기에 퇴각하고자 하였다. 워싱턴은 다수의 의견을 따르지 않고 영국군을 바로 추격하여 24일에 대파하였다.[75] 군의 사기가 일어나고 의회와 국민이 모두 크게 기뻐하였다. 다음 날 아침에 다시 공격하고자 하니, 영국군은 뉴욕으로 퇴각하여 방어하였다.

이때 형세는 이미 변하여 워싱턴의 상황 또한 크게 달라졌다. 식민지 인민 중 병역에 따르는 자가 많았고 병기는 프랑스에서 빌려 하나하나가 날카로워 사기도 더욱 치솟았다. 영국군이 방향을 바꾸어 남쪽으로 내려가니, 남쪽 식민지 장군과 병사들은 프랑스 함대와 힘을 합쳐 방어하였다.

1779년에 의회에서 캐나다를 정벌하고자 하여 그 임무를 워싱턴에게 위임하였다. 워싱턴은 교섭의 중요함을 생각하여 정부에

---

75) 영국군을 바로 추격하여 24일에 대파하였다. : 먼마우스(Monmouth)에서의 전과였다. (후쿠야마 판본 123쪽)

직접 가서 논의하였다. 정부는 위원을 두고 이 문제 및 군사 훈련의 정책을 논의하였는데, 회의 결과 워싱턴의 견해를 채택한 것이 많았지만, 결국 북쪽을 정벌하는 일은 무효가 되었다. 이에 워싱턴은 뉴욕 근방에 있으면서 장군과 병사를 지휘하였고, 한편으로는 나라를 세우는 길과 국민을 기르는 일을 고구하였다.

그 사이의 가장 어려운 일은 수비병의 변고를 막은 것이었다. 이때 지폐의 가치가 하락하여 지폐 40달러로 겨우 금속 화폐 1달러를 바꿀 수 있었다. 군의 식량이 너무나 부족하여 중부 민병은 굶주림과 추위에 도주하는 자가 많았고, 남쪽 지역의 패전이 남긴 영향은 군병의 뇌리에 깊이 들어가 분열되기 쉬웠다. 하지만 워싱턴이 위엄과 덕망으로 어루만지니 무한한 분노와 불안의 기운은 형태도 없이 사라졌다. 그 공이 어떠한가. 난제의 외피를 한겹 한겹 벗겨버리고 승전보가 날마다 도착하니 워싱턴의 명성은 세계에 더욱 울려 퍼졌다.

1781년에 워싱턴이 겉으로는 뉴욕을 공격한다고 해놓고, 비밀리에 남쪽으로 내려가 영국군을 대파하였다. 프랑스 함장과 서로 의논하여 요크타운[76]으로 나아가 공략하니, 요크타운은 남쪽 요해처의 병영이요 영국군이 의지하던 거점이었다. 영국 장군이 버틸 수가 없어서 군대 앞에서 항복하니, 식민지 인민이 지고기양(趾高氣揚)[77] 하던 차에 요크타운의 첩보를 다시 듣고는 기쁨과 위안이 가득하였다. 지난 일을 다시 떠올려보니 감격의 눈물을 참을 수가 없었다.

76) 요크타운(漁泰溫, Yorktown)
77) 지고기양(趾高氣揚): 의기양양하게 거만을 떨며 뽐내는 것이다.

제5장[*]

북미합중국의 독립 및 대통령

요크타운을 함락한 후에 큰 공을 이미 세웠지만 싸워 결판을 내려는 생각은 오히려 여기 그치지 않았다. 그러므로 워싱턴은 전쟁을 끝내자는 논의를 힘써 반대하고 필라델피아에서 각 주의 대표자들을 방문하여 말했다.

"전 영토를 바로 잡고자 한다면 독립의 조약이 승인된 후에야 우리 국민이 안심하기 시작할 것입니다."

이에 양국 사신(使臣)이 프랑스 수도 파리에서 조약을 체결하여 미국 식민지의 독립을 승인하였다. 이 소식이 미국에 전달되매 시민이 무리지어 모였고, 필라델피아 공회당의 불빛은 해 뜰 때까지 이어졌다. 집집마다 축하하니, 이후로 미주(美州) 13주의 독립은 영원하였다. 워싱턴의 반평생 숙원이 하루에 보상을 받았다. 그 즐거움이 어떠했겠는가.

아! 날샌 토끼가 죽으면 이를 쫓던 개는 삶기고 나는 새가 사라지면 좋은 활은 숨겨두는 법이다. 국가 독립의 성패가 군대의 수중

---

* 제5장: 이해조 판본에는 "第5章" 아니라 "第5節"(52쪽)로 오기되어 있다.

에 모두 달려있을 때는 의회가 전전긍긍하여 그 환심을 잃을까 두려워했지만, 전쟁이 이미 종언을 고하자 어제의 노고는 망각하고 공훈에 상도 없었다. 장교와 병사가 불평하여 난리의 기세가 일어나려 하였다. 이때 워싱턴은 휴가를 얻어 군영을 떠나 있었지만 이 소식을 듣고 긴급히 가서 진압하였다.

그러나 장교와 병사의 불평이 갈수록 심해져 의회를 탄핵하자고 워싱턴에게 호소했지만, 워싱턴은 의연히 거절하였고 또한 타이르며 말했다.

"군대는 국민의 자유를 위하여 싸우는 것이고 의회는 국민의 자유를 위하여 대표하는 것이니, 서로 선을 넘으면 안된다. 그러므로 군대는 의회의 명령을 복종하는 것이 진실로 변치 않는 이치다. 제군은 소란을 만들지 말라."

장교와 병사가 더욱 격해져 "국회가 이미 이처럼 하는데 국회의 의무는 어디에 있습니까?"라고 말하며, 병사를 앞세워 의회를 전복시키고 워싱턴을 옹립하여 왕위에 등극시키고자 하니, 워싱턴의 고결한 마음에 어찌 잠시 누릴 허영으로 만세(萬世)의 비웃음을 사려 하겠는가. 워싱턴은 장교와 병사를 급히 모아 눈물로 타이르며 말했다.

"아! 우리가 일신의 행복과 생명을 버리고 죽을 힘으로 분투한 것은 이 소리도 없고 냄새도 없고 그림자도 없고 형태도 없는 자유를 위함이었다. 지금 대수롭지 않은 일에 격노를 이기지 못하여 이미 얻은 것을 다시 잃어버리려 하니, 그 얕음과 성급함이 극심하다. 아! 제군들아. 처자식과 이별하고 부모님을 떠나며 칼끝과 화살촉을 무릅쓰고 서리와 이슬을 거스르며 지난날에 고생하지 않았는가. 지금은 이미 이룬 상황을 마땅히 지키고 아껴야 하는데, 만약 우리가 얻을 것을 우리가 잃는다면 신성한 군대가 자유의 공적과 무엇이 다르겠는가.”

맹렬한 불에 끓는 차와 같이 교만하게 뽐내던 병사들이 이 말을 듣고 모두 눈물을 흘리며 속죄를 구하였다. 하지만 워싱턴은 훈계만 한 것이 아니라 한편으로는 의회에 직접 말하여 장교와 병사 중 공이 있는 자는 큰 상을 받게 하니, 그 일은 곧 해결되었다. 만약 워싱턴이 일말의 사사로운 뜻이라도 있어서 제왕의 자리에 등극하여 나폴레옹과 앞서거니 뒤서거니 서로 영광을 겨루려 했다면, 합중국은 공화의 자립을 실패했을 것이다. 그런즉 북미의 신자유국은 충용한 사기의 극치일 뿐 아니라 공평한 정치가의 은덕으로 이루어진 바도 많았다.

1783년 11월 25일은 북미합중국의 독립일이었다. 영국군은 이미 물러가고 워싱턴은 뉴욕시 의용대의 호위 속에서 입성하였다. 12월 4일, 그는 장교를 널리 모아 귀향과 작별의 뜻을 전하였고, 19일에 장군의 인수(印綬)을 풀었다. 이에 부하들이 늙고 어리고를 떠나 모두 눈물로 배웅하였다. 워싱턴은 고향 버넌으로 돌아가 대장군으로서의 성대한 사업을 잊고서, 매일 새벽에 일어나 늙은 농부와 함께 전원에서 경작하였다. 이야기도 하고 웃기도 하며 날이 저무는 줄 몰랐다.

1787년 필라델피아에서는 위원회를 열고 맹약을 개정하며 폐단이 많은 정치를 정리하려 하였다. 버지니아주는 워싱턴을 추천하여 대표로 보내니, 워싱턴은 개인적으로 '전쟁은 이미 끝났는데 만약 여러 주에서 각자 마음대로 한다면 자유의 성업이 이로부터 시들어 떨어지게 될 것이다.'라고 생각하였다. 이에 전원의 즐거움을 포기하고 위원회에 도착하니, 다시 위원장에 당선되어 미국 현행 헌법을 제정하게 되었다. 통령(統領)의 임무를 맡을 자가 워싱턴 빼고 누가 또 있었겠는가. 다수의 청을 따라 워싱턴이 북미 개국 대통령의 임무를 맡았다.

1789년 4월 30일에 워싱턴이 대통령으로 임명받고 버넌으로부터 뉴욕에 이를 때, 길에서 바라보는 자들이 담장과 같았고 마치 개선식과 같았다. 워싱턴은 법정에 먼저 들어가 엄숙하게 선서한 후에 이렇게 말했다.

"이후로 모든 일을 도의(道義)에 부합하도록 한 연후에 시행할 것입니다. 하나님께서 보살피셔서 이 직책에 합당하게 해주시길 원합니다."

또 의회에 이르러서는 "지금 여러분의 추천을 받아 이 중임을 맡았으나 모자란 제가 부응하지 못할까 걱정입니다. 원컨대 여러분의 도움을 받아 송구함을 면하게 해주신다면 심히 다행이고 심히 다행입니다."라고 연설하였다.

이보다 앞서 워싱턴이 대통령으로 임명된 후에 버넌으로 돌아가 모친에게 고하니, 모친은 눈물을 뚝뚝 흘리면서 말했다.

"나는 늙고 병들어 목숨이 조석(朝夕)에 달렸다. 이후로는 너는 다시 볼 수 없겠구나. 너는 빨리 가서 천직을 다하거라."

워싱턴 또한 눈물을 흘렸고, 모친은 워싱턴을 재촉하여 보냈다. 얼마 지나지 않아 워싱턴은 연로한 모친의 부음(訃音)을 듣고 숨이 끊어질 정도로 애통하였다. 장례 의식은 매우 성대했으며, 국민들은 워싱턴을 위하여 놀라운 존경과 애정으로 장송하여, 길에는 묘에 참배하려는 자들로 가득했다.

이때 의회에서는 행정 구역을 세 개로 분할하고 대신을 조직하였다. 제퍼슨은 내무대신으로, 해밀턴[1]은 대장대신(大藏大臣)[2]으로, 헨리는 군무대신(軍務大臣)으로 추천하여 정하니, 3인은 재주와 식견이 풍부하고 일찍부터 경력이 있던 자였다. 랜돌프는 군무차관으로, 존 제이[3]는 고등재판관[4]으로 등용하니, 이에 행정관의 모양이 갖추어졌다.

---

1) 해밀턴(哈彌頓, Alexander Hamilton, 1755/1757~1804): 미국 독립전쟁 당시 조지 워싱턴의 참모이자 후에 초대 재무장관으로 미국 금융 시스템의 기초를 설계한 인물이었다. 그는 강력한 연방 정부를 주장하며 연방주의를 주도했으며, 이후 애런 버(Aaron Burr)와의 결투에서 사망했다.

2) 대장대신(大藏大臣): 국가 예산을 담당하는 지금의 재무장관을 뜻한다.

3) 존 제이(村係, John Jay, 1745~1829): 미국 독립전쟁 당시 외교관으로 활동하며 1783년 파리조약 협상에 참여해 미국의 독립을 공식적으로 인정받게 한 인물이었다. 이후 미국 초대 대법원장(1789~1795)을 지냈으며, 연방주의 옹호자로서 미국 헌법 체제 확립에 기여했다.

4) 고등재판관: 지금의 연방 대법원장(Chief Justice of the United States)을 뜻한다.

해밀턴은 내각에 등용되고 재정을 정리하고자 주세(酒稅)를 처음 시도하였는데 여러 대신이 모두 반대하였다. 한동안 추한 말들이 들끓었는데 워싱턴이 그 견해를 선택하니 주민(州民)들의 저항이 극심하였다. 병력으로 제압하기에 이르렀지만, 워싱턴이 국가적인 사랑을 받았기에 국민의 감정도 점차 안정되었다. 이후로는 해밀턴과 제퍼슨 두 사람이 매사에 서로 반대하고 부딪히는 일이 날로 심해지니, 워싱턴이 양측을 위로했지만 듣지 않았고 엄연히 사적 관계에서는 적이 되었다.

대신의 당쟁은 매우 심하였고 각 주의 국체는 단결되지 않았다. 워싱턴은 일신의 희망을 포기하기로 굳게 정하였다. 4년의 임기를 다할 때가 와 공천으로 재선되니, 1793년 3월 4일에 대통령직을 다시 수행하게 되었다.

불의에 하늘[天公]이 난을 일으켜 내치가 불완전하고 외교 또한 그러하니, 이때 서북쪽에서는 원주민이 침입하고 프랑스는 공화정치를 조직하여 영국과 갈등을 빚었다. 미국 인민은 프랑스인이 자신을 도와준 것에 동정을 표하여 공수동맹(攻守同盟)을 체결하고자 하였다. 워싱턴은 국외중립(局外中立)을 주장하며 말했다.

"사람이 자유를 사랑함에는 동정이 반드시 있어야 하나 일시적인 의협심으로 국가에 위기를 부르는 일을 선택할 수는 없다. 우리의 안전한 합중국은 사람의 말에 흔들리지 말지어다."

프랑스 공사 즈네[5]는 민심을 선동하여 합중국 항만에 군수용품

---

5) 즈네(葛那, Edmond-Charles Genêt, 1763~1834): 프랑스 외교관으로, 1793년

을 가득 싣고 대통령의 승인 여부는 묻지 않았다. 국민이 크게 분노
하여 프랑스와 연관이 있던 당[6]을 공격하니, 프랑스 공사는 결국
달아났다. 대개 국민정신이 워싱턴 한 사람 위에 머물러 다시는
논란을 만들지 않았으니, 미숙한 공화국이 영원히 중립의 지위를
얻게 되었다.

미국에 파견되어 프랑스 혁명 정부를 지원하도록 압력을 가한 인물이었다. 그러나
워싱턴 정부가 중립을 유지하려 하자 외교적 논란을 일으켰고, 결국 프랑스로 돌아가
지 않고 미국에 정착했다.
6) 프랑스와 연관이 있던 당: 후쿠야마 판본에서는 "리퍼블리컨당"(142쪽), 즉 공화당
이라고 밝히고 있다.

워싱턴의 초연함과 인물됨

워싱턴의 제2차 임기가 끝나려 할 때, 당파 싸움은 더욱 맹렬하였다. 해밀턴은 어쩔 수 없이 내각에서 퇴진하였는데 워싱턴의 원칙은 변하지 않았다. 제퍼슨당은 워싱턴이 적당(敵黨)에게 미혹될까 의심하여 해밀턴을 더욱 공격하였는데, 적의 옳음은 그르다고 하고 적의 그름은 옳다고 하며 매사에 반대하면서 쌓인 분노를 표출하였다. 워싱턴이 구할 방법이 없어, 급류용퇴(急流勇退)[1]를 시도하여 적의 예봉을 피하고자 하였다. 연령과 힘도 점차 쇠하는데 대통령 직위에서 영원히 있는다면 공화 자유의 본의에도 어긋났다. 이에 은퇴의 뜻을 더욱 견고히 하여 1793년 9월에 국민과 작별하고 시정(施政)의 방침을 말하니, 애정이 말의 표현 속에 가득하였다.

신임 대통령 애덤스가 이미 그를 대신하니, 고향 버넌으로 돌아가 은거하며 농사일을 정리하였다. 버넌은 한때 워싱턴의 맏형 로렌스[2]가 맡긴 곳이었는데, 풍경이 사랑스럽고 또 고인(故人)인 형

---

[1] 급류용퇴(急流勇退): 벼슬자리에서 기회를 보아 제때에 용기 있게 물러나는 것을 의미한다.

의 뜻에 감동하여 그곳을 영원히 지키고 떠나지 않았다. 1789년에 미국과 프랑스가 서로 분쟁할 때 워싱턴이 부총독의 임무를 맡아 해밀턴을 중장(中將)으로 삼자, 전쟁의 화(禍)는 화해로 귀결되었다. 위싱턴은 이로부터 세상 일과는 영원히 이별하였다.

1799년 12월 4일은 과연 어떤 날인가? 실로 천세불후(千歲不朽) 북미합중국의 아버지 워싱턴의 마지막 날이다. 그가 며칠 전에 감기를 앓아 전답에서 산책하며 맑은 공기를 마셨는데, 기관지병이 다시 심해져 결국 세상을 떠나니 나이 68세였다. 부음이 전국에 도달하자 농부는 경작을 중단하고 직공은 공장을 닫고 관청은 사무를 멈추었다. 인민은 슬픈 기색을 띠었고, 우마(牛馬)는 울지 않았으며, 하늘색은 암담하였다. 비애의 바람은 거셌고 조기[吊旗]는 펄럭였다. 아! 미국인이 자애의 아버지, 건국의 시조를 잃었다. 통곡의 소리와 회고하는 생각과 감사 찬미의 말들이 전국에 가득 찼다. 전국 인민이 부모가 죽은 것처럼 얼마간 상복을 입었고 버넌의 분영(墳塋)에 장사 지냈다.

버넌은 워싱턴부(府) 남쪽 14마일 포토맥강 우측 기슭에 있으니, 작은 배로도 건널 수 있고 육로로도 이를 수 있다. 매년 가을이 오기 시작하면 날씨 맑은 날을 택하여 도시문으로 나간다. 평야를 질주하여 알렉산드리아에 들어가면, 적막한 시가(市街)는 그림처럼

2) 로렌스(曾倫斯, Lawrence Washington, 1718~1752): 조지 워싱턴의 이복형으로, 영국군 장교이자 버지니아의 유명한 플랜테이션 소유주였다. 그는 마운트 버넌(Mount Vernon)이라는 이름을 직접 붙였으며, 조지 워싱턴의 군사 및 정치적 경력에 큰 영향을 준 멘토 역할을 했다.

굉장하다. 다만 돌집 주변에는 취사하는 연기가 드문드문 보이고 발소리도 희미하여 여전히 고대의 풍미가 있다. 이로부터 서남쪽으로 4마일을 가면 작은 언덕 하나가 길 왼편에 솟아 있는데, 이곳이 바로 버넌이다. 워싱턴의 분영은 그 산 중턱에 있는데, 와석(瓦石)으로 제작되었고 전면에는 철문이 있으며 대리석으로 된 명판이 걸려 있고 좌우에는 기념비가 있다. 관실(棺室)의 깊이는 한 장(丈)[3] 정도이다. 워싱턴은 오른쪽에 있고 부인 마사[4]는 왼쪽에 있으며, 사방에는 갖가지 향기로운 나무를 심었다. 노인들이 이곳을 지나면 지난 일로 추억에 잠겨 자리를 뜰 수 없다고 한다.

정원 중앙에는 버드나무 몇 그루가 있는데, 나폴레옹의 무덤에서 이식한 것으로 알려져 있다. 근세사의 거대한 위인은 워싱턴과 나폴레옹 두 사람이 있을 뿐이다. 그러나 한 명은 미국의 기초를 세웠고, 한 명은 유럽을 석권하여 한 시대를 제패하였다. 한 명은 공을 세워 명성을 떨쳤고, 한 명은 실패하여 명성이 깨어졌다. 그 성공과 실패는 비록 다르다 해도, 절세의 대업인 것은 동일하다. 그러나 같은 시대였음에도 서로 만날 수 없었으니 어찌 슬프지 않겠는가? 오늘날 이 버드나무를 옮겨 심은 이유는 생전에 서로 보지 못한 두 영웅의 마음을 안타까워하며 위로하려는 데 있다.

3) 한 장(丈): 사람의 키 정도를 뜻하는 길이의 단위이다.
4) 마사(馬德, Martha Washington, 1731~1802): 미국 초대 대통령 조지 워싱턴의 아내이자, 미국의 첫 번째 퍼스트레이디였다. 독립전쟁 동안 대륙군 병사들을 돕고 워싱턴을 지원하며 중요한 역할을 했으며, 이후 미국 초대 영부인으로서 국정 활동에 기여했다.

지금 워싱턴을 나폴레옹에 비교해보면 그 경우가 다를 뿐 아니라 그 성격도 크게 다르다. 나폴레옹은 풍운의 기회를 타고 시세의 조류와 합하여 자신의 영광을 추구하였다. 워싱턴은 역경에 처하여 국가를 위해 힘을 다하고 인민을 위해 마음을 애태우면서 정의를 좇고 공도를 행하였다. 나폴레옹은 '불가능은 없다'는 말을 가슴에 새겨 모든 장애를 타파하였고, 워싱턴은 '길은 정의에 있다'는 말을 가슴에 새겨 일신을 돌아보지 않았다. 동서고금의 역사를 보건대 영웅이라는 것은 반드시 특별한 재능과 풍부한 학식이 있을 뿐 아니라 그 천진난만함으로 자신을 기만하지 않고 남을 속이지 않는다. 이에 하나님의 사랑을 받아 뜻대로 다루는 힘을 부여받았으며 온 세상이 신뢰하여 경륜(經綸)의 임무를 위임받는다. 실로 워싱턴이 그 사람이다. 그가 가진 유년기의 원래 자질은 일반 사람에 불과했지만 지극한 정성으로 위대한 업적을 이루었다. 이렇게 보자면 그의 업적은 강직하고 의연하며 결단력 있는 재능, 인내와 극기의 공(功)에서 연유한 것이다.

워싱턴이 일생 그 뛰어난 절조로 인구에 회자된 것을 장황하게 펼쳐놓을 필요는 없다. 다만 유년시절의 일화를 여기 약술하고자 한다. 하루는 그의 부친이 도끼를 주었다. 워싱턴은 너무 기뻤던 나머지 그 예리함을 시험코자 정원의 나무들을 베다가 부친이 아끼던 벗나무5)를 훼손하였다. 다음 날 부친이 보고 크게 노하여 워싱

---

5) 벗나무: 후쿠야마 판본의 "櫻樹"(153쪽)를 띵찐은 "櫻"(62쪽)으로 옮겼다. 전자인 "櫻樹"는 "벗나무"로 번역되며, 후자인 "櫻"은 "벗나무" 혹은 "앵두나무"로 모두 번역 가능하다. 그런데 이해조는 띵찐의 "櫻"를 "櫻桃樹"(60쪽)로 옮겼다. 이 경우, 뜻이

턴을 불러 물으니, 워싱턴은 부친이 화내는 것을 보고 혼자 '망언(妄言)으로 사람을 속이는 것은 선현이 경계한 바'임을 떠올렸다. 이에 감히 감추지 않고 부친 가까이에 꿇어앉아 그 경위를 말씀드렸다. 부친은 워싱턴이 스스로 속이지 않은 것을 보고 크게 기특히 여기며 이렇게 말했다.

"나는 벚나무 천 그루를 잃을지언정 너의 정직은 잃지 않겠다."

부친은 워싱턴을 더욱 사랑하게 되었다.

버지니아 땅에서 측량할 때, 친구를 데리고 강변 농가에서 체류하였다. 하루는 주인집의 4세 아이가 갑자기 강에 떨어졌다. 그 모친은 크게 놀라 부르짖으며 눈물을 흘렸다. 그 친구가 먼저 가서 구하고자 했지만 하류가 심히 급속하고 기이한 바위와 돌들이 곳곳에 튀어나와 있어 함부로 내려가 구조할 수 없었다. 워싱턴은 옷을 벗고 직접 물에 들어갔지만, 아이가 갑자기 잠겼다가 떠올랐다가 하여 힘을 다해 잡으려 해도 소용없었다. 혼자서 생각했다. '수심이 2장(丈)에 불과하니, 아이를 구하지 못하면 그 어머니를 어떻게 다시 볼 수 있을까.' 이에 물을 마시고 암초에 부딪히면서도 그 아이를 마침내 구조해냈다. 그 어머니는 워싱턴의 손을 움켜쥐고 감사하며 이렇게 말했다.

"그대의 이 행동은 보통 사람이 할 수 있는 게 아닙니다. 언젠가 하나님께서 그대를 돌봐주시고 만민이 감사하며 믿고 따를 때가

"앵두나무"로 한정되어 본래의 "벚나무"와 달라진다. 여기서는 저본에 근거하여 "벚나무"로 번역하였다. 유명한 워싱턴의 이 일화에서 실제로 등장하는 나무 역시 '벚나무'(cherry tree)로 알려져 있다. 다만, 이 일화 자체는 허구로 보는 것이 정설이다.

반드시 올 것입니다."

이때 그의 나이 겨우 18세였다.

그의 일생에서 가장 완전한 점은 공정한 목적과 순수한 방법에 있다. 대개 기만하는 계획은 정치가의 악습이다. 그러므로 그가 외국과 국민을 대하는 것은 늘 공도(公道)에서 나왔으며 비록 계략은 사용했지만 간사한 기만책까지 가지는 않았다.

그가 고위직에 누차 등용되는 것은 모두 세상 사람이 명한 것이지 자신이 구한 것이 아니다. 그는 스스로를 믿는 힘을 쏟아 그 직무를 다하였다. 국가의 이익을 도모하고 일신의 이익은 헤아리지 않았다. 따라서 그 행동을 반대하는 자는 털끝만큼의 영향도 없었으니,[6] 그 겸손한 성정에 미치지 못했던 것이다. 또한 인류를 조화롭게 하여 사람들이 그 빛나는 바람을 맞게 하였다.

저 미국의 대업은 모두 두려움으로 말미암아 얻게 된 행복이다. 전쟁이 끝난 후에 당파의 분쟁이 그치지 않자, 단호히 선을 취하고 악을 버렸던 워싱턴의 성정은 훗날의 정치가에게 큰 가치가 되었다. 그가 사람들의 믿음과 사랑을 받은 것은 당연하다.

훗날 사람들이 워싱턴의 공업(功業)을 생각하여 각 주에 기념비를 세웠는데, 워싱턴부(府)에 있는 것이 가장 컸다. 그러나 그 불후

---

6) 따라서 그 행동을 반대하는 자는 털끝만큼의 영향도 없었으니: 이해조 역본에는 "故로纖毫影響이라도其動作을反對ᄒᆞ는者ㅣ無ᄒᆞ니"(62쪽)으로 되어 있으나, 문맥상 어순을 "故로其動作을反對ᄒᆞ는者ㅣ纖毫影響이라도無ᄒᆞ니"로 바꾸어 번역하였다. 띵찐 역본의 해당 부분은 "故任以若何之反對攻擊、皆不能有纖毫影響于彼之動作"(63쪽)으로 되어 있다.

의 기념은 여기에 있지 않다. 버넌 분영에 있는 것도 아니다. 지금 서반구(西半球) 중에 있는 합중국이라는 나라는 누가 세운 것인가. 비록 삼척동자라도 충분히 알 수 있으니, 그 기념이 어떻게 여기에 이르렀는가.

화성돈전
: 미국의 독립 영웅, 워싱턴 전기*

손성준

『화성돈전』(華盛頓傳)은 이해조가 번역한 미국 독립전쟁의 영웅이자 초대 대통령 조지 워싱턴(George Washington)의 전기로, 1908년 회동서관(匯東書館)을 통해 출판되었다. 이 책은 대한제국기의 유일한 단행본 워싱턴 전기였다가 일제강점기로 들어가며 아예 사라지는 운명을 맞는다. 1910년 11월에 조선총독부가 발표한 금서 51종 중 하나로 지정되었기 때문이다.

널리 알려진바, 『화성돈전』을 번역한 이해조는 근대문학사 초기에 유행한 신소설 장르의 유명한 작가이기도 하다. 그의 창작 활동 중 많은 부분이 신소설의 전성기인 1910년대에 이루어졌으므로,

---

* 이 해제는 『중역한 영웅 – 근대전환기 한국의 서구영웅전 수용』(소명출판, 2023)의 제4부 제2장 「성인군자와 독립투사 사이, 『화성돈전』」을 토대로 간결하게 재구성한 것이다.

그 이전에 나온 『화성돈전』의 존재는 이해조가 활동 초기에 지녔던 문제의식을 해명하는 단서가 될 수 있다. 가령 그의 대표작으로 분류되는 계몽소설 『자유종』(광학서포, 1910)은 미국 독립운동의 상징인 'Liberty Bell'의 이름을 그대로 가져왔다. 미국에 대한 이해조의 동경은 『화성돈전』의 출간 직전에 『제국신문』에 연재한 「고목화」(1907.6.5.~1907.7.4.)를 통해서 미리 나타나기도 했다. 이 소설의 등장인물 중 절대적 귀감이 되는 조 박사는 바로 미국 워싱턴에서 의학을 배워와 기독교적 사랑을 실천하는 인물이다.

그런데 『화성돈전』이라는 텍스트의 내적인 특수성 자체는 동아시아적 맥락을 시야에 넣을 때야 온전한 이해가 가능하다. 우선 『화성돈전』은 중국인 띵찐(丁錦)의 중역본(中譯本) 『화성돈』(華盛頓)(文明書局, 1903)을 저본으로 삼은 것이었다. 띵찐의 텍스트 역시 번역물이니 저본이 존재한다. 띵찐이 선택한 것은 바로 일본인 후쿠야마 요시하루(福山義春)가 집필한 『화성돈』(華聖頓)(博文館, 1900)이다. 요컨대 『화성돈전』은 후쿠야마(1900)로부터 띵찐(1903)을 거쳐 이해조(1908)에 이르는 번역의 연쇄 속에서 빚어진 중층성의 산물이었다.

이 동아시아 계보의 기점인 후쿠야마 요시하루는 누구인가? 1873년 3월 구마모토현 다마나(玉名)군에서 태어난 후쿠야마는 제5고등중학교를 거쳐 1898년에 도쿄제국대학 문과대 한학과(漢學科)에서 학위를 취득한 재원이었다. 그는 1899년 5월 한문, 일본사, 세계사 과목의 교원자격증을 수여받고 1899년부터 이바라키현립(茨城縣立) 진죠중학교(尋常中學校)의 츠치우라(土浦) 분교에서 재직

하다가, 학교가 1900년 4월 본교로 개편된 후 1904년까지 초대교장을 역임하였다. 즉 『화성돈』의 출판 시점은 후쿠야마가 교육가 경력을 막 시작하던 때였다. 특히 후쿠야마에게 세계사 교원자격증이 있던 점은 『화성돈』의 미국사 관련 지식의 수준이 높았던 배경이기도 하다. 그는 『화성돈』에 '범례(凡例)' 페이지를 두고 영문 레퍼런스의 정보까지 제공했다.[1] 해당 서적들의 구성을 보면, 첫 세 권은 워싱턴의 전기들이고, 나머지는 미국이라는 국가와 관련된 전문 정보들이다. 실제로 후쿠야마의 『화성돈』은 일반적인 전기물과는 달리 워싱턴의 서사뿐 아니라 미국독립사 전반에 대한 상세한 설명도 큰 비중을 차지하고 있음을 알 수 있다.

한편, 『화성돈』에서는 워싱턴의 성인군자(聖人君子)로서의 면모와 군인으로서의 활약이 두루 강조된다. 서양의 대표적 위인에게 성인군자라는 유교적 수식을 붙이는 것은 다소 의아할 수 있다. 하지만 이 지점이야말로 조지 워싱턴이 근대전환기 동아시아에서 널리 환영받은 핵심적인 이유이다. 워싱턴의 주요 업적은 바로 미국 독립전쟁에서의 활약과 초대 대통령으로서의 활약이다. 이 중 전자의 국면에서 워싱턴은 '인내와 극기', '충'과 같은 가치를 증명하였으며, 후자의 국면에서는 '절제'와 '중용'의 미덕을 보여준다.

---

1) "본서를 엮는 데 있어 참고한 서적은 다음과 같다. Lives of Presidents. / Chamber's Famous Men. / W. M. Thayer's George Washington. / Lee & Sheppard: History of American Revolution. / R. Frothingham: Rise of the Republic of the United States. / M. King: Handbook of the United States." 福山義春, 『華聖頓』, 博文館, 1900, '凡例'.

종합하자면 워싱턴은 유교적 영웅이었던 셈이다.

　이해조의 『화성돈전』, 「수장(首章) 서언」에 "워싱턴은 호걸 중의 군자이자 군자 중의 영웅이다."라거나, "위아래로 3천 년 동안 성인 이외에는 완전한 사람에 가까운 자는 오직 워싱턴뿐이다."라고 선언한 것도 같은 맥락인데, 이는 후쿠야마가 쓴 『華聖頓』의 서문에서부터 이미 등장한 표현이었다. 후쿠야마가 도쿄제국대학 문과대 한학과를 졸업했다는 점을 상기해보면, 워싱턴이 유교적 영웅으로 묘사된 배경에 보다 근접할 수 있다. 결정적으로 후쿠야마는 『화성돈』의 출간 직전인 1899년에 『한문독본』(漢文讀本)[2]을 간행한 이력이 있다. 이 교과서는 천황제 이데올로기 강화를 목적으로 하면서도 '성덕(聖德)'·'인서(仁恕)'·'효'·'충'·'예' 등의 유교 덕목을 다룬 일본 유학자들의 문장으로 구성되어 있었다. 『한문독본』과 『화성돈』은 유교적 가치를 선전한다는 점에서 연속성을 띠고 있었던 것이다.

　후쿠야마의 『화성돈』(華聖頓)은 일본에서의 출판 후 약 3년이 지난 시점에 중국의 띵찐에 의해 『화성돈』(華盛頓)으로 역간되었다. 번역 당시의 띵찐은 반청계열의 조직에 몸담고 있었으며 나중에는 쑨원의 결사조직인 동맹회에 들어가기도 했다. 신해혁명 이후에는 군인의 길을 걸어 1921년에 육군중장까지 올랐고 중화인민공화국 시기에는 농업부 고문으로도 활동하게 된다. 혁명운동 시기의 번역이었던 탓인지, 띵찐의 『화성돈』에서는 '독립'이나 '자유'를 앞세운 수사가 첨가되는 경우가 많으며, 후쿠야마의 텍스트보

---

2) 福山義春, 服部誠一 編, 『漢文讀本: 中等敎科』, 育英舍, 1899.

다 격앙된 표현을 사용하여 희생의 가치를 제고하려는 의도도 엿보
인다. 띵찐에게 있어서 미국의 독립전쟁은, 혁명을 통해 청 정부를
전복시키려 하던 본인과 동지들의 실천적 모델로 의미화되었을 법
하다. 후쿠야마가 워싱턴에게서 성인군자로서의 면모를 부각하고
자 했다면, 띵찐은 고난 끝에 독립을 쟁취한 강인한 전사의 면모를
강조하고자 했던 것이다.

한편, 띵찐의 텍스트를 저본으로 삼은 이해조는 전체적으로 축
약형 번역을 시도하였다. 이를테면 가족사, 전투 상황 등의 설명,
장황한 고유명사, 언행규율의 항목 번호 등과 같이 큰 의미가 없는
것들이 다수 삭제되었고, 심지어 워싱턴의 활약이 긍정적으로 서
술되는 대목조차 내용 전개상 큰 무리가 없을 시에는 압축되었다.
띵찐은 죽음의 수사를 빈번하게 배치하고 국민이 감내해야 할 희생
의 수준을 강화하지만, 이해조는 띵찐의 텍스트를 저본으로 삼으
면서도 오히려 그 특징들을 소거하는 개입을 보여준다. 예컨대 그
는 전쟁 관련 서술에서 부정적이고 과격한 묘사들을 다수 생략한
다. 특히 저본상 '죽음'과 관련한 표현을 축소한 흔적이 많다. 결과
적으로 이해조의 번역은, 본인이 의도하진 않았으나 띵찐이 추가
한 대목들을 상쇄하는 방식의 개입이 되어버렸다. 이는 부분적으
로나마 『화성돈전』에서 유교적 영웅의 존재감이 다시 강화되는 효
과를 야기한다. 이렇듯 『화성돈전』의 번역 계보는 각 텍스트가 존
재하던 번역의 시공간 및 번역 주체들의 다양한 역학 속에서 구성
되고 있었다.

끝으로 일러둘 부분이 있다. 공역자 유석환과 함께 『화성돈전』

의 현대어역 출판을 준비하던 중, 이미『화성돈전: 비판정본』[3]이라
는 책이 출간된 사실을 인지하였다.『화성돈전』의 현대어 번역뿐
아니라, 페이지별로 저본과의 비교 분석까지 수행한 투철한 노력의
산물이었다. 해당 서적의 존재에도 불구하고『화성돈전: 미국의 독
립 영웅 워싱턴의 전기』의 출간을 추진한 이유가 두 가지 있다.
하나는『화성돈전』이 이번 '서양영웅전기 번역총서'에 꼭 포함되어
야 할 중요한 텍스트라는 점이고, 또 하나는 원문 영인본을 함께
수록할 수 있다는 차별점이 있었기 때문이다. 이번 책에서 각주로
제시한 판본 비교는『화성돈전: 비판정본』에서 제공된 정보와 중복
되지 않는 선에서 작업하였다는 점도 밝혀둔다.

---

3) 이해조 번역·정금 번안,『화성돈전: 비판정본』, 독도도서관친구들, 2023. 이 책
의 번역과 주해에 참여한 연구자들은 김은숙, 김태주, 손하누리, 안재원 등이다.

華盛頓傳

首章 緒言

予ㅣ美國史를讀ᄒ야千載不朽의英雄을求ᄒ다가一人을得ᄒ니其氣槩ᄂ和風春日이며靈秀의峯과淸碧의泉이오其志ᄂ美玉黃金이며砥石의平과松柏의茂라此ㅣ何人고古今世界에第一人傑華盛頓者ㅣ아닌가華盛頓은豪傑中의君子오君子中의英雄이로다

批評家ㅣ曰昔人이嘗言ᄒ더世에完人이無ᄒ다ᄒ나然,上下三千載에聖人以外에ᄂ其完人에近ᄒ者ㅣ唯華盛頓이라剛ᄒ더能柔ᄒ며嚴ᄒ더能和ᄒ야意志가堅强ᄒ고才智가圓滿ᄒ야英雄의膽略이有ᄒ고君子의盛德을兼ᄒ며自恃의精神이富ᄒ고謙遜의性質이豐ᄒ야個人의自由主義를懷ᄒ더國家의觀念을不忘ᄒ니軍人으로써言ᄒ則智勇의將이오政治로써言ᄒ則人道의嚮導라要言ᄒ則博愛公明正大의人物이로다嘗聞ᄒ니林肯이畎畝에畊ᄒ시華盛頓의品格을深慕ᄒ야其動作을效ᄒ다가終엔美國第二父祖가되엿다ᄒ니嗚呼라彼林肯의英傑로도其崇拜ㅣ如此ᄒ니宜乎歐美人士ㅣ第一人物을論ᄒ면必華盛頓을推ᄒ리로다現時社會의情形을觀ᄒ건더忍言치못ᄒ者ㅣ多ᄒ니願吾後의人은華盛頓을鑑ᄒ야自由及公理와國家及國民을發起ᄒ지어다

第一章

學校生徒及測量技手

北美合衆國의建國父祖華盛頓者는其先이英人이니十三世紀時에族人이農業을務ᄒ더니千六百五十七年에專興及魯倫斯兄弟二人이英國을去ᄒ고北美에來ᄒ야惠斯穆蘭郡薄脫馬若河畔에卜居ᄒᆯ시兄專興가州軍指揮官이되야北巴氏를娶ᄒ야二男一女를生ᄒ고其長男이二子를孇生홈이幼者의名은柯架斯頓이니卽華盛頓의父라前妻는四子를生ᄒ야二子는早殂ᄒ고繼室은叅將波路君의女라華盛頓을生ᄒ니時는一千七百三十二年二月二十二日이러라
柯架斯頓이死時에華盛頓이方十三歲라其兄弟ㅣ父의遺言을從ᄒ야生計를各營홀시華盛頓의家屋土地는弎福特郡에在ᄒ니時에諸弟ㅣ皆幼ᄒ고毌波路氏가財産을司홈이謹愼勤勉ᄒ야義務를克盡ᄒ더라
巴其尼惡地方敎育의缺點이頗多ᄒ지라故로華盛頓의學홈이但句讀, 習子筭術, 薄記等項而己라華盛頓의性이活潑ᄒ야競爭, 飛躍, 角力, 抛鐵桿及其他輕快ᄒ需力의遊戱를皆好ᄒ고兵法을尤好ᄒ야幼時에兒童을聚ᄒ야軍隊及營寨를假立ᄒ고戰鬪戱를作ᄒ더라
華盛頓이幼時에作文이甚拙ᄒ더니經年攻苦하야其大意를始通ᄒ

고後에 法語를 學ᄒ야 進步가 無ᄒ나 然筆記本을 作홈이 條理가 不紊
ᄒ고 筹術의 實用學 幾何學 及 測量法의 正確ᄒ 圖式으로써 發明ᄒ者
ㅣ 多ᄒ고 又 諸證書式이 有ᄒ니 地契借標, 收條發標 及 各項標卷의
書式이라 後에 又 數百種을 輯錄ᄒ니 名論이 頗多ᄒ더라
華盛頓이 學課를 修治ᄒ 外에 又 其言行을 愼ᄒ야 失德의 事ㅣ 無ᄒ고
禮讓을 維持코자ᄒ야 格言을 選ᄒ야 一冊을 成ᄒ니 名曰 言行規律이
라 其幼時의 粗暴ᄒ 氣와 激烈ᄒ 性을 抑制ᄒ고 完全ᄒ 自治力을 養成
ᄒ니 其言行規律이 凡百十條라 今에 數條를 摘ᄒ야 左에 示ᄒ노라

　他人面前에 在ᄒ야 或鼻中作聲 或唱歌 或舞蹈ᄂ 皆不敬의 類라
　凡人의 冗迫ᄒ 際를 當ᄒ야 與言ᄒ 時ᄂ 單簡明瞭홈니 貴ᄒ니라
　凡達人의 前엔 些細의 事로 喋喋지 말고 鄙人의 前엔 重大問題를
　道치 말라
　世俗에 疑를 起ᄒᄂ니라
　事를 先ᄒ야 言ᄒ 時ᄂ 其善惡을 考ᄒ고 其秩序를 分ᄒ야 條理ᄒ라
　凡言行을 其心에 恒常無傀홈을 求ᄒ라

以上 事實로 察ᄒ면 其言語擧動이 雖奇偉磊落ᄒ나 實 嚴正貞肅ᄒ야
克己工夫로 精神을 陶冶ᄒ야 正確ᄒ 人物을 養成ᄒ 者라
膽略이 素有ᄒ야 冒險을 不辭ᄒ더니 海軍이 大海로 壘를 作ᄒ고 靑天
으로 幕을 作ᄒ야 暴風怒濤에 決戰ᄒᄂ 壯快홈을 見ᄒ고 海軍에 投効
ᄒ 志가 有ᄒ니 時年이 十五歲라 小學校에 尚在ᄒ거늘 其兄이 海軍少
尉候補生의 任書를 圖得ᄒ니 華盛頓이 喜甚ᄒ야 海軍에 方入홀ᄉ 其

母ㅣ海軍에放縱흠을素惡ᄒ야彼少壯의身으로其間에投効흠을不
許ᄒ니華盛頓이其志를改ᄒ고學에復就ᄒ더라十六歲에至ᄒ야小
學에卒業ᄒ고幾何, 三角　測量各法을硏究ᄒ야校傍平原을實地鍊
習ᄒ야其近傍各地를皆實地鍊習으로精細히測量ᄒ야手帳에一一
書之ᄒ니人或非笑호ᄃ不顧ᄒ더라盖何事를不論ᄒ고實驗으로써
宗旨를作ᄒ야纖毫라도苟且心이無ᄒ지라其細事도如此ᄒ니國家
社會에對待흠을可知로다

是時에其兄이培爾嫩邱에居ᄒ지라華盛頓이旣卒業흠이其母ㅣ此
地로命送ᄒ야其兄으로同居케ᄒ얏더니其嫂氏의父威亞弗斯ㅣ英
國으로自ᄒ야來ᄒ다가華盛頓을見ᄒ고甚히愛重ᄒ니華盛頓이世
人에見重흠이此로始ᄒ더라威亞弗斯ᄂᆫ文學에嫺ᄒ고賢才를愛ᄒ
더니華盛頓의年少質直ᄒ고沈毅勇敢흠을深愛ᄒ야屬地에出巡흘
時ᄂᆫ必偕行흘시其判斷이明晰흠을愛ᄒ야屬地의測量을付托ᄒ니
其中亞奈加尼山脉이數十里를綿互ᄒ야大澤, 深溪, 谿谷이多ᄒ고
土人이猛惡ᄒ야遷徙가無常ᄒ고殺人으로爲事ᄒ니堅忍勇敢흔者
ㅣ아니면能往치못흘지오當時에土民이定居ᄒᄂᆫ者ㅣ無ᄒ지라故
로區劃處實흠이實最要흔急務러라

華盛頓이威氏의付托을旣受흠이一七四八年四月에殘雪은未消
흔데測量器를携ᄒ고威氏의子로同行흔지라四月十五日에威氏子
ㅣ華盛頓伯氏에게貽書ᄒ야曰

　　某ᄂᆫ終日事冗이오現居ᄂᆫ一小屋이라每晚餐에片刻傾談타
　　가遂皆就寢ᄒ면寢所ㅣ不潔ᄒ고寢具ㅣ不完ᄒ야情形이殊窘

이오是屋이又卑濕多虱故로衣履를不脫ᄒ고令季로共坐達旦
云云

此는華盛頓이其地에初至ᄒ야樵夫小屋에夜宿ᄒ는景이라盖彼ㅣ
富貴에生長ᄒ야竆貧의況을未知ᄒ니翠帳紅閨에坐臥키는不必ᄒ
나食은足히飢를免ᄒ고衣는足히寒을禦ᄒ고一帳의床은足히安居
ᄒ더니今에此景을見ᄒ則엇지驚歎치아니리오故로其報書ㅣ實不
得已흠이라然此行이足히世人의行路難을敎흠이로다夫深林荊棘
은途에遮ᄒ고高山峻谷은前에擁ᄒ며猛獸는來襲ᄒ고土番은劫掠
ᄒ야種種天然의奮鬪가皆英雄의心膽을磨鍊ᄒ고身體를強健케흠
이니他年에建功成業의一助가되얏도다
華盛頓이從事흔지兩月에人欲을屏絶ᄒ고精巧흔心力을盡ᄒ야職
守를完全ᄒ니是後로測量의名이大著ᄒ고又其間에土地의形勢와
土番의內情을知ᄒ야後日軍事의關係가不少ᄒ더라且決意코測量
學으로世界에大用코자ᄒ야又三年을硏究흔지라
然, 彼ㅣ知己를得흠이其結果가엇지此에止ᄒ리오威氏家에書籍이
甚富ᄒ디皆新著오陳腐흔者는無흔지라故로華盛頓이好學의宿願
을得償ᄒ야識見이益高ᄒ며其中에大家亞基遜의著述을尤愛ᄒ야
日廣智ㄴ딘多聞을必先ᄒ고立德인딘近仁을必先ᄒ라壯歲春秋는
忽忽易逝라ᄒ더니英法殖民地의戰爭이初起ᄒ는지라於是에一世
人傑華盛頓의名이中外에聞ᄒ더라

英法殖民地戰爭及陸軍大佐

一四九二年十月十二日에哥侖布丨亞米利加新大陸을發見호新
報가西班牙로부터全歐에喧傳ㅎ니各國政府가其豐饒를欽羨ㅎ야
其民을爭移홀식十七世紀末葉에北美大西洋沿岸에各國植民地
가殆遍ㅎ더라先是에西班牙는中央亞米利加의墨西哥夫洛利達
을領ㅎ고法蘭西는北亞米利加의北部를領ㅎ니即今坎拿大東部라
英國植民地는其中央의巴基尼亞及大西洋沿岸을領ㅎ고荷蘭領
地는其間에僅點綴而己러라當時에唯英法二國이植民地廣大호權
力이有ㅎ야疆土를互增호故로二國의競爭이愈益激烈ㅎ니一六八
九年으로一六九七年에至ㅎ야八年間에英王威廉戰爭과一七零二
年으로一七一三年에至ㅎ야十二年間에女王亞唔戰爭과一七四四
年으로一七四八年에至ㅎ야四年間에專興王戰爭이凡三次에和局
이未定ㅎ더니專興王戰爭後三年에英法植民地의境界問題로釁端
이再起ㅎ니法人이土番을煽動ㅎ야英境을侵홈익人心이將且決裂
홀지라英領植民地에民兵을大集홀식時에華盛頓이年二十에血氣
方盛호一靑年이라宿志를得償코자ㅎ야慈母께請ㅎ고陸軍에投身
ㅎ니是時에民兵組織을數區에分ㅎ고每區에少佐一名을置ㅎ야檢

閱,監督,練兵三事를任홀시華盛頓이友人의周旋으로監督의命을
受ᄒ야其間에從事ᄒ더니兵書를繹ᄒ야兵學家에求敎ᄒ야全力을
盡ᄒ기로誓ᄒ더라

華盛頓이受命혼지未幾에伯兄의病이有혼지라兄의病所에往홀시
又痘疾을麗ᄒ야叫苦ᄒ다가不久에幸愈ᄒ나兄의病이益危ᄒ야療
治가無效라巴其尼亞에偕往ᄒ다가其兄이卒ᄒ니時ᄂ一七五二年
七月二十六日이라卒時에遺囑호ᄃ遺土를幼女에게付ᄒ엿다가女
가死ᄒ거든汝ㅣ繼ᄒ라ᄒ더니華盛頓이嫂氏롤爲ᄒ야善後히處置
호ᄃ其職務ᄂ猶히不怠ᄒ더라巴基尼亞北方監督의任을又受ᄒ니
是時ᄂ華盛頓의年이二十二歲러라

越一年에國民의一大任務가華盛頓身上에又任ᄒ니時에英法이亞
奈加尼山西部에屋准郁等沃野를互爭홀시法人은藉口曰此地롤
法人이首見ᄒ니法人이宜領이라ᄒ고英人은曰土人에게得ᄒ얏다
ᄒ야互相不退ᄒ더니法人이兵을大驅ᄒ야屋准郁에入ᄒ야土人을
誘ᄒ야英人을襲殺ᄒ고其機를乘ᄒ야城寨를完코자ᄒ니英官이不
可不一人을法軍에送ᄒ야其由를詰問홀시專對의才ᄂ少佐華盛頓
을捨ᄒ면足히當홀者ㅣ無혼지라故로華盛頓이其選을被ᄒ다

旣己오法軍이堅壘를屋准郁에盛築ᄒ고土人을誘ᄒ야英小壘를破
壞ᄒ고商人을捕ᄒ야坎拿大로送至ᄒ니土番長이大驚ᄒ야其意를
詰問혼ᄃ法將이己意를此土地에行ᄒ다ᄒ거놀於是에英人에게救
援을請ᄒ니英州知事가華盛頓을立命ᄒ야屋准郁으로送홀시時ᄂ
一七五三年十月三十一日이라華盛頓이四土人及一法語通譯官
을携ᄒ고溫司里克에至ᄒ니其地紳士克士脫氏가土地情狀에頗熟

호지라同行홈을勸ㅎ야七人이殖民地를漸離ㅎ고不毛地를深入홀
시威亞弗斯의測量事를因ㅎ야其四近을熟知ㅎ니故道에重來홈이
甚便ㅎ더라

行未幾에屋准郁大河上流에至ㅎ니其地名은比次罷古니卽亞奈
加尼及木諾軋拉二大川이相合흔處라華盛頓이其要害를見ㅎ고一
寨를築코자ㅎ다가使命未畢홈을因ㅎ야未果ㅎ고此大河를沿ㅎ야
二十英里를行ㅎ다가一村落에至ㅎ야土人을募集ㅎ야平議會를開
ㅎ고使命의目的及知事의意見을通ㅎ고數日을留ㅎ다가法軍總督
牙營을向ㅎ야進홀시酋長이土人四名을送ㅎ야沿道를保衛ㅎ다法
軍大慰가種種謀略을起ㅎ야土人을誘迷코자ㅎ나엇지華盛頓을欺
ㅎ리요華盛頓이伊犁湖南에至ㅎ야使命을傳ㅎ니法總督沈布가答
語호디某는長官의命을奉ㅎ야屋准郁城寨를守ㅎ니某는但職으行
홀쑨이라ㅎ니此答詞가英人所料에不出ㅎ나華盛頓이無禮의答詞
를得ㅎ고其城寨陣地及兵力强弱을竊探ㅎ야回歸홀시道路의艱阻
는又尋常人의可堪홀비아니라

維里亞勃의道ㅣ艱險으로天下에冠絶이라懸崖絶壁이磴道의可尋
도無ㅎ고絚纜의可挽도無흔데況窮陰殺節에積雪이載途라崩雪이
墮下ㅎ니可避홀所를不得ㅎ고波浪이大起ㅎ니可渡의方이全迷흔
지라其護衛의土人이法人의指囑을承ㅎ야中途暗走ㅎ고法人이間
諜을又遣ㅎ야頻頻暗擊ㅎ니愛馬忠僕이或仆或臥에侍從者ㅣ唯克
斯脫一人이僅脫흔지라一望迷漫에村舍를未得ㅎ고糇糧이見無ㅎ
나然華盛頓이不撓不屈ㅎ고精神을益勵ㅎ야翼年一月二十六日
에維里亞勃에乃歸ㅎ니克斯脫이自此로華盛頓을服事ㅎ더라

知事亭維棣ㅣ法總督의言을聞ᄒ고大怒ᄒ야兵備를整頓ᄒ야華盛
頓에게委任ᄒ고比次罷古地에城砦를築ᄒᆯ시知事ㅣ民兵을耍募ᄒ
야大佐夫里로統ᄒ고華盛頓을擢ᄒ야中佐를삼으니法將康帶克이
聞知ᄒ고法兵及土人若干을率ᄒ야亞奈加尼를來襲ᄒ다

華盛頓이中途에셔法兵의來홈을知ᄒ고急히知事쎄報ᄒ야兵備를
增ᄒ고木諸軋拉에築城홈을請ᄒ더니未幾에克斯脫이報호ᄃ法軍
一帶가格來特密五英里에在ᄒ다ᄒ니華盛頓이兵四十人을率ᄒ고
潛夜에土人村落에至ᄒ야其酋長을誘ᄒ야法兵을擊ᄒ고法將裘蒙
弼을殺ᄒ니時ᄂᆫ一七五四年三月二十八日이러라

是時에夫里大佐ㅣ病死ᄒ니華盛頓이其職을繼ᄒ야巴基尼亞兵士
를麾下에盡集ᄒᆯ시法軍이必來復襲홈을知ᄒ고格來特密牙營을修
ᄒ야百計로防禦ᄒ니此ᄂᆫ奈塞啓寨라

時에法軍이屋准郁野에在ᄒ야尼恰軋爾, 布夫二寨로根據地를作
ᄒ고大軍數萬을擁ᄒ야西方으로向ᄒ야英殖民地를侵코자홀시香
巴侖湖畔에城을築ᄒ고間道로紐約을將迫ᄒ야數千兵士를常屯ᄒ
고英殖民地에虛實을窺ᄒ더라時에英殖民地의形勢가常備軍隊ᄂᆫ
無ᄒ고倉皇失措ᄒ야民兵을徵募호ᄃ兵額이未足ᄒ고器械及彈藥
이未備ᄒ고軍壘及城寨가未成이라故로若, 法軍이一步를得進ᄒ
면諸城이繼陷ᄒ야英有ᄂᆫ耍無홀지라當時法軍의兵力이亞奈加尼
方面으로專注ᄒ니華盛頓의責任이重大ᄒ지라時에幕下에大慰麥
寇者ㅣ有ᄒ니卽英國에셔派來ᄒ陸軍士官이라固請호ᄃ殖民地를
退保ᄒ야英王의命을待ᄒ자ᄒ니華盛頓이堅持ᄒ야曰吾ㅣ國境을
退守ᄒ면吾軍은可安이나然吾軍이屢敗라도數日을遲滯ᄒ면吾殖

民地의兵備가稍固ᄒ리라ᄒ야巴基尼亞隊將을率ᄒ고數英里를進
ᄒ야防敵코자ᄒ더니法軍의大兵이其地를己占ᄒ지라基尼亞雅聯
隊를命ᄒ야法軍을敵ᄒ니麥寇ㅣ必敗홈을函稱호디華盛頓이叱ᄒ
야曰吾ㅣ胸中에有策이어늘爾ㅣ何憂오ᄒ고士卒을督促ᄒ야防禦
의未成호者를續修ᄒ더라

忽, 敵軍이大至ᄒ야砲擊이甚烈ᄒ거늘華盛頓이應戰치아니ᄒ야寂
寂홈이無人과如ᄒ더니移時에法軍이直至ᄒᄂ지라於是에英兵이吶
喊衝出ᄒ고伏兵이又應ᄒ야勇戰奮鬪ᄒ니法兵의死者ㅣ無算이라
華盛頓이皷勇不屈ᄒ야越屍叓進호디法將杜理ㅣ和를請ᄒ니此ᄂ
華盛頓의絶妙機會라因約호디城寨를讓出ᄒ면一年을休戰ᄒ다ᄒ
니法將이許諾ᄒ다是役에英兵死者ㅣ僅十二오傷者ㅣ四十二라旣
還에知事ㅣ稱賞ᄒ니此ᄂ一七五四年七月三日이라殖民地에셔此
機를因ᄒ야兵備를大修ᄒ다

殖民地의兵備가旣, 漸固ᄒ니知事, 亭維棣ㅣ言호디亞奈尼亞에城
을再築ᄒ야梯肯을進攻치아니홈이不可ᄒ다ᄒ니華盛頓이極諫ᄒ
야曰戌卒의訓練이未精ᄒ고兵器가未備ᄒᄃ嚴冬動兵이必不利오
且天下에失信홈은智將에不取라ᄒ고時에州會가亦議호디節令이
戰事에適宜치못ᄒ다ᄒ나知事ㅣ不允ᄒ야華盛頓을貶ᄒ고其裨將
으로軍隊를再組ᄒ야屋淮郁野에出홀시時에懺慨의軍이稍有ᄒ나
能忍치못ᄒ더라華盛頓은軍隊를辭去ᄒ야田園에歸臥ᄒ다然知事
ㅣ梯肯에汲汲호者ᄂ盖數故가有ᄒ니

一은梯肯이亞奈加尼에要害라若敵兵이此堅壘를固守호則

屋准郁과開巴基尼及奔鼻巴尼州民이敵兵의來襲을未免홀
것이오

二ᄂ法軍이梯肯에在혼則里司巴格及亞里干棣二地ᄂ上游
의勢를皆占ᄒ니殖民地에腹心의憂가必有홀것이오

三은夸侖冰忒,啓孔央二地ᄂ乃香巴侖으로紐約에至ᄒᄂ要
路라法軍이此로由ᄒ야紐約을進攻홈이最便혼故로屋准郁을
速破ᄒ야敵軍을進擊홈이宜홀것이오

四ᄂ尼亞軋이伊黎及翁他磢二湖間에在ᄒ니若法軍이此를
占領ᄒ면法人及土人의貿易을保護ᄒ리니梯肯을奪혼則尼亞
軋이必危라其利益을可奪홀것이오

五ᄂ槐培古ᄂ坎拿大의最堅혼砲壘라法軍의根據가此地에全
在ᄒ니若梯肯을得ᄒ고他의要路를戛絶ᄒ야塊培古를迫ᄒ면
是乃法軍의咽喉를扼홈이니法人이一步도南進치못홀것이라

知事의意見이如此혼故로梯肯을進攻홈이獨一無二의急務로知ᄒ
나然不幸히華盛頓의談言이微中ᄒ야嚴冬이旣啓ᄒ고積雪이漫山
이라英軍이其苦를不堪ᄒ더니轉瞬間에法軍이長驅大進ᄒ야其負
約을責ᄒ고大戰ᄒ야英人을大勝ᄒ니殖民地의情狀이甚危라知事
ㅣ惶急ᄒ야本國에援助를求ᄒ다
一七五五年春에布拉脫苦將軍이精兵一隊를率ᄒ고英國으로브터
巴基尼亞에至ᄒ야兵士를準備홀시華盛頓를先擧ᄒ야原職을復ᄒ
고溫斯里克에集兵홀시時方雪融에諸川이泛濫ᄒ야輜重이後至ᄒ
고道路가險惡이라華盛頓이言ᄒ디軍隊를一處에集合홈이不利ᄒ

니一隊를分ᄒ야梯肯을急衝ᄒ則梯肯이必陷ᄒ리라將軍이不聽ᄒ
거늘又言호디間諜을速出ᄒ야敵勢를偵察ᄒ라ᄒ니將軍이不聽이
라然梯肯을未及ᄒ야華盛頓의言이己驗이로다時에布拉脫苦將軍
이輕騎數千을自率ᄒ고古里巴로進홀시華盛頓은病臥ᄒ야二週日
을稍後ᄒ더니病愈에將軍을追及ᄒ니實一七五五年七月八日이라
卽,木諾軋拉大戰의前夜니此,大戰의致敗ᄒ原因은實華盛頓의言
을不納홈으로由홈이라七月九日에梯肯十英里를未至ᄒ야木諾軋
拉을將渡홀시忽然伏兵이來襲이라英兵이一部에合ᄒ야敵衝을猝
當홈이立死ᄒ者ㅣ數百餘人이라若華盛頓의毅然來赴홈이아니면
木諾軋拉의失이엇지此에止ᄒ리오是役에布拉脫苦ᄂ戰死ᄒ고其
餘將校의死傷ᄒ者ㅣ六十三名이오士卒의死傷ᄒ者ㅣ七百二十餘
名이라華盛頓도馬二頭와火彈及外衣를失호디四次戰爭ᄒ니其激
烈을可知로다或云將軍의戰死ᄂ敵의殺害홈이아니라頑固者ㅣ以
謂호디將軍이不死ᄒ면軍隊를엇지維持ᄒ리오ᄒ고暗殺ᄒ얏다ᄒ
더라華盛頓이敗兵을根排命에收ᄒ고將軍의死홈을痛憤ᄒ나歸咎
홀處가無ᄒ지라巴基尼亞의兵營을別ᄒ고培爾嫩으로歸ᄒ다梯肯
의役에法將이英軍의勢大홈을聞ᄒ고梯肯을棄코자ᄒ더니其部下
人이勸止ᄒ야二隊를要道에分遣ᄒ니此를由ᄒ야得勝ᄒ지라英國
殖民地人이聞知ᄒ고大望을失ᄒ나幸히北部가獲勝ᄒ야其失을可
償ᄒ더라先是에法軍이英壘를襲擊ᄒ고져ᄒ야紐約으로潛向ᄒ다
가英北軍의逆襲ᄒ비되야大敗ᄒ니라
西奈加尼를旣失홈에英殖民地ㅣ諸軍이來襲홈을恐ᄒ야皆布拉脫
苦에게歸咎ᄒ니華盛頓의名이大噪ᄒ야或其雄猛을稱ᄒ고或其卓

見을賞ㅎ야前日州知事의華盛頓을左遷홈을怨ㅎ더라

一七五六年에法政府ㅣ勇將蒙卡爾媄으로ㅎ야곰駐美總長을命ㅎ야英軍의主將이無홀際를乘ㅎ야諸城을襲破코저홀시一七五七年에蒙卡爾媄이軍士를率ㅎ고坎拿大로自ㅎ야紐約에入ㅎ니其守將이頗히能戰ㅎ는지라十英里에英將烏也布ㅣ適在ㅎ지라守將이相援을求ㅎ되烏也布ㅣ法軍을懼ㅎ야赴援치못ㅎ더니城이遂陷ㅎ고將士ㅣ皆死ㅎ니法軍이每戰每勝ㅎ야其領地가英領에二十培가되더라英法殖民地情形이如此홈이總督이大懼ㅎ야華盛頓을再起ㅎ야軍隊를編集홀시華盛頓이彼等의反覆을旣遭혼지라今에엇지遽允ㅎ리오乃約曰殖民地將官의任免權과軍制改革은吾意를必從이라ㅎ니總督이許혼디將軍의印綬를乃携ㅎ고軍制를大改ㅎ다嗚呼라先是에殖民地兵制가不完ㅎ야兵則烏合이오器則楛窳라紀律이元舞ㅎ야戰地를臨혼則遁逃를爭先ㅎ더니木諸軋拉의敗혼後로殖民地의兵力은惟,虛說而己러라法軍이戰勝餘威를恃ㅎ고土人을誘ㅎ야英領地를劫掠ㅎ고法兵을國境에屯ㅎ야英軍의虛實을探ㅎ나幸히英總督希呀來將軍이北部에在혼故로法軍이敢히來侵치못홈이殖民地가稍安ㅎ더라

華盛頓이現狀을目擊홈이軍制를不改ㅎ면可用치못홈을知ㅎ고羣議를排ㅎ며百難을冒ㅎ야兵額을先定홀시器械를備ㅎ며將校를敎ㅎ며紀律을設ㅎ고州會를復設ㅎ야軍中에或逃或叛者는軍令을按ㅎ야罰ㅎ리라ㅎ니當時自由의民兵으로嚴正軍律에服務키難ㅎ나然殖民地로ㅎ야곰鞏固코자홀진댄엇지不服ㅎ리오

然其收效가旦夕에可致홀비아니라二年으로期限을定ㅎ니此二年

間에艱苦를備歷홀시土人이數侵ᄒ야人命을殺害ᄒ니惜乎라吾善
良의血液으로써彼殘忍의斧鉞에釁ᄒ도다時에民兵이未足ᄒ야能
救치못ᄒ니總督이其等閒홈을疑ᄒ야切責혼ᄃᆡ華盛頓이怒言호ᄃᆡ
諸人의相責이如此ᄒ나兵備가未完ᄒ니良法이實無라ᄒ더라太尉
古怒基者ᄂᆞᆫ本國에셔派遣혼者라殖民地土官을輕視ᄒ야華盛頓의
命을數違ᄒ니華盛頓이罰혼ᄃᆡ太尉ㅣ大怒ᄒ야駐美總督에게訴ᄍ
ᄂᆞᆯ華盛頓이二百五十英里를馳走ᄒ야波斯頓에詣ᄒ야其理由를詳
述ᄒ고已意를並陳혼ᄃᆡ總督希呀來가待遇를甚勤ᄒ고太尉를令ᄒ
야殖民地總督幕下에在ᄒ야總督의命를悉遵케ᄒ니於是에全軍將
士가一人도方命홈이無ᄒ나最苦혼者ᄂᆞᆫ糧食衣服의供給이兵士의
數에不及혼지라每冬防을當ᄒ면其心이最勞ᄒ고若士卒의怨望ᄒ
ᄂᆞᆫ色이有ᄒ면或起臥를同ᄒ며或飮食을共ᄒ니將士ㅣ感泣ᄒᄂᆞᆫ者
ㅣ多혼지라一身으로써庶務에從事ᄒ야軍制에岌岌ᄒ니彼仁慈와
堅忍이아니면엇지能及ᄒ리오

改革의效驗이漸見ᄒ야殖民軍의精銳足恃ᄂᆞᆫ世人의共知혼비라二
年間에干戈로起臥ᄒ고風雨를醉飽ᄒ니彼健强에엇지無害ᄒ리오
彼猛虎와如ᄒ고雄獅와如혼華盛頓이一病에沉綿홈의醫師를訪ᄒ
야培爾嫩에셔治療ᄒ니時ᄂᆞᆫ一七五七年七月이라自此로明月에心
을洗ᄒ고淸風에身을浴ᄒ다가翼年三月一日에新療의病體를振ᄒ
야殖民地牙營에復還ᄒ니時에英相이內閣을新組ᄒ고開議ᄒ야曰
殖民地問題를不結ᄒ면英國에利가아니라ᄒ고精銳를戛出ᄒ야勝
負를決코자홀시福利培將軍을命ᄒ야監督ᄒ고華盛頓은殖民地를
仍監케ᄒ니惜乎라外患이未除ᄒ고內亂이先起ᄒ야豺虎의慾이未

釁호면兄弟의鬪가靡終호도다本國將校及殖民地士官間에衝突이
屢起호디梯肯의役이在前호故로僅僅이調停호지라是時에福利培
ㅣ堅鐵謔에在호야大佐,簿開氏로호야금奔鼻巴尼에開營호고殖
民地軍隊로後盾을作호니七月에華盛頓이巴基尼亞隊를率호고根
培侖特에進홀시其氣勢가引滿의矢와如호고出柙의虎와如호야梯
肯城을先攻코자호거눌福利培將軍이力阻호디舊路는必不利호리
니他道를別求홈만不如호다호니華盛頓이得己치못호야羅義享那
로出호다十一月終에華盛頓의熱心이煮水에蒸氣와如호야沸度가
益加호니雖萬鈞의石이나其蓬勃의力을엇지壓호리오將軍쎄先請
호야敵勢를偵探호다가敵兵이始覺호고急其迎擊호니華盛頓이大
軍을揮進호디法兵이能支치못호야城寨를棄호고屋准郁大河를航
호야遁호거눌華盛頓이兵을收호야城에入호고國旗를高懸호니翌
日에福利培가亦至호더라

時에英軍이分道前進호야次第로得勝홀시里司巴格에進혼者는烏
爾夫가領호야亞爾干棟를先略호고夸侖冰弌啓孔突에進혼者는喬
松이領호야敵將蒙卡爾嬍에게見敗호더니後에得勝호야其城을據
호고尼亞軋에進호는者는希爾가領호야久戰不勝이러니一七五九
年에始勝호다

時에法兵의堅壘가但塊培古一城만餘호지라塊培古는聖多廉士河
를臨호야絶壁上에直立호니二百英尺에過호야堅銳로宿號혼處라
法將蒙卡爾嬍이精銳를盡集호야固守홀시英軍이諸路旣捷에勇將
烏爾夫가八千精兵을領호고四圍進攻호디屢日不下라乃乘夜호야
敵壘前에沿行호다가低平處를得호야岸上에攀昇호야卒地吶喊호

고一時殺來ᄒ니時ᄂᆫ一七五九年九月十三日이라二國의運命이此
一擧에繫在ᄒᆫ故로英法將軍이皆力戰ᄒ야兩軍이死ᄒᆫ者ᄲᅵ이오傷
ᄒᆫ者도無ᄒ더라久之에英軍이大勝ᄒ니大將烏爾夫가重傷을被ᄒ
야將死ᄒᆯ시捷報ᄅᆯ聞ᄒᆷ익笑ᄅᆯ含ᄒ고逝ᄒ더라敵將蒙卡爾嫫이敗
兵을收拾ᄒ야再擧코쟈ᄒ다가銃丸에繫斃ᄒᆫ비되니法軍이乃降ᄒ
고翌年에孟爾利가又陷ᄒ니於是에英法專權大使가法京巴黎에셔
議和ᄒ야西班牙의夫洛利達地와法蘭西의米司希比以東이英領
에盡屬ᄒ다此戰爭이凡六年에生命을犧牲ᄒ고軍費가無筭호디英
國領土ᄂᆫ數十倍에驟加ᄒ야旌旗所至에全球가驚怖ᄒ고亞美利加
土番도敢히在犯치못ᄒ더라嗚呼라有志면事竟成이라ᄒ더니華盛
頓을爲ᄒ야喜ᄒ노라

高鳥가旣盡ᄒ고狡兎가旣死라巴黎和議가旣定에華盛頓의退志가
益堅ᄒ니盖武職의屢選ᄒᆷ이初志가아니오況今에大功을成ᄒᆷ익엇
지歸志가無ᄒ리오十二月에本職을辭ᄒ고培爾嫩으로歸ᄒᆯ시部下
將校가感謝書ᄅᆯ作ᄒ야贈別ᄒ더라彼七載ᄅᆯ從軍ᄒᆷ익慈愛의精神
과卓越의才能과堅忍의意志가世人의腦際에深印ᄒᆫ故로德望이益
顯ᄒ야日後에虎鬚ᄅᆯ拶ᄒ고鵬翼을奮ᄒ야强英을脫ᄒ고新國을建
ᄒᆷ이皆此로由ᄒᆷ이라

此時에華盛頓이末区人加其斯로結婚ᄒ다十七歲時에一少女로情
交ᄅᆯ結ᄒ야彼此愛情이深ᄒ더니不幸히榮華가未茂ᄒ고弱質이遽
凋ᄒ야此婉戀絶妙ᄒᆫ少女가塵世ᄅᆯ永離ᄒ니雖華盛頓의堅忍威嚴
으로도蠟丸의淚ᄅᆯ含ᄒ고猩紅의涕ᄅᆯ灑ᄒ야匏瓜의無匹ᄒᆷ을傷ᄒ
고牽牛의獨居ᄒᆷ을咏ᄒ더니測量에從事ᄒ야威亞弗斯家에留호디

小女의情愛를猶哀ᄒ야悲憐ᄒᆫ尺素를作ᄒ야親友에게奇ᄒ야自慰
ᄒ니其愛情의濃홈과節操의富홈을可知로다爾後에英法殖民地事
ㅣ起홈이政是國家多難의秋라英雄의眼淚가兒女에게遑及지못ᄒᆯ
지라歲月이如流ᄒ고人事가荏苒ᄒ야翩翩少年이二十七歲春秋에
大英國威名이轟轟烈烈ᄒ야大陸에震盪ᄒᆯ時를已啓ᄒ도다巴基亞
客舍에偶在ᄒ더니加基斯를見ᄒ고意氣相合ᄒ야婚姻을成ᄒ니加
基斯氏의才色으로華盛頓의英傑을備配홈이彼此의遺憾이無ᄒ도
다前夫所生ᄒᆫ兒女二人이有ᄒ거늘華盛頓이厚愛ᄒ야親父와如ᄒ
더라加基斯ㅣ華盛頓에게歸ᄒᆫ後로生育이無ᄒ야春花가已開에秋
苗가不秀ᄒ니此ᄂᆫ華盛頓의大憾이라然厥後大功을旣成ᄒ야卓然
히北美合衆國의始祖가되니今日合衆國千萬生靈에何人이其愛兒
가아니리오生홈이自由의民을作ᄒ고死홈이自由의鬼를作ᄒ야萬
邦이讓讓ᄒ디西半球風月은無恙ᄒ고羣吠가猖猖ᄒ디北美洲山河
ᄂᆫ如古ᄒ니嗚呼其目을地下에可瞑ᄒ갯도다

第三章

英國王의壓制及洲會議員

一七六三年에英法戰事ㅣ旣終ᄒ고巴黎和議가旣結에英國旗幟가
煥然增輝ᄒ야東으로法蘭西를壓ᄒ고南으로西班牙를壓ᄒ야十三
洲人口二百萬人口에金銀이充滿ᄒ고米穀이豐饒ᄒ야山高水淸
ᄒ고氣溫土肥의樂土에永히大英國旗幟를高立이나雖然이니日中
則仄ᄒ고月盈則虧ᄒ며樂極驕生ᄒ고興盡悲來라英王의貪亂壓制
ᄂ日甚ᄒ고殖民의革命自由ᄂ日進ᄒ야於是에七年獨立大戰이起
ᄒ고於是에北美洲新國이建ᄒ고於是에一世人傑華盛頓의歷史가
完全ᄒ도다

歐洲各國의殖民이亞美利加에在ᄒ야或云自由를愛ᄒ다ᄒ고或云
財寶를愛ᄒ다호디其地에一臨ᄒ면土人에襲擊을不免ᄒ야今日通
衢가明日則灰燼이라若境土를擴ᄒ고職業을安ᄒ고자ᄒ면不可不
自由의精神을愛ᄒ야自由主義로ᄒ여금勃興ᄒ야賤夫走卒도生命
과如히視홀지니且優勝劣敗의公理ᄂ人世에可逃치못홀者라瘻人
도起홈을不忘ᄒ고盲者도視홈을不忘ᄒ야幸히觸物이無ᄒ故로不
發ᄒ더니適也에奮然躍起ᄒ야抗言호디天이여我의게自由를畀ᄒ
시니否則死를畀ᄒ시리라ᄒ야反旗를高竪ᄒ고母國을戰ᄒ야曠代

未聞호新政府를建호니其勢ㅣ熾矣로다

先是에殖民地의政權이英政府에全在호야自治의權利가無호고官
吏는必英王이派遣호야商業利益을英王의全有호비되니土民이漸
漸不平호야驚天動地의獨立戰爭이此로由호야起호니라

然當時殖民地의現狀이何如오其用法은峻刻호고其執政은有力
호者의常有호비되야父子相代호고敎育에至호얀雖土人이極意歡
迎호는殖民地知事는勉力지아니호니盖其意ㅣ敎育이日盛호則日
後에覇勒을不受호고獨立을倡홀가恐홈이라故로陰害가滋甚호니
土人이益憤호야壑鐵譴波斯頓諸都市에市民會를設호고平等議
를倡호야自由의思想과共和의精神이益練益發호야民會를又設호
니各州ㅣ爭起響應호는지라時에華盛頓이婚事를初畢홈이衆人의
推選호비되야斐狄克郡代表者로巴基尼亞州會議場에來臨호다
北美絶大의威權과絶大의沃野를英政府에盡付호고土民은瘡痍가
百出호야生計가騾窘이라乃奮然堀起호야實業을將復코쟈홀際에
彼知事의狼貪狗欲과彼政府의蠶目豺心이永遠히屬隷로視호야稅
斂을加重호며製造를或禁호며航海船舶을立限호야土民의利益을
犧牲으로知호야其母國의實業을興호고其政府의慾壑을飽호더니
又欺詐의言으로土民을誘호야曰此戰費에國帑이盡竭호니此는土
民保護를爲홈인則土民이不可不相當호租稅를出호야政府의恩을
償호라호니土民이此無禮의言을聞홈이薪에油를加호며鴆에毒을
加홈과如호야向엔默然帖然者ㅣ今엔皆宵然히悲호고嗒然히懼호
고幡然히悔호고蹶然히起호야其罪狀을直揭호야曰殖民地의金으
로殖民地의事를治호면獨立自治를任호여야可호니엇지屬邦으로

視ᄒ며若屬邦으로視ᄒ則國庫의代償이有ᄒ거늘엇지쏘此稅案이
有ᄒ리오伊是에顯利氏가巴基尼亞州의公會堂이되미數千衆을對
ᄒ야懸河의舌로政府의無道홈과英王의悖亂홈을痛斥曰英政府ㅣ
엇지殖民地의租稅를다시干涉ᄒ리오ᄒ고最後에厲聲曰昔에羅馬
에該撒이有홈이不盧多가卽有ᄒ고英國에査爾斯가有홈이克林威
爾가卽有ᄒ니엇지可鑑치아니리오ᄒ는聲音이悲壯ᄒ야聞者ㅣ大
激ᄒ더라英政府난全盛時代를當ᄒ야殖民의蠢動을엇지介意ᄒ리
오依然히印紙條令을發ᄒ야一切物品에該印紙를購用ᄒ야憑據를
作ᄒ고其所人은國債를償혼다ᄒ니殖民이此報를聞ᄒ고死力으로
堅拒ᄒ야此紙를不用ᄒ기로發誓ᄒ니時는一七五六年十一月一日
이라各地民이旗竿을擧ᄒ야人心을鼓動홀시顯利氏ㅣ公會堂에復
詣ᄒ야慷慨演說ᄒ다가大叫曰我의게自由를與ᄒ니否則我의게死
를與ᄒ리라ᄒ더라彼旣狡且狼혼英政府가朝三暮四의計로此條令
을廢ᄒ고新令을另布ᄒ야玻璃,茶,紙等의日用品을稅金으로磨鍊
ᄒ고收稅局을波斯頓에設ᄒ야徵收홀시一面으로兵力을用ᄒ야目
的에到達코져ᄒ니殖民이其隱情을洞悉ᄒ고聲言호디英國議院이
課稅의權利가無ᄒ니不法의課稅는服從홀義務가無ᄒ다ᄒ야英國
産物을不用ᄒ고家用什物을處女로ᄒ야금自製ᄒ고飮料則各地樹
葉으로伐用혼디英政府ㅣ其方針을叟變ᄒ야茶稅外엔一切豁免ᄒ
라ᄒ니波斯頓市民이港內에夜集ᄒ야茶艘三隻을沉破혼지라彼虎
狼의慾이엇지可忍ᄒ리오政府ㅣ聞ᄒ고大怒ᄒ야最後에處置를將
出홀시北美戰雲이穆穆沉沉ᄒ야一轉瞬에獨一無二의奇劇을演成
ᄒ도다先是에英將拜其ㅣ波斯頓府에侵入ᄒ야威力으로市民을壓

制코자ᄒᆞ야衝突이無常ᄒᆞ니市民의被害者ㅣ數人이라警報가四達
ᄒᆞᆷ이全殖民地ㅣ一時鼎沸ᄒᆞ야各州志士가墾鐵譃에會議ᄒᆞ야英政
府를抗拒ᄒᆞ니時ᄂᆞᆫ一七七四年九月五日이라巴基尼亞州에代表者
七人이有ᄒᆞᆷ이華盛頓이其一이러라
華盛頓이結婚ᄒᆞᆫ後十五年을議員代表로斐狄克會에參入ᄒᆞ야雖吶
吶寡言ᄒᆞ나然判斷力이富ᄒᆞ야州會에倚重ᄒᆞᆫ비되믹顯利氏ㅣ其腦
力의偉大ᄒᆞᆷ을恒常稱歎ᄒᆞ더라英政府ㅣ壓制日甚ᄒᆞ야殖民이激昻
大起ᄒᆞᆯ時에彼郡會議長이絶英獨立을倡ᄒᆞ야諸州會를請ᄒᆞ니諸州
會ㅣ代表者를墾鐵譃議會에派送ᄒᆞ다各州代表人이凡五十三名이
라州會의議案及議決委任狀을各持ᄒᆞ고衆議로倫杜夫氏를推ᄒᆞ야
議長을삼고決議ᄒᆞ야曰

若英政府ㅣ兵力을藉ᄒᆞ야租稅를加ᄒᆞ거든全殖民地가抗拒ᄒᆞᆷ
을盡力ᄒᆞᆯ것이오若馬薩犬斯等州ㅣ英政府의壓制를受ᄒᆞ거든
宜相保護ᄒᆞᆯ것이오若議定後에或英의威力을怖ᄒᆞ야同盟者를
蔑視ᄒᆞ거든全殖民地ㅣ羣起責之라ᄒᆞ다

此一聲霹靂의怒雷가坎拿大에馳報ᄒᆞ되若英國虐政에迫ᄒᆞ야同情
을表키願ᄒᆞᄂᆞᆫ者ᄂᆞᆫ我行을速從ᄒᆞ라ᄒᆞ고又英國에馳告ᄒᆞ되我民은
自由를愛ᄒᆞ다가倘或不成이면有死而己라ᄒᆞ더라
時에華盛頓의聲譽가何如ᄒᆞ뇨維爾脫氏ᄂᆞᆫ顯利氏의傳을著ᄒᆞᆫ人이
라嘗言ᄒᆞ야曰一日은顯利氏가議會로브터歸ᄒᆞᆯ시或이議員中의最
大人物을問ᄒᆞ니荅曰若雄辯家則淮戎爾君이魁楚가되나完全의腦

力을具ᄒ고天下의重望을負ᄒᆫ者ᄂᆫ華盛頓이其人이라ᄒ니噫라石
이玉을蘊홈이山이輝ᄒ고水가珠를懷홈이川이媚ᄒᄂ니英雄의不
遇홈을言ᄒ지말라此鷄羣中에鶴聲이一發ᄒ면人誰不驚ᄒ리오議
會를旣定에華盛頓이義勇兵의請을從ᄒ야步兵士官이되야軍務를
監督ᄒ다

風潮가旣至ᄒ고機會가旣迫이나然蟻垤이不有ᄒ면大堤를何潰
며鍼芒이不有ᄒ면毒氣를何泄이리오殖民地의精神은大勢만覘
ᄒ고先發코져아니터니彼頑固ᄒᆫ英內閣과昏憒ᄒᆫ殖民地知事ㅣ讒
言을日進ᄒ야英王의宿志를益堅케ᄒ야曰蕞爾叛徒ᄂᆫ大兵一隊
면足히鎭壓이라ᄒ니費忒氏ㅣ其誤計를苦諫ᄒ더不用ᄒ더라一七
七五年二月에叛黨을進討ᄒ다ᄒ야全局에布告ᄒ고精兵을拜其
將軍의게專任ᄒ야波斯頓埠를守ᄒ더三月에巴基亞에州會를再
開ᄒ니可羨可敬至榮至幸ᄒᆫ亞美利加의獨立一聲이顯利氏口中
에始發ᄒ도다

第四章

獨立戰爭及美軍總督

拜其氏ㅣ波斯頓埠를方守ᄒ시馬薩尤斯民의武器及糧草를已具홈
을知ᄒ고擊奪고져ᄒ다가民兵이防禦를益堅ᄒ야未成ᄒ지라未幾
에英軍이復侵ᄒ니民兵이雖善防이나終然不支ᄒ야輜重이英兵의
占有ᄒᄂ비되니是役에民兵의死者ㅣ僅七人러라一七七午年四月十
九日에英兵이民兵을又劫ᄒ야殘暴가備極ᄒ더니會에少佐某가新
兵을率ᄒ고英軍을共擊홀시英軍이民兵의驟加홈을見ᄒ고波斯埠
로退守코져ᄒ거늘民兵이要害의道路를阻絶ᄒ고砲聲이一發에英
兵이三倒五斃라旣退에其尸를檢ᄒ니三百人에過하더라
勒與頓의戰報가一時紛傳홈이全殖民地土人이奮然羣起ᄒ야農夫
ᄂ鋤犁를棄ᄒ고職工은工匠을閉ᄒ고老幼가武器를咸荷ᄒ야愛妻
ᄂ夫를別ᄒ고慈母ᄂ子를送홀시家用의鳥銃과錫匙로彈丸을溶成
ᄒ야長兒를給ᄒ고旣銹且古ᄒ長劍으로次兒를與ᄒ고泣別ᄒ야曰
嗚呼라汝ᄂ此劍을善保홀지며若戰時에人或有病ᄒ야銃을捨ᄒ고
走ᄒ거든汝ㅣ其銃을拾ᄒ야勇進ᄒ라ᄒ더라又一農夫의子ㅣ年十
五에入兵키를自願ᄒ야其家門에過홀時에皤皤老翁이大叫曰願勇
猛將士ᄂ萬世ᄒ소셔吾子ㅣ汝軍에在ᄒ니必能戰死라否則老父ㅣ

吾子面을復見치아니ᄒ깃노라ᄒ니噫라此ㅣ何言이며此ㅣ何事오
其勇略과其壯快가엇지此에至ᄒ나뇨父母兒女ᄂ至愛가아니며疆
場戰爭은至危가아닌가엇지相送相勵홈이如此ᄒ뇨無幾時에二萬
餘民兵이波斯頓郭外에已集ᄒ도다

勒與頓의戰報ㅣ野火가枯草를焚홈과如ᄒ고驚風이鴻毛를飛홈과
如ᄒ야殖民地全部人心이大激ᄒ야馬薩尤斯로局尼迦間에十三州
가知事의命을奉ᄒᄂ者ㅣ無ᄒ디知事ᄂ恬然不知ᄒ고各州委員을
郤羅忒에會ᄒ야議決ᄒ디生命을捨ᄒ고自由를壓ᄒᄂ外엔善法이
夐無라ᄒ더라

時에民兵驍將倭倫氏ㅣ數百兵士를率ᄒ고英人의堅寨를攻홀식其
寨ㅣ香巴侖湖前面에在ᄒ지라倭倫氏ㅣ奇策을設ᄒ야暗夜에湖水
를渡ᄒ야寨下에旣抵홈이吶喊卒上ᄒ니守兵이倉皇ᄒ야敢抗ᄒᄂ
者ㅣ無ᄒ더라城中俘獲이無筭ᄒ디民兵은一傷도無ᄒ니時ᄂ一七
七五年十月이라越二日에夸倫冰忒을復陷ᄒ니民兵의氣勢가大盛
ᄒ더라

倭倫氏獲勝ᄒ日에殖民地議會를再開홀식議長倫杜夫氏ㅣ病深ᄒ
야享殼克氏로써代ᄒ더니十月에勝報가至홈이議會에셔大稱賞ᄒ
고一面으로英國에使를遣ᄒ며一面으로設備ᄒ더라殖民地獨立聲
이一時大盛이라華盛頓을選ᄒ야委員을삼고紙幣를發行ᄒ기로議
決ᄒ지라當時性怯ᄒ議員이英吏殘酷을不堪이나然,堂堂ᄒ母國
을猝然分離홈을不忍ᄒ者ㅣ有ᄒ지라衆人이大憂ᄒ더니五月下旬
에英國兵船이大至ᄒ고使者ㅣ又歸報ᄒ디英政府ㅣ冥頑ᄒ야殖民
地를踏平코자ᄒ다ᄒ니於是에殖民地意志가大定ᄒ야殖民總督을

先擧ᄒ시亞達密이華盛頓을力薦ᄒ야衆議가遂定ᄒ니華盛頓이再
三堅辭ᄒ되不得이라於是에宏亮ᄒᆫ聲音을發ᄒ야忠愛의忱을宣ᄒ
야日

　　余ㅣ今에此大命을承ᄒ야엇지不謝ᄒ리오만은諸君이過愛ᄒ
　　故로職任의鉅大흠을退思ᄒ니我와如ᄒᆫ迂疎ᄒᆫ者ㅣ竦然ᄒ비
　　나方今國步가艱難에萬民이塗炭이라且議會가信仰을謬加
　　ᄒ야大任을專委ᄒ니不肖ᄂᆫ當骨粉身糜라도盡職而己라諸君
　　은鑒홀진져

於是에總督의印綬를帶ᄒᆫ後에波斯頓의急報를聞ᄒ고肯祺布로馳
向ᄒ다先是에英將花罷公崑頓二氏가波斯頓海岸에旣登ᄒ야精兵
을率ᄒ고波斯頓을襲擊코쟈ᄒ야晩霞丘蒲緇爾의要害를將占홀시
晩霞丘ᄂᆫ半島間에在ᄒ야波斯頓灣에突出ᄒ야一百十英里를直立
ᄒ고蒲緇爾ᄂᆫ波斯頓에尤迫ᄒ야波斯頓을可瞰홀지라若,敵이此
를據ᄒ則波斯頓은엇지吾有라ᄒ리오大佐某가民兵一千을率ᄒ고
守ᄒ더니六月十七日에英兵이大至ᄒ니民兵의數ㅣ英軍三分一을
不及ᄒ며且鋤를棄ᄒ고劍을取ᄒᆫ者라엇지英軍의久練에比ᄒ리오
然,大佐가頗勇ᄒ야兵士로ᄒ야금靜待ᄒ다가十步以內에近ᄒ거
늘乃急擊ᄒ니英兵이前仆後繼ᄒ야勇進不退라美軍은彈藥이旣盡
ᄒ야徒手無計어늘巴忒嫩이寨外에出ᄒ야奮勇急退ᄒ더라七月二
日에華盛頓이肯布祺에至ᄒ則戰後가己十餘日이라盖堅鐵譃이此
에셔數百英里에在흠으로兼顧키難흠이러라

華盛頓이壑鐵譃으로自ᄒ야肯布祺로向홀시德威聲望이到處喧傳
ᄒ야衆人이無限의敬仰心과愛慕心으로彼,旌旗를歡迎ᄒ니未幾
에馬首에集ᄒ야效死코자ᄒᄂ者ㅣ途에塞혼지라然,十分의九ᄂ皆
新募兵士라衣服도無ᄒ고刀劍도無ᄒ고藥彈鎗砲도無ᄒ니精銳혼
英軍을抗拒코자홈이卵으로써石을投홈과如ᄒ도다華盛頓이新來
홈이軍政이統一치못ᄒ야供給의道ㅣ或乏ᄒ고兵士가自由를樂ᄒ
야嚴格의律은甚苦ᄒ리니此時經營의慘澹勞苦를엇지形言ᄒ리오
一七七六年二月에谷風은蕭蕭ᄒ고殘雪은皎皎라萬死를冒ᄒ고氷
河를渡ᄒ야波斯頓의英兵을擊코져홀시議會에書를送ᄒ야曰某ᄂ
今者에非常의苦痛이有ᄒ니敢히不白지못ᄒ노라一은餉械가不足
ᄒ고訓鍊이未精ᄒ며二ᄂ一切缺乏ᄒ야諸路가空虛ᄒ니萬一敵兵
이來襲ᄒ면大勢一去ᄒ리니엇지不備ᄒ리오古人은兵을用홈이精
銳를隱ᄒ고贏弱을示ᄒ더니今則勢殊ᄒ니此法을反用ᄒ여야或可
久持나然,僥倖을冀홈은兵法의忌혼바라私心沉痛이엇지此에셔愈
甚홀者ㅣ有ᄒ리오事急語促ᄒ니惟俯察ᄒ라ᄒ니此書를觀혼則當
時事勢를可知로다
未幾에華盛頓의兵備가漸整ᄒ야波斯頓을砲擊ᄒ야杜牽泰丘를先
占ᄒ니杜牽泰丘ᄂ波斯頓右側에在ᄒ야府에去홈이僅千尺이오且
後로從ᄒ야望혼則全城이目에在혼지라雖高屋의優勢를占ᄒ나彼
熊羆의英軍이엇지小挫코져ᄒ리오風潮가旣息ᄒ고波鏡이旣平홈
이美軍의守備가愈嚴ᄒ야一隙의可乘홀處가無ᄒ거늘英兵이抵敵
지못ᄒ야波斯頓을棄혼디美兵이歡呼直入ᄒ니時ᄂ三月十七日이
라世人이波斯頓大勝이라稱ᄒ더라

一七七五年夏에美將孟格梅ㅣ坎拿大를擊ᄒ야二陳을陷ᄒ塊培古
堅壘만僅餘ᄒ나然,民兵의歸期가已至라相率歸鄕ᄒ니其留者ㅣ
舊額의半에不及ᄒ지라孟格梅ㅣ寡兵을率ᄒ고前進ᄒ실亞腦特氏
ㅣ坎拿大民兵을率ᄒ고來會ᄒ야塊培古를共逼ᄒ니惜乎라螳臂가
엇지車를當ᄒ며衆寡가엇지相敵ᄒ리오孟格梅ᄂ戰死ᄒ고亞腦特
이亦戰傷ᄒ야全軍이大敗ᄒ니坎拿大全境이英軍의據有ᄒ비된지
라其報가四方에旣傳ᄒ익殖民地兵氣가沮喪ᄒ더니波斯頓捷報가
適至ᄒ익殖民地ㅣ戚을轉ᄒ야喜를作ᄒ니軍氣가復振ᄒ더라
波斯頓을勝ᄒ後에亞美利加軍隊을分ᄒ야一部ᄂ紐約으로直突ᄒ
야四月十四日에又勝ᄒ다華盛頓이畢生의力을盡ᄒ야守備를繕ᄒ
고糧食을貯ᄒ니時에英將崑頓氏ㅣ部下에精兵三千과艨艦數十을
率ᄒ고南殖民地를先服코져ᄒ야戰艦을先遣ᄒ야其港灣을扼ᄒ고
砲臺를攻ᄒ거늘守將摩德立氏ㅣ迎擊大破ᄒ니水師提督栢克氏ㅣ
幾死僅免ᄒ지라南殖民地가大喜ᄒ야意氣激越ᄒ야英軍을輕視ᄒ
고且波斯頓이新復에英國軍威가掃地라英將赫華氏ㅣ艦隊를率하
고紐約南岸에在ᄒ더니七月初旬에和親을請ᄒ거늘其語言이不遜
ᄒ으로華盛頓이堅拒하다
殖民地人民이二大勝報를旣得ᄒ익意氣가益盛ᄒ더라七月二日에
墾鐵諕及巴基尼亞議會를再開ᄒ고獨立政策을決ᄒ야曰殖民地
聯邦이自由獨立을旣得ᄒ則自由獨立의權利를應有ᄒ리니今我等
이英國에對ᄒ忠愛義務를一切斷棄ᄒ고政治上에絲毫의關係가無
케ᄒ다ᄒ야旣議決ᄒ익亞達密이非常의熱心으로써全國에報ᄒ실
國民을呼ᄒ야曰亞美利加ㅣ曾有치못ᄒ大問題를得ᄒ니此ᄂ大快

事라我國民은力을努ᄒ지어다於是에獨立을布告ᄒ고亞美利加合
衆國이라稱ᄒ다
委員若干人을選ᄒ야獨立布告書ᄅᆞᆯ草ᄒ야各部各國에送ᄒ야世界
輿論을要ᄒᆯ시富蘭比로正委員을薦ᄒ고亞達密吉富爾로佐員을作
ᄒ지라其原稿에首論ᄒ되母國으로分離홈은乃自然의理라ᄒ니略曰

人類의進步ᄂᆞᆫ人事의複雜을由ᄒ故로連互의政治ᄅᆞᆯ數國에分
홈이自然의理오且人類ᄂᆞᆫ平等이라權利ᄅᆞᆯ相奪치못ᄒᆯ지니曰
生命曰幸福曰自由ᄂᆞᆫ皆權利의一部라其權利ᄅᆞᆯ安全코자ᄒᆯ
진딘必政府ᄅᆞᆯ人民間에設ᄒ고權利一部ᄅᆞᆯ分ᄒ야政府에屬ᄒ
니卽施政權이是라若政府ㅣ其目的을謬ᄒ야人民權利ᄅᆞᆯ蔑視
ᄒ고其貸與ᄒ權利ᄅᆞᆯ濫用ᄒᆯ則人民의自由計生命計幸福計
ᄅᆞᆯ爲ᄒ야新政府ᄅᆞᆯ別建홈이엇지不可라謂ᄒ리오

其全文이英政府에罪惡을羅列ᄒ고母國을不可不分離ᄒᄂᆞᆫ理ᄅᆞᆯ喩
論ᄒ야娓娓히人을動ᄒᆯ만ᄒ더라文尾에又略曰

故로吾等亞美利加合衆國의代議士ㅣ此에相集ᄒ야正義公
道로써公明社會에告ᄒ노니自今으로我殖民地聯邦이自由獨
立의權利가有ᄒ니英王에對ᄒ얀忠愛의義務도無ᄒ고政治上
에絲毫關係도與無ᄒ則一切和戰盟約을世界獨立國으로成
例ᄒ야全殖民地人民이皇天의眷佑만依賴ᄒ고身家의生命
을犧牲으로作ᄒ되此誓言을必踐ᄒᆯ진져書尾에議長亨殼氏와

書記官泰姆遜氏의名으로署ᄒ얏더라

一七七六年四月四日에布告書ㅣ各州에旣達홈이市民이坌集ᄒ야
其言을爭聞코쟈ᄒ더라紐約地엔英王의銅像을破壞ᄒ고波斯頓府
엔市民數千이一處에會集ᄒ고一人이其中에屹立ᄒ야檄文을朗讀
홀ᄉᆡ醉홈과如ᄒ고狂홈과如ᄒ야民氣가大震ᄒ더라英將赫華ㅣ聞
ᄒ고大怒ᄒ야本國의軍隊及艦隊를多數請求ᄒ야紐約을襲擊코자
ᄒ니華盛頓이豫知ᄒ고紐約左海峽에船隻을沉ᄒ야英艦의路를阻
ᄒ고一面으로九千兵을送ᄒ야蒲爾肯, 要害를守ᄒ니蒲爾肯은紐約
對岸에在ᄒ야大澤이左右에夾ᄒ고兩河가東北을繞ᄒ야倫葵蘭으
로紐約에達ᄒ는陸路가此地에貫ᄒ지라部將葛林氏ㅣ此地에牙營
을置ᄒ고山腹에前營을置ᄒ야防禦를甚堅히ᄒ더니英將이精兵三
萬을率ᄒ고倫葵蘭에登ᄒ야一隊는堅艦을用ᄒ야沉船을破壞ᄒ고
一隊는蒲爾肯右側을還擊코자홀ᄉᆡ蒲爾肯에三路가有ᄒ니一路는
前山에在ᄒ고二路는左右兩側에在ᄒ야皆峽路라葛林氏ㅣ地勢를
察ᄒ야三處를固守ᄒ다가不幸히葛林氏ㅣ病劇ᄒ야薩利彭으로代
ᄒ니薩利彭이葛林의計를反對ᄒ야右側間道及中央만守ᄒ거늘英
將이其虛實을知ᄒ고外面으로右側을力攻ᄒ다가精兵을暗遣ᄒ야
左側間道로直進ᄒ니美軍이不意의變을當ᄒ야蒲爾肯으로退入코
져호ᄃᆡ英兵이阻絕ᄒ니美軍이苦戰良久에英兵이漸退ᄒ거늘蒲爾
肯에乃入ᄒ니是役에美兵九千이四分一은器械도無ᄒ고徒手로三
萬敵軍을當ᄒ니其多寡도不敵이오又葛林計를不從ᄒ니엇지此敗
가無ᄒ리오時는一七七六年八月二十七日이라世人이倫葵蘭苦戰

이라稱ㅎ더라

是時에華盛頓이紐約으로從ㅎ야蒲爾肯에來ㅎ다가戰塵을遙見ㅎ
고大驚馳入ㅎ야城卒을占檢ㅎ니器械도不備ㅎ고敵兵이又迫ㅎ야
事勢가甚急이라守禦計를作홀시前寨에入ㅎ야敗陳將軍을一一이
慰勞ㅎ더라

彼虎狼의英이前寨를旣占ㅎ고北河艦隊를幷進ㅎ야蒲爾肯을急擊
ㅎ더華盛頓이蒲爾肯을棄코져ㅎ더니二十八日夜에大雨를乘ㅎ야
紐約으로退홀시軍器及糧食을一一運歸ㅎ야雖積雨陰潦에道路泥
獰이라도其勞를不憚ㅎ고二十九日曉에東河를渡ㅎ니其辛苦坎柯
를엇지名狀ㅎ리오其間에日夜로長矛를提ㅎ고馬背에坐ㅎ야黑鐵
紅血中에馳騁ㅎ야一刻의交睫이無ㅎ니彼木石이안니여든엇지嗒
然치아니리오然, 兵學의知識을此로由ㅎ야大進홈이儼然히兵家
의列에參ㅎ도다窳敗不練의軍으로强敵四圍혼中에安然히退ㅎ야
失혼비無ㅎ니兵學上에非常혼才ㅣ無ㅎ면엇지此를濟ㅎ리오

英軍이波斯頓에敗혼後로全軍이沮喪ㅎ더니倫葵蘭의勝報를聞ㅎ
고水師提督이大喜ㅎ야此機를乘ㅎ야和를請ㅎ거늘薩利彭將軍이
英將으로協議ㅎ나然, 英將이新勝혼氣를恃ㅎ고殖民地를屬邦으로
視ㅎ는지라殖民地議會는獨立을主ㅎ야堅拒不服ㅎ니和議가遂破
ㅎ고倫葵蘭左右諸島는英將赫華의領혼비되더라

嗚呼라天이美를不祚홈이至極ㅎ도다此戰으로始ㅎ야迦孟呑에至
토록其敗혼事를言코져ㅎ나吾心이痛ㅎ고吾鼻ㅣ酸ㅎ니豈一世人
傑華盛頓의事業이此에至ㅎ나뇨何故로春花는幾謝ㅎ며秋月은幾
圓ㅎ는듸民兵의勢ㅣ江河에日下홈과如ㅎ고抑好事가易敗ㅎ고時

勢가未至홈가嗚呼라天이美를不祚홈이至極ᄒ도다今英國이海陸
軍十萬을合ᄒ야美民의堅壘를打破코져홀시美軍은全國이僅二萬
이라兩軍의形勢가旣殊ᄒ고其內情이此에尤甚ᄒ者ㅣ有ᄒ니敵兵
은一規律間에鍛鍊ᄒ고一命令下에服從ᄒ야其將卒이起臥를同ᄒ
고患亂을同ᄒ더我則何如오敵兵은兵器가精銳ᄒ고糧食이充給ᄒ
고彈藥, 被服, 天幕諸具ㅣ皆備ᄒ고艦隊의保護가又有ᄒ야可進可
退ᄒ더我則何如오兵士를新募에紀律이無常ᄒ야瓜期가至홈則免
歸ᄒ고戰務가開홈則徒手로來赴ᄒ니軍事의勝負ㅣ雖多寡에不在
ᄒ나然, 勇氣의關係ᄂ有ᄒ니昔日에萬이今日에千이나昔日에百
이今日에千이나其千數ᄂ同ᄒᄂ氣의盛衰ᄂ己判이로다倫葵蘭一
敗에彼等이英兵을懼홈이鬼神과如ᄒ야去者ㅣ相望ᄒ니華盛頓의
力으로도如何ᄒ方策이無ᄒ리로다螳臂로車를當홈이蟷力을雖盡
ᄒᄂ其所當者의車를엇지相敵ᄒ리오然, 戰鬪가險을不遇ᄒ면雖勝
이ᄂ不榮이라戰敗를不懼ᄒ고困難을不辭ᄒ며勞怨을不避ᄒ고屈
辱을不恥ᄒ야毅然特立ᄒ야殖民地로ᄒ야금敗를轉ᄒ야勝을作ᄒ
니此ᄂ華盛頓이아니면誰가復能ᄒ리오自此로彼, 敗軍의歷史ᄂ亦
旣結果로다

今에英軍은倫葵蘭에屯ᄒ고美軍은紐約에屯홀시紐約府ᄂ紐約島
一角에在ᄒ니左ᄂ東河라倫葵蘭北河를近對ᄒ니卽, 二英里廣되ᄂ
哈獨宋河가其右에流ᄒ고司蚕伊蘭及孔奈卡沿岸을遠對ᄒ야位置
ㅣ廣袤ᄒ니殖民地中一大要港이라若, 此를失ᄒ면中部殖民地ᄂ
自殘홀지라英軍이此를知ᄒ고蒲爾肯堅隊及北河艦隊로合力進攻
ᄒ다가不克ᄒ고九月十五日에崑頓將軍으로ᄒ야금四千兵을率ᄒ

고東河를渡ㅎ야蒲明特岸高地를據ㅎ니其地 | 紐約東北에五英里를距ㅎ지라美軍이砲傷을被ㅎ者 | 無數ㅎ거늘英軍이愈迫홈이美軍이城을棄ㅎ고走ㅎ니英軍이紐約部에入ㅎ야砲臺를築ㅎ고久守計를作ㅎ디九月十六日에美軍이死力進攻ㅎ야士氣 | 稍振이러라華盛頓이紐約島를固守코져ㅎ니名將李氏 | 諫曰閣下 | 此島를死守ㅎ다가英軍이四圍ㅎ면一矢를不發ㅎ고活擒을被ㅎ리라ㅎ니十月二十六日에河水를再渡ㅎ야一邱를退保홀식時에兵士를檢ㅎ니僅六千人이라英軍이追至ㅎ거늘華盛頓이部將으로ㅎ야금右翼을張ㅎ고左翼은自將ㅎ야迎敵ㅎ다가敵砲가甚烈ㅎ야右翼이敗走에左翼이及救치못ㅎ지라英將이紐約援兵을復加ㅎ야美軍을再襲코져홀식大雨 | 數日不止ㅎ야泥濘이人脛을沒ㅎ故로不果ㅎ다華盛頓이英軍의援兵이加홈을知ㅎ고十一月一日에再次北渡ㅎ니時에凍雲은渺渺ㅎ고積雪은皚皚러라英軍이砲臺를退奪코져ㅎ야南으로哈獨宋河를沿ㅎ야下ㅎ다先是에華盛頓砲壘가紐約十餘里에距ㅎ야紐約砲臺와對峙ㅎ니哈獨宋航路를主宰ㅎ는者라美軍이此報를聞ㅎ고將士를集ㅎ야議홀식將軍李氏는棄去를主ㅎ고葛林氏는固守를堅執ㅎ니華盛頓이守將馬科로ㅎ야금固守ㅎ고葛林으로ㅎ야금李氏砲臺를守ㅎ다十一月十五日에英將이華盛頓砲臺를先陷ㅎ고水師提督의게馳報ㅎ야十八日에水陸幷進ㅎ야李氏砲臺를又陷ㅎ니守將葛林이華盛頓의게走訴ㅎ니華盛頓이罪過를不論ㅎ고兵을分ㅎ야將軍李氏로ㅎ야금約加斯爾를守ㅎ고自己는西으로向ㅎ다

是時에英軍의勢 | 旭日이天에升홈과如ㅎ야戰則必勝ㅎ고攻則必

克ᄒᆞ야倫葵蘭을破ᄒᆞ고紐約을陷ᄒᆞ야尺을得ᄒᆞ면尺을進ᄒᆞ고步을得ᄒᆞ면步를進ᄒᆞ야美軍으로ᄒᆞ야금內地에遠退ᄒᆞ고敢前치못ᄒᆞ게ᄒᆞ더라

華盛頓砲臺ㅣ陷흠이幼稚ᄒᆞᆫ共和政府ᄂᆞᆫ魂魄을喪ᄒᆞ고軍士ᄂᆞᆫ勇氣를沮喪ᄒᆞ야唯坐視而己라况瓜期가將啓에隊列이皆解ᄒᆞ니五日京兆ㅣ엇지他慮가有ᄒᆞ리오然, 華盛頓은苦又苦로다大敵은在前ᄒᆞ고行者ᄂᆞᆫ長逝ᄒᆞ니夙志를未遂에來日大事ᄂᆞᆫ復何如오華盛頓이政府命으로民兵을募ᄒᆞ야再擧를圖ᄒᆞᆯ시新兵이未至ᄒᆞ니大厦를엇지一木으로可支ᄒᆞᆯ가殘卒을復率ᄒᆞ고根塞을退保ᄒᆞᆯ시部下兵士를檢ᄒᆞ니僅三千이라戰엔器械가無ᄒᆞ고寒엔被服이無ᄒᆞ고宿엔天幕이無ᄒᆞ고藉엔毛布가無ᄒᆞ고飢엔食具가無ᄒᆞᆫ지라華盛頓이募兵의可恃치못흠을知ᄒᆞ고軍을拔ᄒᆞ야退ᄒᆞᆫ지三日에英軍이己迫ᄒᆞ니美兵이又退ᄒᆞᆯ시兵卒의留ᄒᆞᆫ者ㅣ僅二千이라然, 華盛頓이毅然自若ᄒᆞ야砲兵을命ᄒᆞ야河上에陳을布ᄒᆞ고兵卒의病者ᄂᆞᆫ壑鐵謔에送歸ᄒᆞᆫ지라時에彭鼻巴爾의援兵이來會ᄒᆞ야再進을圖ᄒᆞ더니英兵이己至ᄒᆞ야大川을將渡ᄒᆞ다가船楫을先奪흠으로乃止ᄒᆞ다先是에華盛頓이根塞에退ᄒᆞᆯ時에李氏에게馳報ᄒᆞ야速退ᄒᆞ라ᄒᆞ더니惜乎라見用치못ᄒᆞ고敵兵의捕ᄒᆞᆫ비되니軍氣가愈喪ᄒᆞ야人人이退흠을思ᄒᆞ더라

未幾에敵將赫華氏ㅣ精兵二萬七千을率ᄒᆞ야脫倫頓에屯ᄒᆞ고聲言ᄒᆞ디河水의凍흠을俟ᄒᆞ야美軍을鏖殺ᄒᆞᆫ다ᄒᆞ거늘美營將士ㅣ生氣가無ᄒᆞ야自殺ᄒᆞᄂᆞᆫ者ㅣ有ᄒᆞ더라英將이又百計로威嚇ᄒᆞ고將軍崑頓氏를命ᄒᆞ야艦隊를率ᄒᆞ고倫葵蘭島에上ᄒᆞ야美軍守兵을擊破ᄒᆞ고本隊에合ᄒᆞ다

先是에華盛頓이紐約을去ᄒ고脫倫頓에退ᄒᆯ시州民이憂甚ᄒ야凡
兵을自募코져ᄒ나人心이惶惶ᄒ야募籍에入ᄒᆫ者ㅣ一人도無ᄒ니
盖國家의安이一身의安만不如ᄒᆷ이라敵將이小惠를又施ᄒ야英國
의寬大를知케ᄒ니于是에富者ᄂᆫ皆投歸ᄒ야其鼻息을仰ᄒ고唯中
流以下ᄂᆫ尙默然ᄒ야美軍에戰捷을祈ᄒ더라時에美國獨立의勢ㅣ
西山에落日과如ᄒ야氣數ㅣ將盡이나然,華盛頓이猶自若ᄒ니彼
ᄂᆫ皇天의明命을深信ᄒᆫ者이로다
華盛頓의境遇ㅣ亦可憐ᄒ도다募兵의策은無效에旣歸ᄒ고且戰爭
은屢敗ᄒ니謗議가紛紜ᄒ야彼一身이衆矢의的을作ᄒ디然,彼性
質의可貴ᄒᆯ者ᄂᆫ外物에不移ᄒ고毅然精神으로自行ᄒᄂᆫ故로如何
를無論ᄒ고困難을必破ᄒᆫ後에乃已코져ᄒ더라
或이當時에現形을述ᄒ야曰爾時에强敵이相迫ᄒ고將校가相叛ᄒ
고兵卒이相離ᄒ야種種危險이一身에坌集ᄒ디彼ㅣ能히不撓不屈
의精神으로防禦에盡力ᄒ야雖一再의敗가有ᄒ나一毫도懼色이無
ᄒ고從容自若ᄒ야最後에一戰功을企ᄒᄂᆫ도다蒲爾肯에敗ᄒ며紐
約에敗ᄒ며砲壘를見奪ᄒ고將帥ㅣ被擒ᄒ디意氣ㅣ自若ᄒ고今特
拉威以東이敵兵의領ᄒᆫ비되나猶丁寧周到ᄒ야不退로自任ᄒ니嗚
呼라此,不撓不屈의精神은豈吾人의可及ᄒᆯ者ㅣ리오十二月十二
日에堅鐵謔議會를巴爾却으로移ᄒ다
先是에華盛頓이議會에書報ᄒ야曰兵力이太單ᄒ니人口를計ᄒ야
兵을徵ᄒ디三年期로定ᄒ고各國에援兵을求ᄒ라ᄒ니議會ㅣ許諾
ᄒ고殖民地에派員을遺ᄒ야民兵을徵ᄒᆯ시每郡에數隊로計ᄒ면七
十八隊를可得ᄒᆯ지라然,言易行難ᄒ니엇지人人이至愛ᄒᆫ血肉生

命으로相獻코져ᄒ리오華盛頓이數千의弱卒로數萬精銃의英兵을
敵ᄒᆞᆯ시元氣ᄂᆞᆫ消耗ᄒᆞ고軍器ᄂᆞᆫ匱乏ᄒᆞ니其苦心을可知로다華盛頓
이人心의日非홈을憂ᄒᆞ야軍氣를叓振코져ᄒᆞ더니時에赫華將軍等
이三萬兵을率ᄒᆞ고來襲코져ᄒᆞ다가特拉威河에舟가無ᄒᆞ야脫倫頓
에退陳ᄒᆞ니華盛頓이私念호ᄃᆡ敵勢를欲挫코져ᄒᆞ면敵兵의散홈을
乘ᄒᆞ야擊破치아니홈이不可라ᄒᆞ야一面으로壑鐵譃을嚴防ᄒᆞ고一
面으로全軍을三隊에分ᄒᆞ야中軍은自將ᄒᆞ고巴弍嫩馬梭로兩翼을
作ᄒᆞ야特拉威河를渡ᄒᆞ야三道로進ᄒᆞ니時에天色이尙未明이라英
軍을突擊ᄒᆞᆯ시人人이皆,死를決ᄒᆞ니敵兵이能支치못ᄒᆞ야爭相竄
逸이러라此를脫倫頓의勝이라謂ᄒᆞ니是役에國人의元氣를救ᄒᆞ고
精神의影響을振ᄒᆞᆫ者ㅣ多홈으로殖民의敬信이日重ᄒᆞ더라

一七七一年一月에華盛頓의兵力이大振홈이兵士를命ᄒᆞ야一律로
痘를種ᄒᆞ니盖軍中에可恐ᄒᆞᆯ者ᄂᆞᆫ銃劍을因ᄒᆞ야痘瘡이生홈이라于
是에英軍이美兵勢力의己大홈을知ᄒᆞ고敢히輕動치못ᄒᆞ더라

先是에英將某ㅣ精兵을率ᄒᆞ고紐約에入ᄒᆞᆯ시到處에無敵이라啓孔
突,愛特威二寨를陷ᄒᆞᆫᄃᆡ時에美軍이死力拒戰ᄒᆞ야英軍을大破ᄒᆞ
니英軍이精銳를盡率ᄒᆞ고猝地來襲ᄒᆞ거ᄂᆞᆯ美將이自誓ᄒᆞ야曰若,
此戰에失이有ᄒᆞ면吾ᄂᆞᆫ人을不見ᄒᆞ리라ᄒᆞᆫᄃᆡ部下ㅣ大奮迎擊ᄒᆞ야
又大破ᄒᆞ니鎗砲彈藥을得홈이無筭이라北部殖民地ㅣ此를因ᄒᆞ야
大振ᄒᆞ니時ᄂᆞᆫ八月三日이러라

英軍이數回敗衄ᄒᆞᆫ後로士氣ㅣ沮喪ᄒᆞ고糧食이匱乏ᄒᆞ야前日美軍
의情形과相似ᄒᆞ더라九月十九日에乃再出이어ᄂᆞᆯ北部提督이力戰
退却ᄒᆞ고十月七日에又大破ᄒᆞ니撒脫格守兵이僅九千이라美將이

一萬三千兵으로四圍甚迫ᄒᆞ니英將이雖力戰ᄒᆞ나援軍이不至라得
過치못ᄒᆞ야殘卒六千을率ᄒᆞ고降ᄒᆞ니其兵器輜重은皆美軍의有ᄒᆞᆫ
비된지라北部殖民地에兵氣가益震ᄒᆞ거늘歐洲諸國이擧皆驚服ᄒᆞ
니時ᄂᆞᆫ十月七日이라後人이撒脫格大捷이라稱ᄒᆞ더라先是에華盛
頓이英總督赫華로特拉威河를隔ᄒᆞ야對峙ᄒᆞᆯ시敗殘의弱卒과不全
ᄒᆞᆫ武器로數萬精銳의英軍을拒ᄒᆞᆯ시戰鬪線이纏六十里라然敵人으
로ᄒᆞ야금一步도敢히西向치못ᄒᆞ더라赫華將軍이對峙의無益ᄒᆞᆷ을
知ᄒᆞ고一萬六千兵을率ᄒᆞ야倫葵蘭島에出ᄒᆞ니其意가堅鐵謔에在
ᄒᆞᆫ지라華盛頓이聞知ᄒᆞ고巴忒嫩의兵을分ᄒᆞ야急援케ᄒᆞ고一隊를
夏分ᄒᆞ야特拉威河를守ᄒᆞ고自己ᄂᆞᆫ兵士四千을率ᄒᆞ야特拉威州南
部에出ᄒᆞ다八月二十四日에英軍이艦隊로拿威州를打破ᄒᆞ고北으
로將進ᄒᆞᆯ시華盛頓이遇ᄒᆞ야大戰ᄒᆞ다가九月十一日에美軍四千이
英兵一萬六千의襲破를當ᄒᆞ야華盛頓이殘卒을收ᄒᆞ야要扼에셔俟
ᄒᆞ더니會에雷雨가大作ᄒᆞ야火藥이盡濕이라華盛頓이自歎을不勝
ᄒᆞ니此로從ᄒᆞ야堅鐵謔의守備를盡失ᄒᆞᆫ지라從者ㅣ人에게語ᄒᆞ야
曰八月十五日로自ᄒᆞ야九月十六日에至ᄒᆞᆷ이其間戰鬪의轟烈ᄒᆞᆷ이
意料에不及ᄒᆞᆯ者ㅣ多ᄒᆞ니總督의苦ᄂᆞᆫ實로言喻키難ᄒᆞ도다
是役에英國論者ㅣ赫華將軍의戰功을賛賞ᄒᆞ더其大得이曾有치못
ᄒᆞ다ᄒᆞ나然, 今에獨立戰爭의諸役을追考ᄒᆞ야其勝利를兩兩相較
ᄒᆞᆫ則華盛頓이赫華에不下ᄒᆞᆷ을知ᄒᆞ리로다不足의武器와不整의敗
卒로能히數萬精銳의英軍으로六十里를相隔ᄒᆞ고三十日을相持ᄒᆞ
니九月十一日의敗ᄂᆞᆫ足히言ᄒᆞᆯ비無ᄒᆞ고彼無衣無食ᄒᆞᆫ殘卒을集ᄒᆞ
야死命으로敵을制코져ᄒᆞ나不幸히天이亂을不厭ᄒᆞ야無情의雷雨

가英軍을偏護ᄒ니此ㅣ엇지戰의罪라ᄒ리오

英軍이堅鐵譙을占領ᄒ後로其勝勢를乘ᄒ야華盛頓兵을進擊코져
ᄒ야兵馬를頻進ᄒᆯ시華盛頓이敵兵의無備홈을乘ᄒ야將襲코져ᄒ
더니會에濃霧ㅣ四塞ᄒ야咫尺을相見치못ᄒᄂ지라美軍이大亂爭
退ᄒ고十二月十一日에美軍이再退ᄒ니戰霧暫停ᄒ더라

時에美軍이新敗홈이向日特拉威河ㅣ足히英軍을阻隔ᄒ더니今에
ㅣ一敗再敗ᄒ야堅鐵譙이又陷ᄒ니特拉威의守兵이益危라會에北
部殖民地에撒脱格이大捷홈이拜其將軍의名이全國에藉藉ᄒ지라
衆心이華盛頓을疑ᄒ고拜其로代ᄒ고자ᄒ니嘻라英雄이失路홈이
大히可憐ᄒ도다

雖然이나疾虱勁草가凡木에比ᄒᆯ바아니오金玉圭璧이砂礫을爭ᄒᆯ
바아니라華盛頓의慈愛威望이人心에深入ᄒ니雖一二小人이其間
에蠱惑홈이有ᄒ나卒然히變易지못ᄒ고尤奇ᄒ者ᄂ拜其將軍의麾
下兵卒도華盛頓의退去ᄂ不願ᄒᄂ고로此鬼蜮의陰謀가泡影에卒
歸ᄒ야幸히殘弱의美軍이精銳ᄒ英軍을己勝ᄒ며幸히少數의美軍
이多數의英軍을逐退ᄒ며幸히可憐ᄒ華盛頓으로去位를不致ᄒ고
幸히可愛ᄒ華盛領으로不日에美國大統領을被推ᄒ니噫라此ㅣ夢
囈乎아此時美軍이果敗ᄒ야華盛頓이岌岌不保ᄒᆯ時가아닌가然,
各國政府ㅣ獨立의布告를旣聞홈이雖大喜ᄒ나盖英國의威를忌홈
이오實로美를厚愛홈은아니러라然,又英國을深憚ᄒ야顯然히袒護
치못ᄒ더니時에法政府ㅣ先允ᄒ야士卒을送ᄒ야美國을助ᄒ니時
ᄂ一七七八年六月이러라英軍이堅鐵譙을棄ᄒ고紐約으로向ᄒ려
다가法國의援兵이已至홈으로退去코져ᄒ니華盛頓이衆議를排ᄒ

고英軍을直追ᄒ야二十四日에大破ᄒ니軍氣一振이라議會國民이
皆大喜ᄒ야翌朝에再擊코져ᄒ더니英軍이紐約을退保ᄒ더라
是時에形勢ㅣ旣變ᄒ야華盛頓의境遇ㅣ亦一變이라殖民地人民이
兵役에就ᄒᄂ者ㅣ多ᄒ고兵器ᄂ法國에借ᄒ야一一히精銳ᄒ이士
氣ㅣ愈憤이라英軍이其方面을改ᄒ야南下ᄒᆯ시南方殖民地將士ㅣ
法艦과合力ᄒ야防禦ᄒ더라一七七九年에議會에셔坎拿大를征코
져ᄒ야其任을華盛頓의게委ᄒ니華盛頓이交涉의重要ᄒᆷ을念ᄒ야
政府에親至ᄒ야議及ᄒ디政府ㅣ委員을設ᄒ야此問題及鍊軍의政
策을議ᄒ야議旣畢에華盛頓의議를採用ᄒ者ㅣ多ᄒ나北征의事인
則無效에歸ᄒ지라是後로華盛頓이紐約近傍에在ᄒ야將士를指揮
ᄒ고一面으로立國의道와養民의事를考求ᄒ더니其間에最難ᄒ事
ᄂ防兵의變을能弭ᄒᆷ이라時에紙票價이低落ᄒ야四十金紙票로겨
오一金을兌取ᄒ니軍餉이太窘ᄒ야中部民兵이飢寒挺走ᄒᄂ者ㅣ
多ᄒ고南方敗軍의影響이軍士腦裡에深入ᄒ야決裂키易ᄒ나華盛
頓이威德으로撫摩ᄒ야無限忿悁의氣를無形에消케ᄒ니其功이何
如ᄒ뇨困難의皮를片片히剝去ᄒ고勝報가日至ᄒ니華盛頓의名이
世界에益轟ᄒ더라
一七八一年에華盛頓이外으로紐約을攻擊ᄒ다ᄒ고가만이南下ᄒ
야英軍을大破ᄒ고法艦長과相議ᄒ야漁泰溫을進拔ᄒ니漁泰溫은
南方에要鎭이오英軍의依巢ᄒ處라英將이能支치못ᄒ야軍前에降
ᄒ니殖民地人民이趾高氣揚ᄒᆯ時에漁泰溫捷報를又聞ᄒᆷ이其歡慰
ㅣ萬狀이라往事를回憶ᄒᆷ이感極의涕를不禁ᄒ리로다

第五節

北美合衆國의獨立及大統領

漁泰溫을陷落흔後에大功을已成ᄒ니競爭主義ᄂ尙此未熄이라故로
華盛頓이罷戰의議를力排ᄒ고堅鐵譃에各州代表者를訪ᄒ야言ᄒ되
全土를肅淸코져홀진딘獨立의約을証흔然後에야我民이無事를始得
ᄒ리다ᄒ더니於是에兩國使臣이法都巴黎에서締約ᄒ야美國殖民地
獨立을許ᄒ니此報가美國에達흠이市民이羣集ᄒ고堅鐵譃公會堂에
火光이旦에達ᄒ야家家祝賀ᄒ니此後로美洲十三州獨立이永遠흔지
라華盛頓의半生心願을一日에獲償ᄒ니其快ㅣ何如오
嗚呼라狡兔ㅣ死흠이走狗ㅣ烹ᄒ고飛鳥ㅣ盡흠이良弓이藏ᄒ도다
國家獨立의成敗가軍隊掌中에一係흔則議會가戰戰兢兢ᄒ야其歡
心을失홀가恐ᄒ더니戰事ㅣ旣罷에昔日勞苦를頓忘ᄒ고功賞이無
ᄒ니將士ㅣ不平ᄒ야亂勢ㅣ將作이라時에華盛頓이暇를得ᄒ야營
寨를離ᄒ얏더니此報를聞ᄒ고急往鎭壓ᄒ더라
然, 將士의不平이益甚ᄒ야議會를彈劾코져ᄒ야華盛頓에게訴ᄒ거
눌華盛頓이毅然히拒絶ᄒ고且曉曰

軍隊는國民自由를爲ᄒ야戰홈이議會는國民自由를爲ᄒ야代
表훈者인則範圍를相越치아니훈故로軍隊는議會命令을服從
홈이實, 不易의理라諸君은勿譁ᄒ라

將士ㅣ益激ᄒ야曰國會ㅣ旣如此훈則國會의義務ㅣ安在오ᄒ고兵
士를進ᄒ야議會를覆ᄒ려ᄒ며華盛頓을擁ᄒ야王位에登코져ᄒ니
華盛頓의高潔훈心이엇지虛榮을暫負ᄒ고萬世에貽笑코져ᄒ리오
將士를急集ᄒ야泣喩曰

嗚呼라我等이一身의幸福生命을捨ᄒ고死力奮鬪훈者는此無
聲無臭無影無形훈自由를爲홈이라今에區區의憤을不勝ᄒ야
旣得훈바를復失코져ᄒ니其淺躁ㅣ太甚이로다嗚乎諸君아妻
子를別ᄒ고父母를離ᄒ며鋒鏑을冒ᄒ고霜露를犯홈은往日의
苦ㅣ아닌가今日已成훈局을宜自保惜이어늘若我得我失ᄒ면
神聖훈軍隊가自由의公敵과何異ᄒ리오

此時에猛火沸茶와如훈驕兵이此言을聞ᄒ고皆淚를流ᄒ야罪를謝
ᄒ는지라然, 華盛頓이訓戒홀뿐아니라一面으로議會에直告ᄒ야將
士의功이有훈者를厚賞ᄒ니其事ㅣ乃解ᄒ더라若華盛頓이一毫私
意가有ᄒ야帝王의位에登ᄒ야拿破侖으로先後相輝훈則合衆國이
共和自立을不得홀지라然則北美新自由國은忠勇훈士氣의致홀뿐
아니라公平政治家의賜홈이多ᄒ도다
一七八三年十一月二十五日은卽北美合衆國의獨立日이라英軍

이旣去이紐約市義勇隊ㅣ華盛頓을簇擁ᄒ야入ᄒ다十二月四日에將校를大會ᄒ야歸別의意를道ᄒ고十九日에將軍印綬를解ᄒ니部下에老幼ㅣ皆泣送ᄒ더라華盛頓이故鄕培爾嫩에歸ᄒ야往日의大將盛業을渾忘ᄒ고每晨起에老農을偕ᄒ야田園에耕ᄒ시且語且笑ᄒ야日暮를不知ᄒ더라

一七八七年에墅鐵謔에委員會를開ᄒ고盟約을改証ᄒ며獘政을除袪ᄒ시巴基尼亞州에셔華盛頓을擧ᄒ야代表로送ᄒ니華盛頓이私念호디戰事ㅣ旣終에若諸州ㅣ各恣ᄒ면自由盛業이此로從ᄒ야凋落ᄒ지라田園의樂을乃捨ᄒ고委員會에旣至홈이會長의任을又當ᄒ야美國現行憲法을撰定ᄒ니統領의任은華盛頓을舍ᄒ고誰가復有ᄒ리오多數의請을從ᄒ야北美開國大統領의任을帶ᄒ다

一七八九年四月三十日에華盛頓이大統領의任을受ᄒ고培爾嫩으로브터紐約에至ᄒ시一路에觀ᄒᄂ者ㅣ堵와如ᄒ고凱旋과如ᄒ더라華盛頓이法場에先入ᄒ야嚴肅히設誓ᄒᆫ後에言호디此後로凡事를道義에合ᄒᆫ然後에施行ᄒ리니願皇天은佑ᄒ사厥職을俾稱케ᄒ소셔又議會에至ᄒ야演說曰今에諸君의推薦을承ᄒ야此重任을當ᄒ나菲躬으로報效치못홀가恐ᄒ노니願諸君은提挈ᄒ야隕越을免케홈이幸甚幸甚이로다

先是에華盛頓이大統領을受ᄒᆫ後에培爾嫩에歸ᄒ야母氏께告ᄒ니母ㅣ泫然泣下曰吾ㅣ老且病이라命이朝夕에在ᄒ니此後ᄂ汝를復見치못ᄒ리로다然汝ᄂ速往ᄒ야天職을盡ᄒ라華盛頓이亦涕泣ᄒ거늘母ㅣ華盛頓을促送ᄒ더니未幾에華盛頓이老母의訃音을聞ᄒ고哀痛幾絶ᄒᄂ지라及葬에葬儀가頗盛ᄒ고國人이華盛頓을爲ᄒ

야非常혼敬愛로緋을執호고墓에謁호는者ㅣ途를塞호더라

時에議會에셔行政區域을三에分호고大臣을組織홀시吉富爾氏는內務大臣으로哈彌頓氏는大藏大臣으로享利氏는軍務大臣으로薦定호니三人은才識이瞻富호고閱歷이夙有혼者러라蘭特爾氏는軍務次官으로村係氏는高等裁判長으로登庸호니於是에行政官이粗具호더라

哈彌頓氏ㅣ內閣에登庸홈이財政을整理코져호야酒稅를創始호니諸大臣이皆反對호고一時蒡言이紛起호디華盛頓이其議를採用호니州民의抵抗이甚劇이라兵力으로抑壓홈에至호디國內가華盛頓을愛호는故로民情이稍安호더라此後론哈彌頓吉富爾兩人이每事를互相反對호야牴悟가盆甚호니華盛頓의兩慰홈을不聽호고儼然히私交의敵이되더라

大臣黨爭이甚劇호고各州國體가不固라華盛頓이一身의希望을誓棄코져호더니適四年에任滿이라公擧續任호니一七九三年三月四日에大統領職을復受호다

不意에天公이難을作호야內治가未成호고外交가又至호니時에西北土蠻이侵入호고佛蘭西난共和政治를組織홀시英國과釁이有호거늘美國人民이法人의助己혼同情을表호야攻守同盟을結코져호디華盛頓이局外中立을主호야曰人이自由를愛홈에는同情이固有호나然,一時에任俠으로國家의危亂을致홈은不取호노니我의安全혼合衆國으로人言에惑지말지어다法國公使葛那氏ㅣ民心을煽動호야合衆國灣에軍實을滿載호고大統領의允否는不問호는지라國民이大憤호야聯法黨을攻호니法公使ㅣ遂逃去호다盖國民精神이

華盛頓一身上에注ᄒ야是非를復作지아니ᄒ니幼稚ᄒ共和國이永
遠히中立을得ᄒ도다

第六章

華盛頓의高蹈及人物

華盛頓이第二次任期將滿에黨派의爭이益烈이라哈彌頓이得已치못ᄒ야內閣에退出호디華盛頓의主義ᄂ不變ᄒ니吉富爾黨은華盛頓이敵黨의게所惑될까疑ᄒ야哈彌頓을益攻홀ᄉᆡ敵의是ᄂ非라ᄒ고敵의非ᄂ是라ᄒ야每事反對에宿憤을洩ᄒ거늘華盛頓이救홀策이無ᄒ야急流勇退를圖ᄒ야敵鋒을避코져ᄒ며且年力이漸衰ᄒ야大統領位에永居ᄒ면共和自由의本義가아니라于是에退隱의志가益堅ᄒ야一七九三年九月에國民을別ᄒ고施政의方針을言ᄒ니其愛情이言表에溢ᄒ더라新任大統領亞達密이旣代홈익培爾嫩故里에歸隱ᄒ야農作을整理ᄒ니培爾嫩은其伯兄曾倫斯의囑付혼者라其風景이可愛ᄒ고且匹兄의意를感ᄒ야永守不徙ᄒ더라一七八九年에美法이相爭홀ᄉᆡ華盛頓이副總督의任을帶ᄒ고哈彌頓으로中將을삼앗더니戰禍가和好에歸ᄒ니華盛頓이此로從ᄒ야世事를長辭ᄒ니라

一七九九年十二月十四日은果何日고實, 千載不朽혼北美合衆國父祖華盛頓의最後에日이라數日前에感冒를患ᄒ야田畝에散步ᄒ야淸氣를吸ᄒ더니喉疾이又劇ᄒ야乃卒ᄒ니年이六十八歲라訃音

이全國에達홈이農夫는耕作을止ᄒ고織工은工場을閉ᄒ고官府는
事務를廢ᄒ야人民은悲色이有ᄒ고牛馬는不鳴ᄒ야天色이黯淡ᄒ
데悲風은蕭蕭ᄒ고吊旗는蕭蕭ᄒ니嗚呼라美國人이慈愛의父와建
國의祖를失ᄒ도다慟哭의音과追懷의念과感謝讚美의辭가全國에
洋溢ᄒ더라全國人民이若干日服喪홈을考妣와如ᄒ고培爾嫩墳塋
에葬ᄒ다

培爾嫩은華盛頓府南十四里鉢馬克河右岸에在ᄒ니一葦라도可
航이오陸行이라도可抵라每秋日이始啓ᄒ면天淸氣澄ᄒ日을擇ᄒ
야都門에出ᄒ야平野로亞立散德里에馳入ᄒ면寂寞街衢ㅣ宏壯如
畫호디但石屋比隣에炊烟이隱約ᄒ고足音이稀微ᄒ야依然히古代
風이有ᄒ더라此로從ᄒ야西南四里를行ᄒ면一小邱가道左에屹立
ᄒ니卽培爾嫩이라華盛頓의墳塋이其山半腹에在ᄒ니瓦石으로製
ᄒ고前面에鐵門이有ᄒ야大理石으로額을揭ᄒ며左右에紀念碑가
有ᄒ고棺室의深이丈許러라華盛頓은右에在ᄒ고夫人馬德氏는左
에在ᄒ니四圍에種種香花를殖ᄒ야父老ㅣ此를過ᄒ면往事를追懷
ᄒ야能去치못ᄒ더라

園中央에弱柳數本이有ᄒ니盖拿破崙의墓로브터移植ᄒ者라近世
史에大偉人은華盛頓及拿破崙二人而已나然,一則美國의基礎를
建ᄒ고一則歐洲를席捲ᄒ야一時雄覇ᄒ며一則功成名遂ᄒ고一則
身敗名裂ᄒ니其成敗는雖殊ᄒ나絶世의大業은一이라然,同時에
相見치못ᄒ니엇지不悲ᄒ리오今에此柳를移植홈은足히生前에相
見치못ᄒ二雄의心을憾慰ᄒ갯도다

今에華盛頓으로써拿破崙에比較ᄒ면其境遇가不同홀쁜아니라其

性質이亦大異ᄒ도다拿破崙은風雲의機會를乘ᄒ고時勢의潮流를
和ᄒ야己身의光榮을希ᄒ며華盛頓은逆境에處ᄒ야國家를爲ᄒ야
力을盡ᄒ고人民을爲ᄒ야心을憚ᄒ시正義를遵ᄒ고公道를行ᄒ며
拿破崙은事ㅣ不能ᄒ것이無ᄒ다ᄂ語를服膺ᄒ야萬障을打破ᄒ고
華盛頓은道가正義에在ᄒ다ᄂ一語를服膺ᄒ야一身을不顧ᄒ니東
西古今에歷史를閱컨디英雄이라稱ᄒᄂ者ᄂ非常의才學瞻識이必
有ᄒᄯᆞᆫ아니라其天眞이爛熳ᄒ야己를不欺ᄒ고人을不詐ᄒ야皇天
이愛ᄒᆷ이操縱의力을予ᄒ고擧世ㅣ信ᄒᆷ이經綸의任을委ᄒ니實,華
盛頓이其人이라其幼年엔原質이一凡品에不過ᄒ더니至誠으로써
偉大의業을成ᄒ니此로由ᄒ야觀ᄒ면剛毅決斷의才와忍耐克己의
功으로由ᄒ도다
華盛頓의一生奇節이人口에膾炙ᄒ者를足히贅陳ᄒ비無ᄒ나其幼
時에軼事를玆에略述ᄒ노라一日은其父ㅣ一斧를與ᄒ니華盛頓이
甚悅ᄒ야其鋒을試코져ᄒ야庭中羣木을斫ᄒ다가其父의愛ᄒᄂ바
櫻桃樹를傷ᄒ니翼日에其父ㅣ見ᄒ고大怒ᄒ야華盛頓을呼ᄒ야問
ᄒ디華盛頓이父의怒ᄒᆷ을見ᄒ고自念호디妄言으로人을欺ᄒ면先
民의戒ᄒ비라敢히隱諱치못ᄒ고父傍에跪ᄒ야其顛末을告ᄒ니其
父ㅣ華盛頓의自諱치아니ᄒᆷ을見ᄒ고大奇ᄒ야曰我ㅣ櫻樹千本을
失ᄒ지언졍汝의正直은毋失ᄒ라ᄒ고益愛ᄒ더라
巴基尼亞地에셔測量ᄒ時에友人을伴ᄒ야河畔農家에셔留ᄒ더니
一日은主家四齡童子ㅣ忽然히河에墜ᄒ지라其母ㅣ驚甚ᄒ야號泣
ᄒ거늘其友ㅣ先往ᄒ야救코져ᄒ나河流ㅣ甚急ᄒ고怪巖奇石이往
往突出ᄒ야敢히下救치못ᄒ더니華盛頓이解衣直入ᄒ디童子ㅣ忽

沉忽浮ㅎ야力攫不得이라自思호디河深이二丈에不過ㅎ니童子를
不救ㅎ면엇지其母를回見ㅎ리오乃水를飮ㅎ고礁에觸ㅎ야其兒를
卒救ㅎ니其母ㅣ華盛頓의手를携ㅎ고謝ㅎ야曰郎君此行은常人의
能홀빈아니라他日에皇天이眷佑ㅎ고萬民이感仰홀時가必有ㅎ리
라ㅎ니時에年이才十八이러라

彼一生最完全혼占은公正目的과純粹方法에在ㅎ니夫詭計는政治
家의惡習이라故로彼의外邦及國人을對待홈이公道에一出ㅎ고雖
智計를用ㅎ나姦詭엔不及ㅎ더라

彼ㅣ高位에屢登홈은皆世人이命혼빈오自求혼바는아니라彼ㅣ自
信力을務ㅎ야其職을盡홀시國의利를謀ㅎ고身의利를不謀ㅎ는지
라故로纖毫影響이라도其動作을反對ㅎ는者ㅣ無ㅎ니其謙遜혼性
質을可及지못ㅎ깃도다且人類를能히調和ㅎ야人으로ㅎ야금其光
風을浴케ㅎ더라

彼美國의大業이皆恐懼中으로由ㅎ야幸福을得혼者라戰事를迄혼
後에黨派의爭이無己호디能히善을取ㅎ고惡을捨ㅎ야其性質이後
日政治家의大價値를得ㅎ니宜乎人의信愛를受ㅎ리로다

後人이華盛頓의功業을思ㅎ야紀念碑를各州에立호디華盛頓府에
在혼者ㅣ尤大ㅎ더라然其不朽의紀念은此에不在ㅎ며培爾嫩墳塋
에不在ㅎ고今西半球中에合衆國이란者는何人의成立혼者뇨雖三
尺童子라도能히知得ㅎ니其紀念이엇지此에過ㅎ리오

〈『화성돈전』, 회동서관, 1908.〉

華盛頓傳

여기서부터는 영인본을 인쇄한 부분으로 맨 뒷 페이지부터 보십시오.

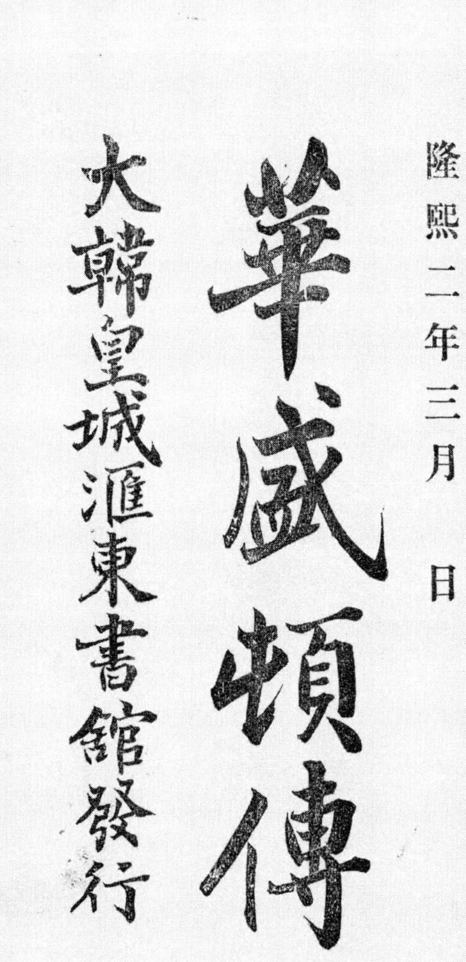

1

華 盛 頓

2

華盛頓傳

首章　緒言

予ー美國史를讀ㅎ야千載不朽의英雄을求ㅎ다가一人을得ㅎ니其氣槩는和
風春日이며靈秀의峯과淸碧의泉이오其志는美玉黃金이며砥石의平과松栢
의茂라此ー何人고古今世界에第一人傑華盛頓者ー아닌가華盛頓은豪傑中
의君子오君子中의英雄이로다
批評家ー曰昔人이嘗言ㅎ되世에完人이無ㅎ다ㅎ나然、上下三千載에聖人
以外에는其完人에近ㅎ者ー唯華盛頓이라剛ㅎ되能柔ㅎ며嚴ㅎ야能和ㅎ야
意志가堅强ㅎ고才智가圓滿ㅎ야英雄의膽略이有ㅎ고君子의盛德을兼ㅎ며
自恃의精神이富ㅎ고謙遜의性質이豐ㅎ야個人의自由主義를懷ㅎ되國家의
觀念을不忘ㅎ니軍人으로써言ㅎ則智勇의將이오政治로써言ㅎ則人道의嚮
導라要言ㅎ則博愛公明正大의人物이로다嘗聞ㅎ니林肯이狄獻에畔ㅎ시華
盛頓의品格을深慕ㅎ야其動作을效ㅎ다가終엔美國第二父祖가되엿다ㅎ니
嗚呼라彼林肯의英傑로도其崇拜ー如此ㅎ니宜乎歐美人士ー第一人物을論

3

ᄒᆞ면必華盛頓을推ᄒᆞ리로다現時社會의情形을觀ᄒᆞ건ᄃᆡ忍言치못ᄒᆞᆯ者ㅣ多

ᄒᆞ니願吾後의人은華盛頓을鑑ᄒᆞ야自由及公理와國家及國民을發起ᄒᆞᆯ지어

다

第一章　學校生徒及測量技手

北美合衆國의建國父祖華盛頓者ᄂᆞᆫ其先이英人이니十三世紀時에族人이農

業을務ᄒᆞ더니千六百五十七年에導興及魯倫斯兄弟二人이英國을去ᄒᆞ고北

美예來ᄒᆞ야惠斯穆蘭郡蒲脫馬苦河畔에卜居ᄒᆞᆯᄉᆡ兄專興ᄀᆞ州軍指揮官이되

야北巴氏를娶ᄒᆞ야二男一女를生ᄒᆞ고其長男이二子를娶生ᄒᆞ이幼者의名은

柯架斯頓이니卽華盛頓의父라前妻ᄂᆞᆫ四子를生ᄒᆞ야二子ᄂᆞᆫ早殂ᄒᆞ고繼室은

衆將波路君의女라華盛頓을生ᄒᆞ니時ᄂᆞᆫ一千七百三十二年二月二十二日이

러라

柯架斯頓이死時에華盛頓이方十三歲라其兄弟ㅣ父의遺言을從ᄒᆞ야生計를

各營ᄒᆞ서華盛頓의家屋土地ᄂᆞᆫ弒福特郡에在ᄒᆞ니時에諸弟ㅣ皆幼ᄒᆞ고母波

路氏가財産을司ᄒᆞᆯ이謹愼勤勉ᄒᆞ야義務를克盡ᄒᆞ더라

4

巴基尼惡地方敎育의缺點이頗多혼지라故로華盛頓의學홈이但句讀、習字

筭術、簿記等項而已라華盛頓의性이活潑호야競爭、飛躍、角力、抛鐵桿

及其他輕快혼需力의遊戲를皆好호고兵法을尤好호야幼時에兒童을聚호야

軍隊及營寨를假立호고戰鬪戲를作호더라

華盛頓이幼時에作文이甚拙호더니經年攻苦호야其大意를始通호고後에法

語를學호야進步가無호나然이나筆記本을作홈의條理가不紊호고筭術의實用學

幾何學及測量法의正確혼圖式으로써發明혼者ー多호고又諸證書式이有호

니地契借標、收條發標及各項標卷의書式이라後에又數百種을輯錄호니名

論이頗多호더라

華盛頓이學課를修治혼外에又其言行을愼호야失德의事ー無호고禮讓을維

持코자호야格言을選호야一冊을成호니名曰言行規律이라其幼時의粗暴혼

氣와激烈혼性을抑制호고完全혼自治力을養成호니其言行規律이凡百十條

라今에數條를摘호야左에示호노라

他人面前에在호야或鼻中作聲或唱歌或舞蹈는皆不敬의類라

5

凡人의 冗迫홀 際를 當ᄒᆞ야 與言홀 時ᄂᆞᆫ 單簡明瞭ᄒᆞ니 貴ᄒᆞ니라

凡達人의 前엔此二細의 事로喋喋지말고 鄙人의 前에 重大問題를 道치말라

世俗에 疑를 起ᄒᆞᄂᆞ니라

事를 先ᄒᆞ야 言홀 時ᄂᆞᆫ 其善惡을 考ᄒᆞ고 其秩序를 分ᄒᆞ야 條理ᄒᆞ라

凡言行을 其心에 恒常無愧홈을 求ᄒᆞ라

以上事實로 察ᄒᆞ면 其言語擧動이 雖奇偉磊落ᄒᆞ나 實, 嚴正貞肅ᄒᆞ야 克己工

夫로 精神을 陶冶ᄒᆞ야 正確ᄒᆞᆫ 人物을 養成ᄒᆞᆫ者라

膽略이 素有ᄒᆞ야 冒險을 不辭ᄒᆞ더니 海軍이 大海로 壘를 作ᄒᆞ고 靑天으로 慕을

作ᄒᆞ야 暴風怒濤에 決戰ᄒᆞᄂᆞᆫ 壯快홈을 見ᄒᆞ고 海軍에 投効홀 志가 有ᄒᆞ니 時年

이十五歲라 小學校에 尙在ᄒᆞ거늘 其兄이 海軍少尉候補生의 任書를 圖得ᄒᆞ니

華盛頓이 喜甚ᄒᆞ야 海軍에 力入홀서 其母ㅣ 海軍에 放縱홈을 素惡ᄒᆞ야 彼少壯

의身으로 其間에 投効홈을 不許ᄒᆞ니 華盛頓이 其志를 改ᄒᆞ고 學에 復就ᄒᆞ더라

十六歲에 至ᄒᆞ야 小學에 卒業ᄒᆞ고 幾何、三角、測量各法을 硏究ᄒᆞ야 校傍平原

을實地鍊習ᄒᆞ야 其近傍各地를 皆實地鍊習으로 精細히 測量ᄒᆞ야 手帳에 一々

6

書之ᄒᆞ니人或非笑ᄒᆞ되不顧ᄒᆞ더라盖何事를不論ᄒᆞ고實驗으로써宗旨를作ᄒᆞ야纖毫라도苟且心이無ᄒᆞ지라其細事도如此ᄒᆞ니國家社會에對待ᄒᆞᆷ을可知로다

是時에其兄이培爾嫩邱에居ᄒᆞᆫ지라華盛頓이旣卒業ᄒᆞᆷ이其母ㅣ此地로命送ᄒᆞ야其兄으로同居케ᄒᆞ얏더니其嫂氏의父威亞弗斯ㅣ英國으로自ᄒᆞ야來ᄒᆞ다가華盛頓을見ᄒᆞ고甚히愛重ᄒᆞ니華盛頓이世人에見重ᄒᆞᆷ이此로始ᄒᆞ더라

威亞弗斯ᄂᆞᆫ文學에嫺ᄒᆞ고賢才를愛ᄒᆞ더니華盛頓의年少質直ᄒᆞ고沈毅勇致ᄒᆞᆷ을深愛ᄒᆞ야屬地에出巡ᄒᆞᆯ時ᄂᆞᆫ必偕行ᄒᆞᆯᄉᆡ其判斷이明晰ᄒᆞᆷ을愛ᄒᆞ야屬地의測量을付托ᄒᆞ니其中亞奈加尼山脉이數十里를綿亘ᄒᆞ야大澤、深溪、谿谷이多ᄒᆞ고土人이猛惡ᄒᆞ야遷徙가無常ᄒᆞ고殺人으로爲事ᄒᆞ니堅忍勇致ᄒᆞ者ㅣ아니면能往치못ᄒᆞ지오當時에土民이定居ᄒᆞᄂᆞᆫ者ㅣ無ᄒᆞ지라故로區劃處實ᄒᆞᆷ이最要ᄒᆞᆫ急務러라

華盛頓이威氏의付托을旣受ᄒᆞᆷ이一七四八年四月에殘雪은未消ᄒᆞᆫ데測量器를携ᄒᆞ고威氏의子로同行ᄒᆞ지라四月十五日에威氏子ㅣ華盛頓伯氏에게貽

書ㅎ야曰

某눈終日事冗이오現居눈一小屋이라每晚餐에片刻傾談타가遂皆就寢

ㅎ면寢所ㅣ不潔ㅎ고寢其ㅣ不完ㅎ야情形이殊窘이오是屋이又卑濕多

蝨故로衣履를不脫ㅎ고令季로共坐澤曰云云

此눈華盛頓이其地에初至ㅎ야樵夫小屋에夜宿ㅎ눈景이라盖彼ㅣ富貴에生

長ㅎ야纂貴의況을未知ㅎ니翠帳紅閨에坐臥기눈不必ㅎ나食은足히飢를免

ㅎ고衣눈足히寒을禦ㅎ고一帳의床은足히安居ㅎ더니今에此景을見ㅎ則엇

지驚歎치아니리오故로其報書ㅣ實不得已ㅎ이라然此行이足히世人의行路

難을敎ㅎ이로다夫深林荊棘은途에遮ㅎ고高山峻谷은前에擁ㅎ며猛獸눈來

襲ㅎ고土番은劫掠ㅎ야種種天然의奮鬪가皆英雄의心膽을磨鍊ㅎ고身體를

强健케ㅎ이니他年에建功成業의一助가되얏도다

華盛頓이從事ㅎ지兩月에人欲을屛絕ㅎ고精巧훈心力을盡ㅎ야職守를完全

ㅎ니是後로測量의名이大著ㅎ고又其間에土地의形勢와土番의內情을知ㅎ

야後日軍事의關係가不少ㅎ더라且決意코測量學으로世界에大用코자ㅎ야

又三年을硏究ᄒᆞᆫ지라

然、彼ㅣ知己를得ᄒᆞᆷ의其結果가엇지此에止ᄒᆞ리오威氏家에書籍이甚富ᄒᆞ
디皆新著오陳腐ᄒᆞᆫ者ᄂᆞᆫ無ᄒᆞᆫ지라故로華盛頓이好學의宿願을得償ᄒᆞ야識見
이益高ᄒᆞ며其中에大家亞基遜의著述을尤愛ᄒᆞ야曰廣智ㅣᄃᆞᆯ多聞을必先ᄒᆞ
고立德인ᄃᆞᆯ近仁을必先ᄒᆞ라壯歲春秋ᄂᆞᆫ忽々易逝라ᄒᆞ더니英法殖民地의戰
爭이初起ᄒᆞᄂᆞᆫ지라於是에一世人傑華盛頓의名이中外에聞ᄒᆞ더라

第二章　英法殖民地戰爭及陸軍大佐

一四九二年十月十二日에哥侖布ㅣ亞米利加新大陸을發見ᄒᆞᆫ新報가西班牙
로부터全歐에喧傳ᄒᆞ니各國政府가其豐饒를欽羨ᄒᆞ야其民을爭移ᄒᆞᆯᄉᆡ十七
世紀末葉에北美大西洋沿岸에各國殖民地가殆遍ᄒᆞ더라先是에西班牙ᄂᆞᆫ中
央亞米利加의墨西哥夫洛利達을領ᄒᆞ고法蘭西ᄂᆞᆫ北亞米利加의北部를領ᄒᆞ
니卽今坎拿大東部라英國殖民地ᄂᆞᆫ其中央의巴基尼亞及大西洋沿岸을領ᄒᆞ
고荷蘭領地ᄂᆞᆫ其間에僅點綴而已러라當時에唯英法二國이殖民地廣大ᄒᆞᆫ權
力이有ᄒᆞ야疆土를互增ᄒᆞᆫ故로二國의競爭이愈益激烈ᄒᆞ니一六八九年으로

一六九七年에至ᄒ야八年間에英王威廉戰爭과一七零二年으로一七一三年
에至ᄒ야十二年間에女王亞晤戰爭과一七四々年으로一七四八年에至ᄒ야英
四年間에專與王戰爭이凡三次에和局이未定ᄒ더니專與王戰爭後三年에英境을侵홈
法殖民地의境界問題로釁端이再起ᄒ니法人이土番을煽動ᄒ야英境을侵홈
인人心이將且決裂ᄒᆯ지라英領殖民地에民兵을大集ᄒᆯ서時에華盛頓이年二
十에血氣方盛홈一青年이라宿志를得償코자ᄒ야慈母께請ᄒ고陸軍에投身
ᄒ니是時에民兵組織을數區에分ᄒ고每區에少佐一名을置ᄒ야檢閱、監督、
練兵三事를任ᄒᆯ서華盛頓이友人의周旋으로監督의命을受ᄒ야其間에從事
ᄒ더니兵書를繹ᄒ야兵學家에求敎ᄒ야全力을盡ᄒ기로誓ᄒ더라
華盛頓이受命ᄒ지末幾에伯兄의病이有ᄒ지라兄의病所에往ᄒᆯ서又痘疾을
麗ᄒ야叫苦ᄒ다가不久에幸愈ᄒ나兄의病이益危ᄒ야療治가無效라巴基尼
亞에偕往ᄒ다가其兄이卒ᄒ니時는一七五二年七月二十六日이라卒時에遺
囑ᄒ되遺土를幼女에게付ᄒ엿다가女가死ᄒ거든汝ー繼ᄒ라ᄒ더니華盛頓
이嫂氏를爲ᄒ야善後히處置ᄒ되其職務는猶히不怠ᄒ더라巴基尼亞北方監

督의任을又受ᄒᆞ니是時ᄂᆞᆫ華盛頓의年이二十二歲러라 越一年에國民의一大任務가華盛頓身上에又任ᄒᆞ니時에英法이亞奈加尼山西部에屋淮郁等沃野를互爭ᄒᆞᆯᄉᆡ法人은藉口曰此地ᄅᆞᆯ法人이首見ᄒᆞ니法人이宜領이라ᄒᆞ고英人은曰土人에게得ᄒᆞ얏다ᄒᆞ야互相不退ᄒᆞ더니法人이兵을大驅ᄒᆞ야屋淮郁에入ᄒᆞ야英官을襲殺ᄒᆞ고其機를乘ᄒᆞ야城寨를完코자ᄒᆞ니英官이不可不一人을法軍에送ᄒᆞ야其由를詰問ᄒᆞᆯᄉᆡ專對의才ᄂᆞᆫ少佐華盛頓을捨ᄒᆞ면足히常ᄒᆞᆯ者ㅣ無ᄒᆞ지라故로華盛頓이其選을被ᄒᆞ마

既已오法軍이堅壘를屋淮郁에盛築ᄒᆞ고土人을誘ᄒᆞ야英小壘를破壞ᄒᆞ고商人을捕ᄒᆞ야坎拿大로送至ᄒᆞ니土番長이大驚ᄒᆞ야其意를詰問ᄒᆞᆫᄃᆡ法將이已意를此土地에行ᄒᆞᆫ다ᄒᆞ거ᄂᆞᆯ於是에英人에게救援을請ᄒᆞ니英州知事가華盛頓을立命ᄒᆞ야屋淮郁으로送ᄒᆞᆯᄉᆡ時ᄂᆞᆫ一七五三年十月三十一日이라華盛頓이四土人及一法語通譯官을携ᄒᆞ고溫司里克에至ᄒᆞ니其地紳士克士脫氏가土地情狀에頗熟ᄒᆞ지라同行ᄒᆞᆷ을勸ᄒᆞ야七人이殖民地를漸離ᄒᆞ고不毛地를

深入ᄒ야셔威亞弗斯의測量事를因ᄒ야其四近을熟知ᄒ니故道에重來ᄒᆷ이甚

便ᄒ더라

行未幾에屋淮郁大河上流에至ᄒ니其地名은比次罷古니卽亞奈加尼及本諸

軋拉二大川이相合ᄒᆫ處라華盛頓이其要害를見ᄒ고一寨를築코자ᄒ다가使

命未畢ᄒᆷ을因ᄒ야未果ᄒ고此大河를沿ᄒ야二十英里를行ᄒ다가一村落에

至ᄒ야土人을募集ᄒ야平議會를開ᄒ고使命의目的及知事의意見을通ᄒ고

數日을留ᄒ다가法軍總督牙營을向ᄒ야進ᄒ셔酋長이土人四名을送ᄒ야沿

道를保衛ᄒ다法軍大尉가種々謀略을起ᄒ야土人을誘迷코자ᄒ나엇지華盛

頓을欺ᄒ리요華盛頓이伊犂湖南에至ᄒ야使命을傳ᄒ니法總督沈布가荅語

호ᄃ某ᄂ長官의命을奉ᄒ야屋淮郁城寨를守ᄒ니某ᄂ但職을行ᄒᆯ뿐이라ᄒ

니此荅詞가英人所料에不出ᄒ나華盛頓이無禮의荅詞를得ᄒ고其城寨陳地

及兵力强弱을竊探ᄒ야回歸ᄒ셔道路의艱阻ᄂ又尋常人의可堪ᄒ빈아니

라

維里亞勃의道ㅣ艱險으로天下에冠絕이라懸崖絕壁이磴道의可尋도無ᄒ고

(一一)　華盛頓傳

緩橋의可挽도無혼데況窮陰殺節에積雪이載途라崩雪이墮下호니可避홀所

를不得호고波浪이大起호니可渡의方이全迷혼지라其護衛의士人이法人의

指囑을承호야中途暗走호고法人이間諜을又遣호야頻々暗擊호니愛馬忠僕

이或仆或臥에侍從者ㅣ唯克斯脫一人이僅脫혼지라一望迷漫에村舍를未得

호고糧糧이見無호나然華盛頓이不撓不屈호고精神을益勵호야翼年一月二

十六日에維里亞勃에乃歸호니克斯脫이自此로華盛頓을服事호더라

知事亭維棟ㅣ法總督의言을聞호고大怒호야兵備를整頓호야華盛頓에게委

任호고比次罷古地에城砦를築호서知事ㅣ民兵을罷募호야大佐夫里로統호

고華盛頓을擢호야中佐를삼으니法將康帶克이聞知호고法兵及土人若干을

率호야亞奈加尼를來襲호다

華盛頓이中途에셔法兵의來홈을知호고急히知事께報호야兵備를增호고木

諸軋拉에築城홈을請호더니未幾에克斯脫이報호되法軍一帶가格來特密五

英里에在호다호니華盛頓이兵四十人을率호고潛夜에土人村落에至호야其

酋長을誘호야法兵을擊호고法將裘蒙弼을殺호니時눈一七五四年三月二十

八日이러라

是時에夫里大佐ㅣ病死ᄒᆞ니華盛頓이其職을繼ᄒᆞ야巴基尼亞兵士를麾下에

盡集ᄒᆞᆯ시法軍이必來復襲홈을知ᄒᆞ고格來特密牙營을修ᄒᆞ야百計로防禦ᄒᆞ

니此ᄂᆞᆫ奈塞啓寨라

時에法軍이屋淮郁野에在ᄒᆞ야尼恰軋爾、布夫二寨로根據地를作ᄒᆞ고大軍

數萬을擁ᄒᆞ야西方으로向ᄒᆞ야英殖民地를侵코자ᄒᆞᆯ시香巴崙湖畔에城을築

ᄒᆞ고間道로紐約을將迫ᄒᆞ야數千兵士를常屯ᄒᆞ고英殖民地에虛實을窺ᄒᆞ다

라時에英殖民地의形勢가常備軍隊ᄂᆞᆫ無ᄒᆞ고倉皇失措ᄒᆞ야民兵을徵募ᄒᆞᄃᆡ

兵額이未足ᄒᆞ고器械及彈藥이未備ᄒᆞ고軍壘及城寨가未成이라故로若、法

軍이一步를得進ᄒᆞ면諸城이繼陷ᄒᆞ야英有ᄂᆞᆫ變無ᄒᆞ지라當時法軍의兵力이

亞奈加尼方面으로專注ᄒᆞ니華盛頓의責任이重大ᄒᆞ지라時에幕下에大慰麥

寇者ㅣ有ᄒᆞ니卽英國에서派來ᄒᆞᆫ陸軍士官이라固請ᄒᆞᄃᆡ殖民地를退保ᄒᆞ야

英王의命을待ᄒᆞ자ᄒᆞ니華盛頓이堅持ᄒᆞ야曰吾ㅣ國境을退守ᄒᆞ면吾軍은可

安이나然吾軍이屢敗라도數日을遲滯ᄒᆞ면吾殖民地의兵備가稍固ᄒᆞ리라ᄒᆞ

야巴基尼亞隊將을率ᄒ고數英里를進ᄒ야防敵코자ᄒ더니法軍의大兵이其

遞를己占ᄒ지라基尼亞雅聯隊를命ᄒ야法軍을敵ᄒ니麥寇ㅣ必敗ᄒ믈改稱

ᄒ디華盛頓이此ᄒ야日吾ㅣ督中에有策이어늘爾ㅣ何憂오ᄒ고士卒을督促

ᄒ야防禦의未成ᄒ者를續修ᄒ더라

忽、敵軍이大至ᄒ야砲擊이甚烈ᄒ거늘華盛頓이應戰치아니ᄒ야寂々ᄒ이

無人과如ᄒ더니移時에法軍이直至ᄒ는지라於是에英兵이呐喊衝出ᄒ고伏

兵이又應ᄒ야勇戰奮鬪ᄒ니法兵의死者ㅣ無算이라

華盛頓이皷勇不屈ᄒ야越屍夏進ᄒ디法將杜理ㅣ和를請ᄒ니此는華盛頓의

絕妙機會라因約ᄒ디城寨를讓出ᄒ면一年을休戰ᄒ다ᄒ니法將이許諾ᄒ니

是役에英兵死者ㅣ僅十二오傷者ㅣ四十二라旣還에知事ㅣ稱賞ᄒ니此는一

七五四年七月三日이라殖民地에셔此機를因ᄒ야兵備를大修ᄒ다

殖民地의兵備가旣、漸固ᄒ니知事、亭維樣ㅣ言ᄒ디亞柰尼亞에城을再築ᄒ

야梯肯을進攻치아니ᄒ믈이不可ᄒ다ᄒ니華盛頓이極諫ᄒ야曰成卒의訓練이

未精ᄒ고兵器가未備ᄒ데嚴冬動兵이必不利오且天下에失信ᄒ믄智將에不

15

取라ᄒᆞ고時에州會가亦議ᄒᆞ되節令이戰事에適宜치못ᄒᆞ나知事ㅣ不允
ᄒᆞ야華盛頓을貶ᄒᆞ고其裨將으로軍隊를再組ᄒᆞ야屋淮郁野에出ᄒᆞᆯ時에慨
慨의軍이稍有ᄒᆞ나能忍치못ᄒᆞ더라華盛頓은軍隊를辭去ᄒᆞ야田園에歸臥ᄒᆞ
다然知事ㅣ梯肯에汲汲ᄒᆞᆫ者ᄂᆞᆫ蓋數故가有ᄒᆞ니

一은梯肯이亞奈加尼에要害라若敵兵이此堅壘를固守ᄒᆞ則屋淮郁과開巴
基尼及奔鼻巴尼州民이敵兵의來襲을未免ᄒᆞᆯ것이오

二ᄂᆞᆫ法軍이梯肯에在ᄒᆞ則里司巴格及亞里干樣二地ᄂᆞᆫ上游의勢를皆占ᄒᆞ
니殖民地에腹心의憂가必有ᄒᆞᆯ것이오

三은岑侖冰忒、啓孔炎巴侖으로紐約에至ᄒᆞᄂᆞᆫ要路라法軍이
此로由ᄒᆞ야紐約을進攻ᄒᆞ이最便ᄒᆞ故로屋淮郁을速破ᄒᆞ야敵軍을進擊
ᄒᆞ이宜ᄒᆞᆯ것이오

四ᄂᆞᆫ尼亞軋이伊黎及翁他碌二湖間에在ᄒᆞ니若法軍이此를占領ᄒᆞ면法人
及土人의貿易을保護ᄒᆞ리니梯肯을奪ᄒᆞ則尼亞軋이必危라其利益을可
奪ᄒᆞᆯ것이오

16

五노 塊培古는 坎拿大의 最堅호 砲壘라 法軍의 根據가 此地에 全在호니 若梯

肯을 得호고 他의 要路를 戛絶호야 塊培古를 迫호면 是乃 法軍의 咽喉를 扼

홈이니 法人이 一步도 南進치 못홀것이라

知事의 意見이 如此훈 故로 梯肯을 進攻홈이 獨一無二의 急務로 知호나 然不幸

히 華盛頓의 談言이 微中호야 嚴冬이 旣啓호고 積雪이 漫山이라 英軍이 其苦를

不堪호더니 轉瞬間에 法軍이 長驅大進호야 其貧約을 賣호고 大戰호야 英人을

大勝호니 殖民地의 情狀이 甚危라 知事ㅣ 惶急호야 本國에 援助를 求호다

一七五五年春에 布拉脫苦 將軍이 精兵一隊를 率호고 英國으로브터巴基尼亞

에至호야 兵士를 準備호서 華盛頓을 先擧호야 原職을 復호고 溫斯里克에 集兵

호서 時方雪融에 諸川이 泛濫호야 輜重이 後至호고 道路가 險惡이라 華盛頓이

言호디 軍隊를 一處에 集合홈이 不利호니 一隊를 分호야 梯肯을 急衝호則 梯肯

이 必陷호리라 將軍이 不聽호거놀 又言호디 間諜을 速出호야 敵勢를 偵察호라

호니 將軍이 不聽이라 然梯肯을 未及호야 華盛頓의 言이己驗이로다 時에 布拉

脫苦 將軍이 輕騎數千을 自率호고 古里巴로 進호서 華盛頓은 病臥호야 二週日

을稍後ᄒᆞ더니病愈에將軍을追及ᄒᆞ니實一七五五年七月八日이라卽、木諸

軋拉大戰의前夜니此、大戰의致敗ᄒᆞᆫ原因은實華盛頓의言을不納ᄒᆞᆷ으로由

ᄒᆞᆷ이라七月九日에梯肯十英里를未至ᄒᆞ야木諸軋拉ᄅᆞᆯ將渡ᄒᆞᆯᄉᆡ忽然伏兵이

來襲이라英兵이一部에合ᄒᆞ야敵衝을猝當ᄒᆞᆷ이立死ᄒᆞᆫ者一數百餘人이라若

華盛頓의毅然來赴ᄒᆞᆷ이아니면木諸軋拉의失이엇지此에止ᄒᆞ리오是役에布

拉脫苦ᄂᆞᆫ戰死ᄒᆞ고此餘將校의死傷ᄒᆞᆫ者一六十三名이오士卒의死傷ᄒᆞᆫ者一

七百二十餘名이라華盛頓도馬二頭와火彈及外衣를失ᄒᆞ되四次戰爭ᄒᆞ니其

激烈을可知로다或云將軍의戰死ᄂᆞᆫ敵의殺害ᄒᆞᆷ이아니라頑固者一以謂ᄒᆞ되

將軍이不死ᄒᆞ면軍隊를엇지維持ᄒᆞ리오ᄒᆞ고暗殺ᄒᆞᆺ다ᄒᆞᆫ더라華盛頓이敗

兵을根排命에收ᄒᆞ고將軍의死ᄒᆞᆷ을痛憤ᄒᆞ나歸ᄂᆞ咎處가無ᄒᆞᆫ지라巴基尼亞

의兵營을別ᄒᆞ고培爾嫩으로歸ᄒᆞ다梯肯의役에法將이英軍의勢大ᄒᆞᆷ을聞ᄒᆞ

고梯肯을棄코자ᄒᆞ더니其部下人이勸止ᄒᆞ야二隊를要道에分遣ᄒᆞ니此를由

ᄒᆞ야得勝ᄒᆞ지라英國殖民地人이聞知ᄒᆞ고大望을失ᄒᆞ나幸히北部가獲勝ᄒᆞ

야其失을可償ᄒᆞ더라先是에法軍이英壘를襲擊ᄒᆞ고져ᄒᆞ야紐約으로潛向ᄒᆞ

18

다가英北軍의逆擊ᄒᆞᆫ비되야大敗ᄒᆞ니라

西奈加尼를旣失ᄒᆞᆷ에英殖民地ㅣ諸軍이來襲ᄒᆞᆷ을恐ᄒᆞ야皆布拉脫苦에게歸

咎ᄒᆞ니華盛頓의名이大噪ᄒᆞ야或其雄猛을稱ᄒᆞ고或其卓見을賞ᄒᆞ야前日州

知事의華盛頓을左遷ᄒᆞᆷ을怨ᄒᆞ더라

一七五六年에法政府ㅣ勇將蒙卡爾嬻으로ᄒᆞ야곰駐美總將을命ᄒᆞ야英軍의

主將이無ᄒᆞᆯ際를乘ᄒᆞ야諸城을襲破코저ᄒᆞᆯ서一七五七年에蒙卡爾嬻이軍士

를率ᄒᆞ고坎拿大로自ᄒᆞ야紐約에入ᄒᆞ니其守將이頗히能戰ᄒᆞᄂᆞᆫ지라十英里

에英將鳥也布ㅣ適在ᄒᆞᆫ지라守將이相援을求ᄒᆞ되鳥也布ㅣ法軍을懼ᄒᆞ야其領地가

援치못ᄒᆞ더니城이遂陷ᄒᆞ고將士ㅣ皆死ᄒᆞ니法軍이每戰每勝ᄒᆞ야赴

英領에二十倍가되더라英法殖民地情形이如此ᄒᆞᆷ이總督이大懼ᄒᆞ야華盛頓

을再起ᄒᆞ야軍隊를編集ᄒᆞᆯ서華盛頓이彼等의反覆을旣遭ᄒᆞᆫ지라今에엇지遽

允ᄒᆞ리오乃約曰殖民地將官의任免權과軍制改革은吾意를必從이라ᄒᆞ니總

督이許ᄒᆞ되將軍의印綬를乃携ᄒᆞ고軍制를大改ᄒᆞ다嗚呼라先是에殖民地兵

制가不完ᄒᆞ야兵則鳥合이오器則楛窳라紀律이元無ᄒᆞ야戰地를臨ᄒᆞᆫ則遁逃

를爭先ᄒᆞ더니木諸軋拉의敗ᄒᆞᆫ後로殖民地의兵力은惟、虛設而已러라法軍

이戰勝餘威를恃ᄒᆞ고土人을誘ᄒᆞ야英領地를劫掠ᄒᆞ고法兵을國境에屯ᄒᆞ야

英軍의虛實을探ᄒᆞ나幸히英總督希呀來將軍이北部에在ᄒᆞᆫ故로法軍이致히

來侵치못ᄒᆞᆷ이殖民地가稍安ᄒᆞ더라

華盛頓이現狀을目擊ᄒᆞᆷ이軍制를不改ᄒᆞ면可用치못ᄒᆞᆷ을知ᄒᆞ고羣議를排ᄒᆞ

며百難을冒ᄒᆞ야兵額을先定ᄒᆞᆯ서器械를備ᄒᆞ며將校를敎ᄒᆞ며紀律을設ᄒᆞ고

州會를復設ᄒᆞ야軍中에或逃或叛者ᄂᆞᆫ軍令을按ᄒᆞ야罰ᄒᆞ리라ᄒᆞ니當時自由

의民兵으로嚴正軍律에服務기難ᄒᆞ나然殖民地로ᄒᆞ야금鞏固코자ᄒᆞᆯ진딘엇

지不服ᄒᆞ리오

然其收効가日夕에可致ᄒᆞᆯ비아니라二年으로期限을定ᄒᆞ니此二年間에艱苦

를備歷ᄒᆞᆯ서土人이數侵ᄒᆞ야人命을殺害ᄒᆞ니惜乎라吾善良의血液으로써彼

殘忍의斧鉞에瀅ᄒᆞ도다時에民兵이未足ᄒᆞ야能救치못ᄒᆞ니總督이其等閒ᄒᆞᆷ

을疑ᄒᆞ야切責ᄒᆞᆫ되華盛頓이怒言ᄒᆞᄃᆡ諸人의相責이如此ᄒᆞ나兵備가未完ᄒᆞ

니良法이實無라ᄒᆞ더라太尉古怒基者ᄂᆞᆫ本國에셔派遣ᄒᆞᆫ者라殖民地士官을

輕視ㅎ야華盛頓의命을數違ㅎ니華盛頓이罰ㅎ되太尉ㅣ大怒ㅎ야駐美總督

에게訴ㅎ새ㄴ華盛頓이二百五十英里를馳走ㅎ야波斯頓에詣ㅎ야其理由를詳

述ㅎ고己意를並陳ㅎ되總督希呀來가待遇를甚勤ㅎ고太尉를令ㅎ야殖民地

總督幕下에在ㅎ야總督의命을悉遵케ㅎ니於是에全軍將士가一人도方命ㅎ

이無ㅎ나最苦ㅎ者ㄴ糧食衣服의供給이兵士의數에不及ㅎ지라每冬防을當

ㅎ면其心이最勞ㅎ고若士卒의怨望ㅎ는色이有ㅎ면或起臥를同ㅎ며或飲食

을共ㅎ니彼仁慈와堅忍이아니면엇지能及ㅎ리오

岌岌ㅎ니將士ㅣ感泣ㅎ는者ㅣ多ㅎ지라一身으로써庶務에從事ㅎ야軍制에

改革의效驗이漸見ㅎ야殖民軍의精銳足恃ㄴ世人의共知ㅎ비라二年間에干

戈로起臥ㅎ고風雨를醉飽ㅎ니彼健强에엇지無害ㅎ리오彼猛虎와如ㅎ고雄

獅와如ㅎ華盛頓이一病에沉綿ㅎ의醫師를訪ㅎ야培爾孋에서治療ㅎ니時ㄴ

一七五七年七月이라自此로明月에心을洗ㅎ고淸風에身을浴ㅎ다가翼年三

月一日에新療의病體를振ㅎ야殖民地牙營에復還ㅎ니時에英相이內閣을新

組ㅎ고開議ㅎ야曰殖民地問題를不結ㅎ면英國에利가아니라ㅎ고精銳를要

21

出호야勝負를決코자호서福利培將軍을命호야監督호고華盛頓은殖民地를
仍監케호니惜乎라外患이未除호고內亂이先起호야豹虎의慾이未饜호며兄
弟의鬪가靡終호도다本國將校及殖民地士官間에衝突이屢起호되梯肯의役
이在前혼故로僅僅히調停혼지라是時에福利培ㅣ鐵道에在호야大佐、簿
頓이奔鼻巴尼에開營호고殖民地軍隊로後盾을作호니七月에華盛
頓이巴基尼亞隊를率호고根培倫特에進호야서其氣勢가引滿의矢와如호고出
猛의虎와如호야梯肯城을先攻코자호거늘福利培將軍이力阻호되舊路는必
不利호리니他道를別求홈만不如호다호니華盛頓이得己치못호야羅義那
로出호다가十一月終에華盛頓의熱心이燒水에蒸氣와如호야沸度가益加호니
雖萬鈞의石이나其蓬勃의力을엇지壓호리오將軍쎄先請호야敵勢를偵探호
다가敵兵이始覺호고急起迎擊호되法兵이能支치
못호야城寨를棄호고屋淮郁大河를航호야遁호거늘華盛頓이兵을收호야城
에入호고國旗를高懸호니翼日에福利培가亦至호더라
時에英軍이分道前進호야次第로得勝호서里司巴格에進혼者는烏爾夫가領

ᄒᆞ야 亞爾干棣를 先略ᄒᆞ고 夸侖冰弌啓孔突에 進ᄒᆞᆫ者ᄂᆞᆫ 喬松이 領ᄒᆞ야 敵將蒙

卡爾嬪에게 見敗ᄒᆞ더니 後에 得勝ᄒᆞ야 其城을 據ᄒᆞ고 尼亞軋에 進ᄒᆞᄂᆞᆫ者ᄂᆞᆫ 希

爾가 領ᄒᆞ야 久戰不勝이러니 一七五九年에 始勝ᄒᆞ다

時에 法兵의 堅壘가 但 塊培古 一城만 餘ᄒᆞ지라 塊培古ᄂᆞᆫ 聖多廉士河를 臨ᄒᆞ야

絶壁上에 直立ᄒᆞ니 二百英尺에 過ᄒᆞ야 堅銳로 宿號ᄒᆞᆫ處라 法將蒙卡爾嬪이 精

銳를 盡集ᄒᆞ야 固守ᄒᆞᆯᄉᆡ 英軍이 諸路旣捷에 勇將烏爾夫가 八千精兵을 領ᄒᆞ고

四圍進攻ᄒᆞᄃᆡ 屢日不下라 乃乘夜ᄒᆞ야 敵壘前에 沿行ᄒᆞ다가 低平處를 得ᄒᆞ야

岸上에 攀昇ᄒᆞ야 卒地吶喊ᄒᆞ고 一時殺來ᄒᆞ니 時ᄂᆞᆫ 一七五九年九月十三日이

라 二國의 運命이 此一擧에 繫在ᄒᆞᆫ故로 英法將軍이 皆力戰ᄒᆞ야 兩軍이 死ᄒᆞᆫ者

ᄲᅮᆫ이오 傷ᄒᆞᆫ者도 無ᄒᆞ더라 久之에 英軍이 大勝ᄒᆞ야 大將烏爾夫가 重傷을 被ᄒᆞ

야 死ᄒᆞᆯᄉᆡ 捷報를 聞ᄒᆞᆷ의 笑를 含ᄒᆞ고 逝ᄒᆞ더라 敵將蒙卡爾嬪이 敗兵을 收拾

ᄒᆞ야 再擧코자ᄒᆞ다가 銃丸에 擊斃ᄒᆞᆫ비되니 法軍이 乃降ᄒᆞ고 翌年에 孟爾利가

又陷ᄒᆞ니 於是에 英法專權大使가 法京巴黎에셔 議和ᄒᆞ야 西班牙의 夫洛利達

地와 法蘭西의 米司希比以東이 英領에 盡屬ᄒᆞ다 此戰爭이 凡六年에 生命을 犧

牲ᄒᆞ고軍費가無筭ᄒᆞ되英國領土는數十倍에驟加ᄒᆞ야旌旗所至에全球가驚

怖ᄒᆞ고亞美利加土番도敢히再犯치못ᄒᆞ더라嗚呼라有志ᄒᆞ면事竟成이라ᄒᆞ더

니華盛頓을爲ᄒᆞ야喜ᄒᆞ노라

高鳥가既盡ᄒᆞ고狡兎가既死라巴黎和議가既定에華盛頓의退志가益堅ᄒᆞ니

蓋武職의屢選ᄒᆞᆷ이初志가아니오況今에大功을成ᄒᆞᆷ이엇지歸志가無ᄒᆞ리오

十二月에本職을辭ᄒᆞ고培爾嫩으로歸ᄒᆞ서部下將校가感謝書를作ᄒᆞ야贈別

ᄒᆞ더라彼七載를從軍ᄒᆞᆷ의慈愛의精神과卓越의才能과堅忍의意志가世人의

腦際에深印ᄒᆞᆫ故로德望이益顯ᄒᆞ야日後에虎鬚를捋ᄒᆞ고鵬翼을奮ᄒᆞ야強英

을脫ᄒᆞ고新國을建ᄒᆞᆷ이皆此로由ᄒᆞᆷ이라

此時에華盛頓이末込人加基斯로結婚ᄒᆞ다十七歲時에一少女로情交를結ᄒᆞ

야彼此愛情이深ᄒᆞ더니不幸히榮華가未茂ᄒᆞ고弱質이遽凋ᄒᆞ야此婉戀絶妙

ᄒᆞ少女가塵世를永離ᄒᆞ니雖華盛頓의堅忍威嚴으로도蠟丸의淚를含ᄒᆞ고猩

紅의涕를灑ᄒᆞ야鮑瓜의無匹ᄒᆞᆷ을傷ᄒᆞ고牽牛의獨居ᄒᆞᆷ을咏ᄒᆞ더니測量에從

事ᄒᆞ야威亞弗斯家에留ᄒᆞ되小女의情愛를猶哀ᄒᆞ야悲憐ᄒᆞ尺素를作ᄒᆞ야親

24

友에게 寄호야 自慰호니 其愛情의 濃홈과 節操의 富홈을 可知로다 爾後에 英法殖民地事ㅣ起홈의 政是 國家多難의 秋라 英雄의 眼淚가 兒女에게 遑及지못홀지라 歲月이 如流호고 人事가 荏苒호야 少年이 二十七歲春秋에 大英國威名이 轟轟烈烈호야 大陸에 震盪홀時를 已啓호도다 巴基亞客舍에 偶在호니 加基斯를 見호고 意氣相合호야 婚姻을 成호니 加基斯氏의 才色으로 華盛頓의 英傑을 備配홈이 彼此의 遺憾이 無호도다 前夫所生호 兒女二人이 有호거늘 華盛頓이 厚愛호야 親父와 如호더라 加基斯ㅣ華盛頓에게 歸호後로 生育이 無호야 春花가 已開에 秋苗가 不秀호니 此ㄴ 華盛頓의 大憾이라 然厥後 大功을 旣成호야 卓然히 北美合衆國의 始祖가 되니 今日合衆國千萬生靈에 何人이 其愛兒가 아니리오 生홈의 自由의 民을 作호고 死홈의 自由의 鬼를 作호야 萬邦이 讓々호디 西半球風月은 無恙호고 羣吠가 猖々호디 北美洲山河ㄴ 如古호니 鳴呼 其目을 地下에 可瞑호갯도다

第三章　英國王의 壓制及州會議員

一七六三年에 英法戰事ㅣ旣終호고 巴黎和議가 旣結에 英國旗幟가 煥然增輝

25

ᄒᆞ야束으로法蘭西를壓ᄒᆞ고南으로西班牙를壓ᄒᆞ야十三洲人口二百萬人口

에金銀이充滿ᄒᆞ고米穀이豐饒ᄒᆞ야山高水淸ᄒᆞ고氣溫土肥의樂土에永히大

英國旗幟를高立이나雖然이나日中則仄ᄒᆞ고月盈則虧ᄒᆞ며樂極驕生ᄒᆞ고興

盡悲來라英王의貪亂壓制ᄂᆞᆫ日甚ᄒᆞ고殖民의革命自由ᄂᆞᆫ日進ᄒᆞ야於是에一世人傑華盛頓의

年獨立大戰이起ᄒᆞ고於是에北美洲新國이建ᄒᆞ고於是에七

歷史가完全ᄒᆞ도다

歐洲各國의殖民이亞美利加에在ᄒᆞ야或云自由를愛ᄒᆞᆫ다ᄒᆞ고或云財寶를愛

ᄒᆞ다ᄒᆞ되其地에一臨土人에襲擊을不免ᄒᆞ야今日通衢가明日則灰燼이

라若境上을擴ᄒᆞ고職業을安ᄒᆞ고자ᄒᆞ면不可不自由의精神을愛ᄒᆞ야自由主

義로ᄒᆞ여금勃興ᄒᆞ야賤夫走卒도生命과如히視ᄒᆞᆯ지니且優勝劣敗의公理ᄂᆞᆫ

人世에可逃치못ᄒᆞᆯ者라痿人도起ᄒᆞᆷ을不忘ᄒᆞ고盲者도視ᄒᆞᆷ을不忘ᄒᆞ야幸히

觸物이無ᄒᆞᆫ故로不發ᄒᆞ더니適也에奮然躍起ᄒᆞ야抗言ᄒᆞ되天이여我의게自

由를畀ᄒᆞ시니否則死를畀ᄒᆞ시리라ᄒᆞ야反旗를高竪ᄒᆞ고母國을戰ᄒᆞ야曠代

未聞ᄒᆞᆫ新政府를建ᄒᆞ니其勢ㅣ熾矣로다

26

先是에殖民地의政權이英政府에全在ㅎ야自治의權利가無ㅎ고官吏는必英

主이派遣ㅎ야商業利益을英王의全有ㅎ믜되니土民이漸々不平ㅎ야驚天動

地의獨立戰爭이此로由ㅎ야起ㅎ니라

然當時殖民地의現狀이何如오其用法은峻刻ㅎ고其執政은有力ㅎ者의常有

ㅎ비되야父子相代ㅎ고敎育에至ㅎ안雖土人이極意歡迎ㅎ는殖民地知事는

勉力지아니ㅎ니盖其意ㅣ敎育이日盛ㅎ則日後에羈勒을不受ㅎ고獨立을倡

홀가恐ㅎ이라故로陰害가滋ㅎ니土人이益憤ㅎ야堅鐵號波斯頓諸都市에

市民會를設ㅎ고平等議를倡ㅎ야自由의思想과共和의精神이益練益發ㅎ야

民會를又設ㅎ니各州ㅣ爭起響應ㅎ는지라時에華盛頓이婚事를初畢ㅎ이衆

人의推選ㅎ믜되야斐狄克都代表者로巴基尼亞州會議場에來臨ㅎ다

北美絶大의威權과絶大의沃野를英政府에盡付ㅎ고土民은瘡痍가百出ㅎ야

生計가驟窘이라乃奮然堀起ㅎ야實業을將復코자홀際에彼知事의狠貪狗欲

과彼政府의蠶目豺心이永遠히屬隸로視ㅎ야稅歛을加重ㅎ며製造를或禁ㅎ

며航海船舶을立限ㅎ야土民의利益을犧牲으로知ㅎ야其母國의實業을興ㅎ

27

고 其政府의 懲戮을 飽ᄒᆞ더니 又欺詐의 言으로 土民을 誘ᄒᆞ야 曰此戰費에 國帑이 盡竭ᄒᆞ니 此ᄂᆞᆫ 土民保護를 爲홈인則 土民이 不可不相當흔 租稅를 出ᄒᆞ야 政府의 恩을 償ᄒᆞ라ᄒᆞ니 土民이 此無禮의 言을 聞홈이 薪에 油를 加ᄒᆞ며 鳩에 毒을 加홈과 如ᄒᆞ야 向엔 默然帖然者ㅣ 今엔 皆窅然히 悲ᄒᆞ고 幡然히 悔ᄒᆞ고 蹶然히 起ᄒᆞ야 其罪狀을 直揭ᄒᆞ야 曰殖民地의 金으로 殖民地의 罪를 治ᄒᆞ면 獨立自治를 任ᄒᆞ여야 可ᄒᆞ니 엇지 屬邦으로 視ᄒᆞ며 若屬邦으로 視흔則國庫의 代償이 有ᄒᆞ거ᄂᆞᆯ 엇지 ᄯᅩ 此稅案이 有ᄒᆞ리오 伊時에 顯利民가 巴基尼亞州의 公會黨이 되믹 數千衆을 對ᄒᆞ야 懸河의 舌로 政府의 無道홈과 英王의 悖亂홈을 痛斥曰 英政府ㅣ 엇지 殖民地의 租稅를 다시 干涉ᄒᆞ리오ᄒᆞ고 最後에 厲聲曰 昔에 羅馬에 該撒이 有홈이 不慮多가 卽有ᄒᆞ고 英國에 査爾斯가 有홈이 克林威爾가 卽有ᄒᆞ니 엇지 可鑑치아니리오ᄒᆞᄂᆞᆫ 聲音이 悲壯ᄒᆞ야 聞者ㅣ大激ᄒᆞ더라 英政府난 全盛時代를 當ᄒᆞ야 殖民의 蠢動을 엇지 介意ᄒᆞ리오 依然히 印紙條令을 發ᄒᆞ야 一切物品에 該印紙를 購用ᄒᆞ야 憑據를 作ᄒᆞ고 其所入은 國債를 償ᄒᆞ다ᄒᆞ니 殖民이 此報를 聞ᄒᆞ고 死力으로 堅拒ᄒᆞ야 此紙를 不用ᄒᆞ기로 發誓ᄒᆞ니

時는一七五六年十一月一日이라各地民이旗竿을擧호야人心을鼓動홀서顯

利氏ㅣ公會堂에復詣호야慷慨演說호다가大叫曰我의게自由를與호니否則

我의게死를與호리라호더라彼旣狡且狠혼英政府가朝三暮四의計로此條令

을廢호고新令을另布호야玻璃、茶、紙等의日用品을稅金으로磨鍊호고收

稅局을波斯頓에設호야徵收홀서一面으로兵力을用호야目的에到達코져호

니殖民이其隱情을洞悉호고聲言호되英國議院이課稅의權利가無호니不法

의課稅는服從홀義務가無호다호야英國産物을不用호고家用什物을妻女로

호야금自製호고飲料則各地樹葉으로代用호되英政府ㅣ其方針을變호야

茶稅外엔一切蠲免호라호니波斯頓市民이港內에夜集호야茶艘三隻을沉破

호지라彼虎狼의慾이엇지可忍호리오政府ㅣ聞호고大怒호야最後에處置를

將出홀서北美戰雲이穆穆沉沉호야一轉瞬에獨一無二의奇劇을演成호도다

先是에英將拜其ㅣ波斯頓府에侵入호야威力으로市民을壓制코자호야衝突

이無常호니市民의被害者ㅣ數人이라警報가四達홈이全殖民地ㅣ一時鼎沸

호야各州志士가鐵譜에會議호야英政府를抗拒호니時는一七七四年九月

五日이라巴基尼亞州에代表者七人이有홈의華盛頓이其一이러라

華盛頓이結婚혼後十五年을議員代表로斐狄克會에叅入호야雖呐呐寡言호나然判斷力이富호야州會에倚重호비되미顯利氏ㅣ其腦力의偉大홈을恒常稱歎호더라英政府ㅣ壓制日甚호야殖民이激昂大起홀時에彼郡會議長이絕英獨立을倡호야諸州會를請호나諸州會ㅣ代表者를鑿鐵號議會에派送호다各州代表人이凡五十三名이라州會의議案及議決委任狀을各持호고衆議로倫杜夫氏를推호야議長을삼고決議호야曰

若英政府ㅣ兵力을藉호야租稅를加호거든全殖民地가抗拒홈을盡力홀것이오若馬薩犬斯等州ㅣ英政府의壓制를受호거든宜相保護홀것이오若議定後에或英의威力을怖호야同盟者를蔑視호거든全殖民地ㅣ羣起責之라

호다

此一聲霹靂의怒雷가坎拿大에馳報호되若英國虐政에追호야同情을表키願호는者는我行을速從호라호고又英國에馳告호되我民은自由를愛호다가或不成이면有死而已라호더라

時에華盛頓의聲譽가何如ᄒᆞ뇨維爾脫氏ᄂᆞᆫ顯利氏의傳을著ᄒᆞᆫ人이라嘗言ᄒᆞ야日一日은顯利氏가議會로브터歸ᄒᆞ시或이議員中의最大人物을問ᄒᆞ니若日若雄辯家則淮貳爾君이魁楚가되나完全의腦力을其ᄒᆞ고天下의重懇을負ᄒᆞᆫ者ᄂᆞᆫ華盛頓이其人이라ᄒᆞ니噫라石이玉을蘊ᄒᆞ이山이輝ᄒᆞ고水가珠를懷ᄒᆞᆷ인川이媚ᄒᆞ나니英雄의不遇ᄒᆞᆷ을言ᄒᆞ지말라此雞羣中에鶴聲이一發ᄒᆞ면人誰不驚ᄒᆞ리오議會를旣定에華盛頓이義勇兵의請을從ᄒᆞ야步兵士官이되야軍務를監督ᄒᆞ다

風潮가旣至ᄒᆞ고機會가旣迫이나然蟻垤이不有ᄒᆞ면大堤를何潰며鍼芒이不有ᄒᆞ면毒氣를何泄이리오殖民地의精神은大勢만覘ᄒᆞ고先發ᄒᆞ져아니터니彼頑固ᄒᆞᆫ英內閣과昏憒ᄒᆞᆫ殖民地知事ㅣ讒言을日進ᄒᆞ야英王의宿志를益堅케ᄒᆞ야日叢爾叛徒ᄂᆞᆫ大兵一隊면足히鎮壓이라ᄒᆞ니費貳氏ㅣ其誤計를苦諫ᄒᆞ되不用ᄒᆞ더라一七七五年二月에牧黨을進討ᄒᆞᆫ다ᄒᆞ야全局에布告ᄒᆞ고精兵을拜其將軍의게專任ᄒᆞ야波斯頓埠를守ᄒᆞ되三月에巴基亞에州會를再開ᄒᆞ니可羨可敬至榮至幸ᄒᆞ야亞美利加의獨立一聲이顯利氏口中에始發ᄒᆞ도다

31

第四章　獨立戰爭及美軍總督

拜其民ㅣ波斯頓埠를方守홀서馬薩尤斯民의武器及糧草를已其홈을知호고擊奪코져호다가民兵이防禦를益堅호야未成혼지라未幾에英軍이復侵호니民兵이雖善防이나終然不支호야輜重이英兵의占有혼바되니是役에民兵의死者ㅣ僅七人이러라一七七五年四月十九日에英兵이民兵을又刦호야殘暴가備極호더니會에少佐某가新兵을率호고英軍을共擊홀서英軍이民兵의驟加홈을見호고波斯埠로退守코져호거늘民兵이要害의道路를阻絕호고砲聲이一發에英兵이三倒五斃라既退에其尸를檢호니三百人에過호더라勒與頓의戰報가一時紛傳홈이全殖民地土人이奮然羣起호야農夫는鋤犂를棄호고職工은工匠을閉호고老幼가武器를咸荷호야愛妻는夫를別호고慈母는子를送홀서家用의鳥銃과錫匙로彈丸을溶成호야長兒를給호고既銹且古혼長劍으로次兒를與호고泣別호야曰嗚呼라汝는此劍을善保호지며若戰時에人或有病호야銃을捨호고走호거든汝ㅣ其銃을拾호야勇進호라호더라又一農夫의子ㅣ年十五에入兵기를自願호야其家門에過홀時에皤皤老翁이大

叫曰願勇猛將士는萬世ᄒᆞ소셔吾子ㅣ汝軍에在ᄒᆞ니必能戰死라否則老夫ㅣ

吾子面을復見치아니ᄒᆞ깃노라ᄒᆞ니此ㅣ何言이며此ㅣ何事오其勇略과

其壯快가엇지此에至ᄒᆞ나뇨父母兒女는至愛가아니며疆場戰爭은至危가아

닌가엇지相送相勵ᄒᆞ미如此ᄒᆞ뇨無幾時에二萬餘民兵이波斯頓郭外에己集

ᄒᆞ도다

勒與頓의戰報ㅣ野火가枯草를焚ᄒᆞ고驚風이鴻毛를飛ᄒᆞ과如ᄒᆞ야殖

民地全部人心이大激ᄒᆞ야馬薩九斯로局尼迦間에十三州가知事의命을奉ᄒᆞ

눈者ㅣ無ᄒᆞ되知事는恬然不知ᄒᆞ고各州委員을鄧羅拭에會ᄒᆞ야議決ᄒᆞ되生

命을捨ᄒᆞ고自由를壓ᄒᆞ눈外엔善法이更無라ᄒᆞ더라

時에民兵驍將倭倫氏ㅣ數百兵士를率ᄒᆞ고英人의堅寨를攻ᄒᆞ시其寨ㅣ香巴

倫湖前面에在ᄒᆞ지라倭倫氏ㅣ奇策을設ᄒᆞ야暗夜에湖水를渡ᄒᆞ야寨下에旣

抵ᄒᆞ이吶喊率上ᄒᆞ니守兵이倉皇ᄒᆞ야敢抗ᄒᆞ눈者ㅣ無ᄒᆞ더라城中俘獲이無

笭ᄒᆞ되民兵은一傷도無ᄒᆞ니時눈一七七五年十月이라越二日에夸倫冰拭을

復陷ᄒᆞ니民兵의氣勢가大盛ᄒᆞ더라

33

倫氏獲勝혼日에殖民地議會를再開혼지議長倫杜夫氏ㅣ病深혼야享壳克

氏로써代혼더니十月에勝報가至혼익議會에셔大稱賞혼고一面으로英國에

使를遣혼며一面으로設備혼더라殖民地獨立聲이一時大盛이라華盛頓을選

혼야委員을삼고紙幣를發行혼기로議決혼지라當時性怯혼議員이英吏殘酷

을不堪이나然、堂堂혼母國을猝然分離혼을不忍혼者ㅣ有혼지라衆人이太

愛혼더니五月下旬에英國兵船이大至혼고使者ㅣ又歸報호뒤英政府ㅣ冥頑

혼야殖民地를踏平코자혼다혼니於是에殖民地意志가大定혼야殖民總督을

先擧혼시亞達密이華盛頓을力選혼야衆議가遂定혼니華盛頓이再三堅辭혼

디不得이라於是에宏亮혼聲音을發혼야忠愛의忱을宣혼야曰

余ㅣ今에此大命을承혼야엇지不謝혼리오만은諸君이過愛혼故로職任의

鉅大혼을退思혼니我와如혼迂踈혼者ㅣ竦然이나方今國步가艱難에萬

民이塗炭이라且議會가信仰을謬加혼야大任을專委혼니不肖눈當骨粉身

窿라도盡職而已라諸君은鑒혼진져

於是에總督의印綬를帶혼後에波斯頓의急報를聞혼고肯祺布로馳向혼다先

是에英將花罷公崑頓二氏가波斯頓海岸에旣登ᄒᆞ야精兵을率ᄒᆞ고波斯頓을

襲擊코쟈ᄒᆞ야晚霞丘蒲緇爾의要害를將占ᄒᆞᆯ서晚霞丘ᄂᆞᆫ半島間에在ᄒᆞ야波

斯頓灣에突出ᄒᆞ야一百十英里를直立ᄒᆞ고蒲緇爾ᄂᆞᆫ波斯頓에尤迫ᄒᆞ야波斯

頓을可瞰ᄒᆞᆯ자라若、敵이此를據ᄒᆞᆫ則波斯頓은엇지吾有ᅵ라ᄒᆞ리오大佐가

民兵一千을率ᄒᆞ고守ᄒᆞ더니六月十七日에英兵이大至ᄒᆞ니民兵의數ᅵ英軍

三分一을不及ᄒᆞ며且鋤를棄ᄒᆞ고劍을取ᄒᆞᆫ者라엇지英軍의久練에比ᄒᆞ리오

然、大佐가頗勇ᄒᆞ야兵士로ᄒᆞ야곰靜待ᄒᆞ다가十步以內에近ᄒᆞ거늘乃急擊

ᄒᆞ니英兵이前仆後繼ᄒᆞ야勇進不退라美軍은彈藥이旣盡ᄒᆞ야徒手無計어늘

巴忒嫩이寨外에出ᄒᆞ야奮勇急退ᄒᆞ더라七月二日에華盛頓이肯布祺에至ᄒᆞᆫ

則戰後가己十餘日이라盖鏨鐵譿이此에셔數百英里에在ᄒᆞᆷ으로兼顧기難ᄒᆞᆷ

이러라

華盛頓이鏨鐵譿으로自ᄒᆞ야肯布祺로向ᄒᆞᆯ서德威聲望이到處喧傳ᄒᆞ야衆人

이無限의敬仰心과愛慕心으로彼、旌旗를歡迎ᄒᆞ니未幾에馬首에集ᄒᆞ야效

死코쟈ᄒᆞᆫ者ᅵ途에塞ᄒᆞᆫ지라然、十分의九ᄂᆞᆫ皆新募兵士라衣服도無ᄒᆞ고

35

刀劍도無ᄒ고藥彈鎗砧ᄂᆞ無ᄒ니精銳ᄒᆫ英軍을抗拒코쟈ᄒᆷ이呶으로써石을
投ᄒᆷ과如ᄒ도다華盛頓이新來ᄒᆷ이軍政이統一치못ᄒ야供給의道ㅣ或乏ᄒ
고兵士가自由를樂ᄒ야嚴格의律은甚苦ᄒ리니此時經營의慘憺勞苦를엇지
形言ᄒ리오一七七六年二月에谷風은蕭蕭ᄒ고殘雪은皎皎라萬死를冒ᄒ고
氷河를渡ᄒ야波斯頓의英兵을擊코져ᄒᆯ시議會에書를送ᄒ야曰某ᄂᆫ今者에
非常의苦痛이有ᄒ니敢히不白지못ᄒ노라一은餉械가不足ᄒ야訓鍊이未精
ᄒ며二ᄂᆫ一切缺乏ᄒ야諸路가空虛ᄒ니萬一敵兵이來襲ᄒ면大勢ㅣ去ᄒ리
니엇지不備ᄒ리오古人은兵을川ᄒᆷ의精銳를隱ᄒ고嬴弱을示ᄒ더니今則勢
殊ᄒ니此法을反用ᄒ여야或可久持나然、僥幸을冀ᄒᆷ은兵法의忌ᄒᆫ바라私
心沉痛이엇지此에셔愈甚ᄒᆯ者ㅣ有ᄒ리오事急語促ᄒ니惟俯察ᄒ라ᄒ니此
書를觀ᄒᆫ則當時事勢를可知로다

未幾에華盛頓의兵備가漸整ᄒ야波斯頓을砲擊ᄒ야杜率泰丘를先占ᄒ니杜
率泰丘ᄂᆫ波斯頓右側에在ᄒ야府에去ᄒᆷ이僅千尺이오且後로從ᄒ야望ᄒ則
全城이目에在ᄒ지라雖高屋의優勢를占ᄒ나彼熊羆의英軍이엇지小挫코져

ᄒ리오風潮가旣息ᄒ고波鏡이旣꾸ᄒ야美軍의守備가愈嚴ᄒ야一隙의可乘

ᄒ處가無ᄒ거늘英兵이抵敵지못ᄒ야波斯頓을乘ᄒ되美兵이歡呼直入ᄒ니

時는三月十七日이라世人이波斯頓大勝이라稱ᄒ더라、

一七七五年夏에美將孟格梅ㅣ坎拿大를擊ᄒ야二陳을陷ᄒ고塊培古堅壘만

僅餘ᄒ나然、民兵의歸期가已至라相率歸鄕ᄒ니其留者ㅣ舊額의半에不及

ᄒ지라孟格梅ㅣ寡兵을率ᄒ고前進ᄒ아亞腦特氏ㅣ坎拿大民兵을率ᄒ고來

會ᄒ야塊培古를共逼ᄒ니惜乎라螳臂가엇지車를當ᄒ며衆寡가엇지相敵ᄒ

리오孟格梅는戰死ᄒ고亞腦特이亦戰傷ᄒ야全軍이大敗ᄒ니坎拿大全境이

英軍의據有ᄒᄒ비된지라其報가四方에旣傳ᄒᄒ殖民地兵氣가沮喪ᄒ더니波

斯頓捷報가適至ᄒ의殖民地ㅣ戚을轉ᄒ야喜를作ᄒ니軍氣가復振ᄒ더라

波斯頓을勝ᄒ後에亞美利加軍隊을分ᄒ야一部는紐約으로直突ᄒ야四月十

四日에又勝ᄒ다華盛頓이畢生의力을盡ᄒ야守備을繕ᄒ고糧食을貯ᄒ니時

에英將崑頓氏ㅣ部下에精兵三千과艦艦數十을率ᄒ고南殖民地를先服코져

ᄒ야戰艦을先遣ᄒ야其港灣을扼ᄒ고砲臺를攻ᄒ거늘守將摩德立氏ㅣ迎擊

37

大破ㅎ니水師提督栢克氏ㅣ幾死僅免ㅎ지라南殖民地가大喜ㅎ야意氣激越

ㅎ야英軍을輕視ㅎ고且波斯頓이新復에英國軍威가掃地라英將赫華氏ㅣ艦

隊를率ㅎ고紐約南岸에在ㅎ더니七月初旬에和親을請ㅎ거늘其語言이不遜

ㅎ으로華盛頓이堅拒ㅎ다

殖民地人民이二大勝報를旣得ㅎ믹意氣가益盛ㅎ더라七月二日에繼鐵譴及

巴基尼亞議會를再開ㅎ고獨立政策을決ㅎ야殖民地聯邦이自由獨立을旣

得ㅎ則自由獨立의權利를應有ㅎ리니今我等이英國에對ㅎ忠愛義務를一切

斷棄ㅎ고政治上에絲毫의關係가無케ㅎ다ㅎ야旣議決ㅎ의亞達密이非常의

熱心으로써全國에報ㅎ석國民을浮ㅎ야曰亞美利加ㅣ曾有처못ㅎ大問題를

得ㅎ니此는大快事라我國民은力을努홀지어다於是에獨立을布告ㅎ고亞美

利加合衆國이라稱ㅎ다

委員若干人을選ㅎ야獨立布告書를草ㅎ야各部各國에送ㅎ야世界輿論을要

ㅎ석富蘭比로正委員을薦ㅎ고亞達密吉富爾로佐員을作ㅎ지라其原稿에首

論ㅎ딕母國으로分離ㅎ은乃自然의理라ㅎ니略曰

人類의進步는人事의複雜을由ᄒᆞᆫ故로連亙의政治를數國에分ᄒᆞᆷ이自然의

理오且人類는平等이라權利를相奪치못ᄒᆞᆯ지니曰生命曰幸福曰自由는皆

權利의一部라其權利를安全코자ᄒᆞ진된必政府를人民間에設ᄒᆞ고權利一

部를分ᄒᆞ야政府에屬ᄒᆞ니卽施政權이是라若政府ㅣ其目的을謬ᄒᆞ야人民

權利를蔑視ᄒᆞ고其貸與ᄒᆞᆫ權利를濫用ᄒᆞᆫ則人民의自由計生命計幸福計를

爲ᄒᆞ야新政府를別建ᄒᆞᆷ이엇지不可라謂ᄒᆞ리오

其全文이英政府에罪惡을羅列ᄒᆞ고母國을不可不分離ᄒᆞᆫ는理를喩論ᄒᆞ야

ᄉᆞ히人을動ᄒᆞᆯ만ᄒᆞ더라文尾에又略曰

故로吾等亞美利加合衆國의代議士ㅣ此에相集ᄒᆞ야正義公道로써公明社

會에告ᄒᆞ노니自今으로我殖民地聯邦이自由獨立의權利가有ᄒᆞ니英王에

對ᄒᆞ야忠愛의義務도無ᄒᆞ고政治上에絲毫關係도與無ᄒᆞᆫ則一切和戰盟約

을世界獨立國으로成例ᄒᆞ야全殖民地人民이皇天의眷佑만依賴ᄒᆞ고身家

의生命을犧牲으로作ᄒᆞ되此誓言을必踐ᄒᆞᆯ진져書尾에議長亨亮氏와書記

官泰姆遜氏의名으로署ᄒᆞ얏더라

一七七六年四月四日에布告書ㅣ各州에旣達ᄒ익市民이發集ᄒ야其言을爭聞코쟈ᄒ더라紐約地엔英王의銅像을破壞ᄒ고波斯頓府엔市民數千이一處에會集ᄒ고一人이其中에屹立ᄒ야檄文을朗讀ᄒ식醉ᄒ과如ᄒ고狂ᄒ과如ᄒ야民氣가大震ᄒ더라英將赫華ㅣ聞ᄒ고大怒ᄒ야本國의軍隊及艦隊를多數請求ᄒ야紐約을襲擊코쟈ᄒ니華盛頓이豫知ᄒ고紐約左海峽에船隻을沉ᄒ야英艦의路를阻ᄒ고一面으로九千兵을送ᄒ야蒲爾肯、要害를守ᄒ니蒲爾肯은紐約對岸에在ᄒ야大澤이左右에夾ᄒ고兩河가東北을繞ᄒ야倫葵蘭으로紐約에達ᄒᄂ陸路가此地에貫ᄒ지라部將葛林氏ㅣ此地에牙營고山腹에前營을置ᄒ야防禦를甚堅히ᄒ더니英將이精兵三萬을率ᄒ고倫葵蘭에登ᄒ야一隊ᄂ堅艦을用ᄒ야沉船을破壞ᄒ고一隊ᄂ蒲爾肯右側을還擊코쟈ᄒ식蒲爾肯에三路가有ᄒ니一路ᄂ前山에在ᄒ고二路ᄂ左右兩側에在ᄒ야皆峽路라葛林氏ㅣ地勢를察ᄒ야三處를固守ᄒ다가不幸히葛林氏ㅣ病劇ᄒ야薩利彭으로代ᄒ니薩利彭이葛林의計를反對ᄒ야右側間道及中央만守ᄒ거ᄂᆯ英將이其虛實을知ᄒ고外面으로右側을力攻ᄒ다가精兵을暗遣ᄒ

야左側間道로直進ᄒ니美軍이不意의變을當ᄒ야蒲爾肯으로退入코져ᄒ되

英兵이阻絕ᄒ니美軍이苦戰良久에英兵이漸退ᄒ거늘蒲爾肯에乃入ᄒ니是

役에美兵九千이四分一은器械도無ᄒ고徒手로三萬敵軍을當ᄒ니其多寡도

不敵이오又葛林計를不從ᄒ니엇지此敗가無ᄒ리오時는一七七六年八月二

十七日이라世人이倫葵蘭苦戰이라稱ᄒ더라

是時에華盛頓이紐約으로從ᄒ야蒲爾肯에來ᄒ다가戰塵을遙見ᄒ고大驚馳

入ᄒ야城卒을占檢ᄒ니器械도不備ᄒ고敵兵이又迫ᄒ야事勢가甚急이라守

禦計를作ᄒᄉ前寨에入ᄒ야敗陳將軍을一一이慰勞ᄒ더라

彼虎狼의英이前寨를旣占ᄒ고北河艦隊를幷進ᄒ야蒲爾肯을急擊ᄒ되華盛

頓이蒲爾肯을棄코져ᄒ더니二十八日夜에大雨를乘ᄒ야紐約으로退ᄒᄉ軍

器及糧食을一一運歸ᄒ야雖積雨陰潦에道路泥濘이라도其勞를不憚ᄒ고二

十九日曉에某河를渡ᄒ니其辛苦坎柯를엇지名狀ᄒ리오其間에日夜로長矛

를提ᄒ고馬背에坐ᄒ야黑鐵紅血中에馳騁ᄒ야一刻의交睫이無ᄒ니彼木石

이안니여든엇지瞹然치아니ᄒ리오然、兵學의智識을此로由ᄒ야大進ᄒᆷ이儼

41

然히兵家의列에참ᄒᆞ도다屢敗不練의軍으로強敵四圍ᄒᆞᆫ中에安然히退ᄒᆞ야

失ᄒᆞᆫ빅無ᄒᆞ니兵學上에非常ᄒᆞᆫ才ㅣ無ᄒᆞ면엇지此를濟ᄒᆞ리오

英軍이波斯頓에敗ᄒᆞᆫ後로全軍이沮喪ᄒᆞ더니倫葵蘭의勝報를聞ᄒᆞ고水師提

督이大喜ᄒᆞ야此機를乘ᄒᆞ야和를請ᄒᆞ거ᄂᆞᆯ薩利彭將軍이英將으로協議ᄒᆞ나

然、英將이新勝ᄒᆞᆫ氣를恃ᄒᆞ고殖民地를屬邦으로視ᄒᆞᄂᆞᆫ지라殖民地議會ᄂᆞᆫ

獨立을主ᄒᆞ야堅拒不服ᄒᆞ니和議가遂破ᄒᆞ고倫葵蘭左右諸島ᄂᆞᆫ英將赫華의

領ᄒᆞᆫ빅되더라

嗚呼라天이美를不祚ᄒᆞᆷ이至極ᄒᆞ도다此戰으로始ᄒᆞ야迦孟呑에至ᄃᆞ록其敗

ᄒᆞᆫ事를言코져ᄒᆞ나吾心이痛ᄒᆞ고吾鼻ㅣ酸ᄒᆞ니豈一世人傑華盛頓의事業이

此에至ᄒᆞ나뇨何故로春花ᄂᆞᆫ幾謝ᄒᆞ며秋月은幾圓ᄒᆞᄂᆞ듸民兵의勢ㅣ江河에

日下ᄒᆞᆷ과如ᄒᆞ고抑好事가易敗ᄒᆞ고時勢가未至ᄒᆞᆫ가嗚呼라天이美를不祚ᄒᆞᆷ

이至極ᄒᆞ도다今英國이海陸軍十萬을合ᄒᆞ야美民의堅壘를打破코져ᄒᆞᆯᄉᆡ美

軍은全國이僅二萬이라兩軍의形勢가旣殊ᄒᆞ고其內情이此에尤甚ᄒᆞᆫ者ㅣ有

ᄒᆞ니敵兵은一規律間에鍛鍊ᄒᆞ고一命令下에服從ᄒᆞ야其將卒이起臥를同ᄒᆞ

고患亂을同호딕我則何如오敵兵은兵器가精銳호고糧食이充給호고彈藥、

被服、天幕諸具ㅣ皆備호고艦隊의保護가又有호야可進可退호딕我則何如

오兵士를新募에紀律이無常호야瓜期가至호則免歸호고戰務가開호則徒手

로來赴호니軍事의勝負ㅣ雖多寡에不在호나然、勇氣의關係는有호니昔日

에萬이今日에千이나昔日에百이今日에千이나其千數는同호느氣의盛衰는

己判이로다倫葵蘭一敗에彼等이英兵을懼홈이鬼神과如호야去者ㅣ相望호

니華盛頓의力으로도如何호方策이無호리오다螳臂로車를當홈이螳力을雖

盡호느其所當者의車를엇지相敵호리오然、戰鬪가險을不遇호면雖勝이느

不榮이라戰敗를不懼호고困難을不辭호며勞怨을不避호고屈辱을不恥호야

毅然特立호야殖民地로호야금敗를轉호야勝을作호니此는華盛頓이아니면

誰가復能호리오自此로彼、敗軍의歷史는亦既結果로다

今에英軍은倫葵蘭에屯호고美軍은紐約에屯호서紐約府는紐約島一角에在

호니左는東河라倫葵蘭北河를近對호니卽、二英里廣되는哈獨宋河가其右

에流호고司蚕伊蘭及孔奈卡沿岸을遠對호야位置ㅣ廣袤호니殖民地中一大

要港이라若、此를失호면中部殖民地는自殘홀지라英軍이此를知호고蒲爾

肯堅隊及北河艦隊로合力進攻호다가不克호고九月十五日에崑頓將軍으로

호야今四千兵을率호고東河를渡호야蒲明特岸高地를據호니其地ㅣ紐約東

北에五英里를距혼지라美軍이砲傷을被혼者ㅣ無數호거늘英軍이愈迫홈이

美軍이城을棄호고走호니英軍이紐約府에入호야砲臺를築호고久守計를作

호되九月十六日에美軍이死力進攻호야士氣ㅣ稍振이러라華盛頓이紐約島

를固守코져호니名將李氏ㅣ諫曰閣下ㅣ此島를死守호다가英軍이四圍호면

一矢를不發호고活擒을被호리라호니十月二十六日에河水를再渡호야一邱

를退保홀시時에兵士를檢호니僅六千人이라英軍이追至호거늘華盛頓이部

將으로호야금右翼을張호고左翼은自將호야迎敵호다가敵砲가甚烈호야右

翼이敗走에左翼이及救치못혼지라英將이紐約援兵을復加호야美軍을再襲

코져홀서大雨ㅣ數日不止호야泥濘이人脛을沒혼故로不果호다華盛頓이英

軍의援兵이加홈을知호고十一月一日에再次北渡호니時에凍雲은慘慘호고

積雪은皚皚러라英軍이砲臺를退奪코져호야南으로哈獨宋河를沿호야下호

다先是에華盛頓砲壘가紐約十餘里에距호야紐約砲臺와對峙호니哈獨宋航

路를主宰호는者라美軍이此報를聞호고將士를集호야議호서將軍李氏는棄

去를主호고葛林氏는固守를堅執호니華盛頓이守將馬科로호야금固守호고

葛林으로호야금李氏砲臺를守호다十一月十五日에水陸幷進호야李氏砲臺를又陷호니

陷호고水師提督의게馳報호야十八日에英將이華盛頓砲臺를先

守將葛林이華盛頓의게走訴흔디華盛頓이罪過를不論호고兵을分호야將軍

李氏로호야금約加斯爾를守호고自己는西으로向호다

是時에英軍의勢ㅣ旭日이天에升흠과如호야戰則必勝호고攻則必克호야倫

葵蘭을破호고紐約을陷호야尺을得호면尺을進호고步를得호면步를進호야

美軍으로호야금內地에遠退호고敢前치못호게호더라

是時에華盛頓砲臺ㅣ陷홈의幼稚흔共和政府는魂魄을喪호고軍士는勇氣를沮喪호

야唯坐視而已라況瓜期가將啓에隊列이皆解호니五日京兆ㅣ엇지他慮가有

흐리오然、華盛頓은苦又苦로다大敵은在前호고行者는長逝호니夙志를未

遂에來日大事는復何如오華盖頓이政府命으로民兵을募호야再舉를圖호서

45

新兵이未至ᄒᆞ니大廈를엇지一木으로可支ᄒᆞᆯ가殘卒을復率ᄒᆞ고根塞을退保ᄒᆞᆯ서部下兵士를檢ᄒᆞ니僅三千이라戰엔器械가無ᄒᆞ고寒엔被服이無ᄒᆞ고宿엔天幕이無ᄒᆞ고藉엔毛布가無ᄒᆞ고飢엔食具가無ᄒᆞ지라華盖頓이募兵의可特치못ᄒᆞᆷ을知ᄒᆞ고軍을拔ᄒᆞ야退ᄒᆞᆫ지三日에英軍이已迫ᄒᆞ니美兵이又退ᄒᆞᆯ시兵卒의留ᄒᆞᆫ者ㅣ僅二千이라然、華盛頓이毅然自若ᄒᆞ야砲兵을命ᄒᆞ야河上에陳을布ᄒᆞ고兵卒의病者ᄂᆞᆫ鑿鐵譏에送歸ᄒᆞ지라時에彭鼻巴爾의援兵이來會ᄒᆞ야再進을圖ᄒᆞ더니英兵이己至ᄒᆞ야大川을將渡ᄒᆞ다가船楫을先奪ᄒᆞᆷ으로乃止ᄒᆞ다先是에華盛頓이根塞에退ᄒᆞᆯ時에李氏에게馳報ᄒᆞ야速退ᄒᆞ라ᄒᆞ더니惜乎라見用치못ᄒᆞ고敵兵의捕ᄒᆞᆫ비되니軍氣가愈喪ᄒᆞ야人人이退ᄒᆞᆷ을思ᄒᆞ더라

未幾에敵將赫華氏ㅣ精兵二萬七千을率ᄒᆞ야脫倫頓에屯ᄒᆞ고聲言ᄒᆞ딕河水의凍ᄒᆞᆷ을俟ᄒᆞ야美軍을鏖殺ᄒᆞ다ᄒᆞ거ᄂᆞᆯ美營將士ㅣ生氣가無ᄒᆞ야自殺ᄒᆞᄂᆞᆫ者ㅣ有ᄒᆞ더라英將이又百計로威嚇ᄒᆞ고將軍崑頓氏를命ᄒᆞ야艦隊를率ᄒᆞ고倫葵蘭島에上ᄒᆞ야美軍守兵을擊破ᄒᆞ고本隊에合ᄒᆞ다

先是에華盛頓이紐約을去ㅎ고脫倫頓에退ㅎ시州民이憂甚ㅎ야凡兵을自募

코져ㅎ나人心이惶惶ㅎ야募籍에入ㅎ者ㅣ一人도無ㅎ니盖國家의安이一身

의安만不如ㅎ미라敵將이小惠를又施ㅎ야英國의寬大를知케ㅎ니于是에富

者ᄂᆞᆫ皆投歸ㅎ야其鼻息을仰ㅎ고唯中流以下ᄂᆞᆫ尙默然ㅎ야美軍에戰捷을祈

ㅎ더라時에美國獨立의勢ㅣ西山에落日과如ㅎ야氣數ㅣ將盡이나然、華盛

頓이猶自若ㅎ니彼ᄂᆞᆫ皇天의明命을深信ㅎᄂᆞᆫ者ㅣ로다

華盛頓의境遇ㅣ亦可憐ㅎ도다募兵의策은無效에旣歸ㅎ고且戰爭은屢敗ㅎ

니謗議가紛紜ㅎ야彼一身이衆矢의的을作ㅎ되然、彼性質의可貴ᄒᆞᆫ者ᄂᆞᆫ外

物에不移ㅎ고毅然精神으로自行ㅎᄂᆞᆫ故로如何를無論ㅎ고困難을必破ᄒᆞᆫ後

에乃己코져ㅎ더라

或이當時에現形을述ㅎ야曰爾時에强敵이相迫ㅎ고將校가相叛ㅎ고兵卒이

相離ㅎ야種種危險이一身에坌集ㅎ되彼ㅣ能히不撓不屈의精神으로防禦에

盡力ㅎ야雖一再의敗가有ㅎ나一毫도懼色이無ㅎ고從容自若ㅎ야最後에一

戰功을企ㅎᄂᆞᆫ도다蒲爾肯에敗ㅎ며紐約에敗ㅎ며砲壘를見奪ㅎ고將師ㅣ被

47

擒호딕意氣ㅣ自若호고今特拉威以東이敵兵의領혼빅되나猶丁寧周到호야

不退로自任호니嗚呼라此、不撓不屈의精神은豈吾人의可及홀者ㅣ리오十

二月十二日에鑿鐵譃議會를巴爾却으로移호다

先是에華盛頓이議會에畓報호야日兵力이太單호니人口를計호야兵을徵호

디三年期로定호고各國에援兵을求호라호니議會ㅣ許諾호고殖民地에派員

을遣호야民兵을徵홀시每郡에數隊로計호면七十八隊를可得홀지라然、言

易行難호니엇지人人이至愛혼血肉生命으로相獻코져호리오華盛頓이數千

의弱卒로數萬精銃의英兵을敵홀시元氣는消耗호고軍器는匱乏호니其苦心

을可知로다華盛頓이人心의日非홈을憂호야軍氣를丕振코져호더니時에赫

華將軍等이三萬兵을率호고來襲코져호다가特拉威河에舟가無호야脫倫頓

에退遁호니華盛頓이私念호딕敵勢를欲挫코져호면敵兵의散홈을乘호야擊

破치아니홈이不可라호야一面으로鑿鐵譃를嚴防호고一面으로全軍을三隊

에分호야中軍은自將호고巴武嫩馬校로兩翼을作호야特拉威河를渡호야三

道로進호니時에天色이尙未明이라英軍을突擊홀시人人이皆、死를決호니

敵兵이能支치못ㅎ야爭相竄逸이러라此를脫倫頓의勝이라謂ㅎ니是役에國

人의元氣를救ㅎ고精神의影響을振ㅎ者ㅣ多ㅎ으로殖民의敬信이日重ㅎ더

라

一七七一年一月에華盛頓의兵力이大振ㅎ이兵士를命ㅎ야一律로痘를種ㅎ

니盖軍中에可恐ㅎ者는銃劍을因ㅎ야痘瘡이生ㅎ이라干是에英軍이美兵勢

力의己大ㅎ을知ㅎ고敢히輕動치못ㅎ더라

先是에英將某ㅣ精兵을率ㅎ고紐約에入ㅎ시到處에無敵이라啓孔突、愛特

威二寨를陷ㅎ딕時에美軍이死力拒戰ㅎ야英軍을大破ㅎ니英軍이精銳를盡

率ㅎ고猝地來襲ㅎ거늘美將이自誓ㅎ야曰若、此戰에失이有ㅎ면吾는人을

不見ㅎ리라ㅎ딕部下ㅣ大奮迎擊ㅎ야又大破ㅎ니鎗砲彈藥을得ㅎ이無筭이

라北部殖民地ㅣ此를因ㅎ야大振ㅎ니時는八月三日이러라

英軍이數回敗蹴後로士氣ㅣ沮喪ㅎ고糧食이匱乏ㅎ야前日美軍의情形과

相似ㅎ더라九月十九日에乃再出이어늘北部提督이力戰退却ㅎ고十月七日

에又大破ㅎ니撒脫格守兵이催九千이라美將이一萬三千兵으로四圍甚迫ㅎ

49

니英將이雖力戰호나援軍이不至라得過치못호야殘卒六千을率호고降호니

其兵器輜重은皆美軍의有혼비된지라北部殖民地에兵氣가益震호거놀歐洲

諸國이擧皆驚服호니時는十月七日이라後人이撤脱格大捷이라稱호더라先

是에華盛頓이英總督赫華로特拉威河를隔호야對峙홀시敗殘의弱卒과不全

혼武器로數萬精銳의英軍을拒홀시戰鬪綫이纏六十里라然敵人으로호야금

一步도敢히西向치못호더라赫華將軍이對峙의無益홈을知호고一萬六千兵

을率호야倫葵蘭島에出호니其意가鑿鐵譙에在혼지라華盛頓이聞知호고巴

武嫩의兵을分호야急援케호고一隊를夏分호야特拉威河를守호고自己는兵

士四千을率호야特拉威州南部에出호다八月二十四日에英軍이艦隊로拿威

州를打破호고北으로將進홀시華盛頓이遇호야大戰호다가九月十一日에美

軍四千이英兵一萬六千의襲破를當호야華盛頓이殘卒을收호야要扼에서俟

호더니會에雷雨가大作호야火藥이盡濕이라華盛頓이自歎을不勝호니此

從호야鑿鐵譙의守備를盡失호지라從者一人에게語호야曰八月十五日로自

호야九月十六日에至홈이其間戰鬪의轟烈홈이意料에不及훌者ㅣ多호니總

50

督의苦と實로言喩키難ㅎ도다

忠役에英國論者ㅣ赫華將軍의戰功을贊賞ㅎ디其大得이曾有치못ㅎ다ㅎ나

然、今에獨立戰爭의諸役을追考ㅎ야其勝利를兩相較ㅎ則華盛頓이赫華
에不下ㅎ을知ㅎ리로다不足의武器와不整의敗卒로能히數萬精銳의英軍으
로六十里를相隔ㅎ고三十日을相持ㅎ니九月十一日의敗는足히言ㅎ빗無ㅎ
고彼無衣無食ㅎ殘卒을集ㅎ야死命으로敵을制코져ㅎ나不幸히天이亂을不
厭ㅎ야無情의雷雨가英軍을偏護ㅎ니此ㅣ엇지戰의罪라ㅎ리오

英軍이鑿鐵譜을占領ㅎ後로其勝勢를乘ㅎ야華盛頓兵을進擊코져ㅎ야兵馬
를頻進ㅎ시華盛頓이敵兵의無備ㅎ을乘ㅎ야將襲코져ㅎ니會에濃霧ㅣ四
塞ㅎ야咫尺을相見치못ㅎ는지라美軍이大亂爭退ㅎ고十二月十一日에美軍
이再退ㅎ니戰霧暫停ㅎ더라

時에美軍이新敗ㅎ의向日特拉威河ㅣ足히英軍을阻隔ㅎ더니今에一敗再敗
ㅎ야鑿鐵譜이又陷ㅎ니特拉威의守兵이益危라會에北部殖民地에撒脫格이
大捷ㅎ이拜其將軍의名이全國에藉々ㅎ지라衆心이華盛頓을疑ㅎ고拜其로

51

代ᄒᆞ고쟈ᄒᆞ니嘻라英雄의失路ᄒᆞᆷ이大히可憐ᄒᆞ도다

雖然이나疾風勁草가凡木에比ᄒᆞᆯ바아니오金玉圭璧을雩ᄒᆞᆯ바아니라

華盛頓의慈愛威望이人心에深入ᄒᆞ니雖一二小人이其間에蠱惑ᄒᆞᆷ이有ᄒᆞ나

卒然히變場지못ᄒᆞ고尤奇ᄒᆞᆫ者ᄂᆞᆫ拜其將軍의麾下兵卒도華盛頓의退去ᄂᆞᆫ不

願ᄒᆞᄂᆞᆫ고로此鬼蜮의陰謀가泡影에卒歸ᄒᆞ야幸히殘弱의美軍이精銳ᄒᆞᆫ英軍

을己勝ᄒᆞ며幸히少數의美軍이多數의英軍을遂退ᄒᆞ며幸히可憐ᄒᆞᆫ華盛頓으

로去位ᄅᆞᆯ不致ᄒᆞ고幸히可愛ᄒᆞᆫ華盛領으로不日에美國大統領을被推ᄒᆞ니噫

라此ㅣ夢ᄋᆡᆫ乎아此時美軍이果敗ᄒᆞ야華盛頓이岌岌不保ᄒᆞᆯ時ㅣ가아닌가然、

各國政府ㅣ獨立의布告ᄅᆞᆯ旣聞ᄒᆞᆷ이雖大喜ᄒᆞ나盖英國의威ᄅᆞᆯ忌ᄒᆞᆷ이오實로

美ᄅᆞᆯ厚愛ᄒᆞᆷ은아니러라然、又英國을深憚ᄒᆞ야顯然히袒護치못ᄒᆞᆫ時에

法政府ㅣ先允ᄒᆞ야士卒을送ᄒᆞ야美國을助ᄒᆞ니時ᄂᆞᆫ一七七八年六月이러라

英軍이整鐵謊ᄅᆞᆯ棄ᄒᆞ고紐約으로向ᄒᆞ려다가法國의援兵이己至ᄒᆞᆷ으로退去

코져ᄒᆞ니華盛頓이衆議ᄅᆞᆯ排ᄒᆞ고英軍을直追ᄒᆞ야二十四日에大破ᄒᆞ니軍氣

一振이라議會國民이皆大喜ᄒᆞ야翌朝에再擊코져ᄒᆞ더니英軍이紐約을退保

52

ᄒᆞ더라

是時에形勢ㅣ既變ᄒᆞ야華盛頓의境遇ㅣ亦一變이라殖民地人民이兵役에就ᄒᆞᄂᆞᆫ者ㅣ多ᄒᆞ고兵器ᄂᆞᆫ法國에借ᄒᆞ야一一히精銳ᄒᆞᆷ이士氣ㅣ愈憤이라英軍이其方面을改ᄒᆞ야南下ᄒᆞ셔南方殖民地將士ㅣ法艦과合力ᄒᆞ야防禦ᄒᆞ더라

一七七九年에議會에셔坎拿大를征코져ᄒᆞ야其任를華盛頓의게委ᄒᆞ니華盛頓이交涉의重要ᄒᆞᆷ을念ᄒᆞ야政府에親至ᄒᆞ야議及ᄒᆞᆫ디政府ㅣ委員을設ᄒᆞ야此問題及鍊軍의政策을議ᄒᆞ야議既畢에華盛頓의議를採用ᄒᆞᆫ者ㅣ多ᄒᆞ나北征의事인則無效에歸ᄒᆞᆫ지라是後로華盛頓이紐約近傍에在ᄒᆞ야將士를指揮ᄒᆞ고一面으로立國의道와養民의事를考求ᄒᆞ더니其間에最難ᄒᆞᆫ事ᄂᆞᆫ防兵의變을能弭ᄒᆞᆷ이라時에紙票價이低落ᄒᆞ야四十金紙票로겨오一金을兌取ᄒᆞ니軍餉이太窘ᄒᆞ야中部民兵이飢寒挺走ᄒᆞᄂᆞᆫ者ㅣ多ᄒᆞ고南方敗軍의影響이軍士腦裡에深入ᄒᆞ야決裂기易ᄒᆞ나華盛頓이威德으로撫摩ᄒᆞ야無限忿恨의氣를無形에消케ᄒᆞ니其功이何如ᄒᆞ뇨困難의皮를片片히剝去ᄒᆞ고勝報가日至ᄒᆞ니華盛頓의名이世界에益轟ᄒᆞ더라

一七八一年에華盛頓이外으로紐約을攻擊호다호고가만이南下호야英軍을

大破호고法艦長과相議호야漁泰溫을進拔호니漁泰溫은南方에要鎭이오英

軍의依巢호處라英將이能支치못호야軍前에降호니殖民地人民이趾高氣揚

홀時에漁泰溫捷報를又聞홈이其歡慰ㅣ萬狀이라往事를回憶홈이感極의涕

를不禁호리로다

第五節　北美合衆國의獨立及大統領

漁泰溫을陷落호後에大功을已成호나競爭主義는尙此未熄이라故로華盛頓

이罷戰의議를力排호고鑿鐵譜에各州代表者를訪호야言호되全土를肅淸코

져홀진된獨立의約을証호然後에야我民이無事를始得호리라호더니於是에

兩國使臣이法都巴黎에서締約호야美國殖民地獨立을許호니此報가美國에

達홈이市民이群集호고鑿鐵譜公會堂에火光이旦에達호야家家視賀호니此

後로美洲十三州獨立이永遠호지라華盛頓의半生心願을一日에獲償호니其

快ㅣ何如오

嗚呼라狡兔ㅣ死호이走狗ㅣ烹호고飛鳥ㅣ盡호이良弓이藏호도다國家獨立

華盛頓傳 (三五)

의成敗가軍隊掌中에一係혼則議會가戰戰競競호야其歡心을失홀가恐호더

니戰事ㅣ旣罷에昔日勞苦를頓忘호고功賞이無호니將士ㅣ不平호야亂勢ㅣ

將作이라時에華盛頓이暇를得호야營寨를離호얏더니此報를聞호고急往鎭

歷호더라

然、將士의不平이益甚호야議會를彈劾코져호야華盛

頓이毅然히拒絶호고且曉曰

軍隊는國民自由를爲호야戰홈이오議會는國民自由를爲호야代表호者인

則範圍를相越치아니혼故로軍隊는議會命令을服從홈이實、不易의理라

諸君은勿譁호라

將士ㅣ益激호야曰國會ㅣ旣如此혼則國會의義務ㅣ安在오호고兵士를進호

야議會를覆호려호며華盛頓을擁호야王位에登코져호니華盛頓의高潔혼心

이엇지虛榮을誓貪호고萬世에貽笑코져호리오將士를急集호야泣喩曰

嗚呼라我等이一身의幸福生命을捨호고死力奮鬪호者는此無聲無臭無影

無形혼自由를爲홈이라今에區區의憤을不勝호야旣得혼바를復失코져호

니其淺躁ㅣ太甚이로다嗚乎諸君아妻子를別ᄒ고父母를離ᄒ며鋒鏑을冒

ᄒ고霜露를犯ᄒ은往日의苦ㅣ아닌가今日已成ᄒ局을宜自保惜이어늘若

我得我失ᄒ면神聖ᄒ軍隊가自由의公敵과何異ᄒ리오

此時에猛火沸茶와如ᄒ驕兵이此言을聞ᄒ고皆淚를流ᄒ야罪를謝ᄒᄂ지라

然、華盛頓이訓戒ᄒᆯ뿐아니라一面으로議會에直告ᄒ야將士의功이有ᄒ者

를厚賞ᄒ니其事ㅣ乃解ᄒ더라若華盛頓이一毫私意가有ᄒ야帝王의位에登

ᄒ야拿破侖으로先後相輝ᄒ則合衆國이共和自立을不得ᄒ지라然則北美新

自由國은忠勇ᄒ士氣의致ᄒᆯ뿐아니라公平政治家의賜ᄒ이多ᄒ도다

一七八三年十一月二十五日은卽北美合衆國의獨立日이라英軍이旣去의紐

約市義勇隊ㅣ華盛頓을簇擁ᄒ야入ᄒ다十二月四日에將校를大會ᄒ야歸別

의意을道ᄒ고十九日에將軍印綬를解ᄒ니部下에老幼ㅣ皆泣送ᄒ더라華盛

頓이故鄕培爾孃에歸ᄒ야往日의大將盛業을渾忘ᄒ고每晨起에老農을偕ᄒ

야田園에耕ᄒᆯ서且語且笑ᄒ야日暮를不知ᄒ더라

一七八七年에鑿鐵譴에委員會를開ᄒ고盟約을改証ᄒ며獘政을除祛ᄒᆯ서巴

基尼亞州에셔華盛頓을擧ㅎ야代表로送ㅎ니華盛頓이私念ㅎ디戰事ㅣ旣終

에若諸州ㅣ各恣ㅎ면自由盛業이此로從ㅎ야凋落홀지라田園의樂을乃捨ㅎ

고委員會에旣至홈이會長의任을又當ㅎ야美國現行憲法을撰定ㅎ니統領의

任은華盛頓을舍ㅎ고誰가復有ㅎ리오多數의請을從ㅎ야北美開國大統領의

任을帶ㅎ다

一七八九年四月三十日에華盛頓이大統領의任을受ㅎ고培爾嫩으로브터紐

約에至홀시一路에觀ㅎ는者ㅣ堵와如ㅎ고凱旋과如ㅎ더라華盛頓이法場에

先入ㅎ야嚴肅히設誓혼後에言호디此後로凡事를道義에合ㅎ然後에施行ㅎ

리니願皇天은佑ㅎ사厥職을俾稱케ㅎ소셔又議會에至ㅎ야演說曰今에諸君

의推薦을承ㅎ야此重任을當ㅎ나藐躬으로報效치못홀가恐ㅎ노니願諸君은

提挈ㅎ야隕越을免케홈이幸甚幸甚이로다

先是에華盛頓이大統領을受혼後에培爾嫩에歸ㅎ야冊氏쎄告ㅎ니母ㅣ汝然

泣下曰吾ㅣ老且病이라命이朝夕에在ㅎ니此後는汝를復見치못ㅎ리로다然

汝는速往ㅎ야大職을盡ㅎ라華盛頓이亦涕泣ㅎ거늘母ㅣ華盛頓을促送ㅎ더

57

니未幾에華盛頓이老母의訃音을聞ᄒ고哀痛幾絕ᄒᄂ지라及葬에葬儀가頗盛ᄒ고國人이華盛頓을爲ᄒ야非常힌敬愛로紼을執ᄒ고墓에謁ᄒᄂ者ㅣ一途를塞ᄒ더라

時에議會에셔行政區域을三에分ᄒ고大臣을組織ᄒ야吉富爾氏ᄂ內務大臣으로哈彌頓氏ᄂ大藏大臣으로享利氏ᄂ軍務大臣으로薦定ᄒ니三人은才識이瞻富ᄒ고閱歷이夙有훈者러라蘭特爾氏ᄂ軍務次官으로村係氏ᄂ高等裁判長으로登庸ᄒ니於是에行政官이粗具ᄒ더라

哈彌頓氏ㅣ內閣에登庸홈이財政을整理코져ᄒ야酒稅를創始ᄒ니諸大臣이皆反對ᄒ고一時芻言이紛起ᄒ되華盛頓이其議를採用ᄒ니州民의抵抗이甚劇이라兵力으로抑壓홈에至ᄒ되國內가華盛頓을愛ᄒᄂ故로民情이稍安ᄒ더라此後론哈彌頓吉富爾兩人이每事를互相反對ᄒ야牴牾가益甚ᄒ니華盛頓의兩慰홈을不聽ᄒ고儼然히私交의敵이되더라

大臣黨爭이甚劇ᄒ고各州國體가不固라華盛頓이一身의希望을誓棄코져ᄒ더니適四年에任滿이라公擧續任ᄒ니一七九三年三月四日에大統領職을復

受호다

不意에 天公이 難을 作호야 內治가 未成호고 外交가 未及至호니 時에 西北土蠻이

侵入호고 佛蘭西난 共和政治를 組織호시 英國과 釁이 有호거늘 美國人民이 法

人의 助己호호 同情을 表호야 攻守同盟을 結코져 호디 華盛頓이 局外中立을 主호

야 日人이 自由를 愛홈에는 同情이 固有호나 然、 一時에 任俠으로 國家의 危亂

을 致홈은 不取호노니 我의 安全호 合衆國으로 人言에 惑지말지어다 法國公使

葛那氏—民心을 煽動호야 合衆國灣에 軍實을 滿載호고 大統領의 允否는 不問

호는지라 國民이 大憤호야 聯法黨을 攻호니 法公使—遂逃去호다 蓋國民精神

이 華盛頓一身上에 注호야 是非를 復作지아니호니 幼稚호 共和國이 永遠히 中

立을 得호도다

　第六章　華盛頓의 高蹈及人物

華盛頓이 第二次任期將滿에 黨派의 爭이 益烈이라 哈彌頓이 得己치못호야 內

閣에 退出호디 華盛頓의 主義는 不變호니 富彌爾黨은 華盛頓이 敵黨의게所惑

될사 疑호야 哈彌頓을 益攻호시 敵의 是는 非라호고 敵의 非는 是라호야 每事反

對에宿憤을洩ᄒ거늘華盛頓이救홀策이無ᄒ야急流勇退를圖ᄒ야敵鋒을避

코져ᄒ며且年力이漸衰ᄒ야大統領位에永居ᄒ야共和自由의本義가아니라

于是에退隱의志가益堅ᄒ야一七九三年九月에國民을別ᄒ고施政의方針을

言ᄒ니其愛情이言表에溢ᄒ더라新任大統領亞達密이旣代ᄒᆷ이培爾嫩故里

에歸隱ᄒ야農作을整理ᄒ니培爾嫩은其伯兄瞥倫斯의囑付ᄒ者라其風景이

可愛ᄒ고且ᄯ兄의意를感ᄒ야永守不徙ᄒ더라一七八九年에美法이相爭홀

서華盛頓이副總督의任을帶ᄒ고哈彌頓으로中將을삼앗더니戰禍가和好에

歸ᄒ니華盛頓이此로從ᄒ야世事를長辭ᄒ니라

一七九九年十二月十四日은果伺日고實、千載不朽ᄒ北美合衆國父祖華盛

頓의最後에日이라數日前에感冒를患ᄒ야田畝에散步ᄒ야淸氣를吸ᄒ더니

喉疾이又劇ᄒ야乃卒ᄒ니年이六十八歲라訃音이全國에達ᄒᆷ의農夫는耕作

을止ᄒ고織工은工場을閉ᄒ고官府는事務를廢ᄒ야人民은悲色이有ᄒ고牛

馬는不鳴ᄒ야天色이黯淡ᄒ데悲風은蕭蕭ᄒ고吊旗는蕭蕭ᄒ니嗚呼라美國

人이慈愛의父와建國의祖를失ᄒ도다慟哭의音과追懷의念과感謝讚美의辭

60

가全國에洋溢ᄒ더라全國人民이若干日服喪ᄒ믈考ᄒ와如ᄒ고培爾嫩墳塋

에葬ᄒ다

培爾嫩은華盛頓府南十四里鉢馬克河右岸에在ᄒ니一葦라도可航이오陸行

이라도可抵라每秋日이始啓ᄒ면天淸氣澄ᄒ日을擇ᄒ야都門에出ᄒ야平野

로亞立散德里에馳入ᄒ면寂寞街衢ㅣ宏壯如畫ᄒ되但石屋比隣에炊烟이隱

約ᄒ고足音이稀微ᄒ야依然히古代風이有ᄒ더라此로從ᄒ야西南四里를行

ᄒ면一小邱가道左에屹立ᄒ니卽培爾嫩이라華盛頓의墳塋이其山牛腹에在

ᄒ니瓦石으로製ᄒ고前面에鐵門이有ᄒ야大理石으로額을揭ᄒ며左右에紀

念碑가有ᄒ고棺室의深이丈許러라華盛頓은右에在ᄒ고夫人馬德民는左에

在ᄒ니四圍에種種香花를殖ᄒ야父老ㅣ此를過ᄒ면往事를追懷ᄒ야能去치

못ᄒ더라

園中央에弱柳數本이有ᄒ니蓋拿破侖의墓로브터移植ᄒ者라近世史에大偉

人은華盛頓及拿破侖二人而已나然、一則美國의基礎를建ᄒ고一則歐洲를

席捲ᄒ야一時雄覇ᄒ며一則功成名遂ᄒ고一則身敗名裂ᄒ니其成敗는雖殊

ㅎ나絶世의大業은一이라然、同時에相見치못ㅎ니엇지不悲ㅎ리오今에此

柳를移植홈은足히生前에相見치못ㅎ든二雄의心을憾慰ㅎ겟도다

今에華盛頓으로써拿破侖에比較ㅎ면其境遇가不同홀뿐아니라其性質이亦

大異ㅎ도다拿破侖은風雲의機會를乘ㅎ고時勢의潮流를和ㅎ야己身의光榮

을希ㅎ며華盛頓은逆境에處ㅎ야國家를爲ㅎ야力을盡ㅎ고人民을爲ㅎ야心

을殫ㅎ야正義를遵ㅎ고公道를行ㅎ며拿破侖은事ㅣ不能홀것이無ㅎ다ㅎ는語

를服膺ㅎ야萬障을打破ㅎ고華盛頓은道가正義에在ㅎ다ㅎ는一語를服膺ㅎ야

一身을不顧ㅎ니東西古今에歷史를閱ㅎ건딕英雄이라稱ㅎ는者는非常의才學

贍識이必有홀뿐아니라其天眞이爛熳ㅎ야己를不欺ㅎ고人을不詐ㅎ야皇天

이愛ㅎ야操縱의力을予ㅎ고擧世ㅣ信ㅎ야經綸의任을委ㅎ니實、華盛頓이

其人이라其幼年엔原質이一凡品에不過ㅎ더니至誠으로써偉大의業을成ㅎ

니此로由ㅎ야觀ㅎ면剛毅決斷의才와忍耐克己의功으로由ㅎ도다

華盛頓의一生奇節이人口에膾炙혼者를足히贅陳홀비無ㅎ나其幼時에軼事

를玆에略述ㅎ노라一日은其父ㅣ一斧를與ㅎ니華盛頓이甚悅ㅎ야其鋒을試

코져ᄒ야庭中群木을斫ᄒ다가其父의愛ᄒᄂ바櫻桃樹를傷ᄒ니翌日에其父ㅣ見ᄒ고大怒ᄒ야華盛頓을呼ᄒ야問ᄒ되華盛頓이父의怒홈을見ᄒ고自念ᄒ되妄言으로人을欺ᄒ면先民의戒호비라致히隱諱치못ᄒ고父傍에跪ᄒ야其顚末을告ᄒ니其父ㅣ華盛頓의自諱치아니홈을見ᄒ고大奇ᄒ야曰我ㅣ櫻樹千本을失ᄒ지언졍汝의正直은毋失ᄒ라ᄒ고益愛ᄒ더라

巴基尼亞地에셔測量홀時에友人을伴ᄒ야河畔農家에셔留ᄒ더니一日은主家四齡童子ㅣ忽然히河에墜ᄒ지라其母ㅣ驚甚ᄒ야號泣ᄒ써늘其友ㅣ先往ᄒ야救코져ᄒ나河流ㅣ甚急ᄒ고惟嚴奇石이往往突出ᄒ야致히下救치못ᄒ더니華盛頓이解衣直入ᄒ되童子ㅣ忽沈忽浮ᄒ야力攫不得이라自思호되河深이二丈에不過ᄒ고童子를不救ᄒ면엇지其母를回見ᄒ리오乃水를飮ᄒ고礁에觸ᄒ야其兒를率救ᄒ니其母ㅣ華盛頓의手를携ᄒ고謝ᄒ야曰郎君此行은常人의能홀비아니라他日에皇天이眷佑ᄒ고萬民이感仰홀時가必有ᄒ리라ᄒ니時에年이才十八이러라

彼一生最完全ᄒ占은公正目的과純粹方法에在ᄒ니夫詭計ᄂ政治家의惡習

이라故로彼의外邦及國人을對待홈이公道에一出호고雖智計를用호나姦詭

엔不及호더라

彼ㅣ高位에屢登홈은皆世人이命호빈오自求혼바는아니라彼ㅣ自信力을務

호야其職을盡홀서國의利를謀호고身의利를不謀호눈지라故로纖毫影響이

라도其動作을反對호눈者ㅣ無호니其謙遜혼性質을可及지못홀깃도다且人

類를能히調和호야人으로호야금其光風을浴케호더라

彼美國의大業이皆恐懼中으로由호야幸福을得혼者라戰事를迄혼後에黨派

의爭이無己호딕能히善을取호고惡을捨호야其性質이後日政治家의大價値

를得호니宜乎人의信愛를受호리로다

後人이華盛頓의功業을思호야紀念碑를各州에立호딕華盛頓府에在혼者ㅣ

尤大호더라然其不朽의紀念은此에不在호며培爾嫩墳塋에不在호고今西半

球中에合衆國이란者눈何人의成立혼者뇨雖三尺童子라도能히知得호니其

紀念이엇지此에過호리오

隆熙二年三月印刷
隆熙二年四月發行

版權所有

華盛頓傳壹冊
定價金貳拾錢

譯述者　李海朝
校閱者　元泳義
發行者　高裕相
京城中部校洞二十九統加一戶
印刷所　右文館

皇城南部大廣橋三十七統四戶
發行元　滙東書館

分賣所
中部罷朝橋越邊中央書館南部尙洞博文書館
全　鐘路　大東書市西部南門外紫岩新舊書林
全　古今書海館　大邱刷還洞金璉鴻書舖

65

華盛頓傳

- 『화성돈전』

  이해조 역, 회동서관 발행, 1908.

여기서부터 영인본을 인쇄한 부분입니다. 이 부분부터 보시기 바랍니다.

손성준

성균관대학교 동아시아학술원을 졸업했고, 현재 같은 기관 교수로 재직 중이다. 주요 논저로 『대한자강회월보 편역집』(공역), 『투르게네프, 동아시아를 횡단하다』(공저), 『근대문학의 역학들-번역 주체·동아시아·식민지 제도』, 『완역 조양보』(공역), 『완역 태극학보』(공역), 『완역 서우』(공역), 『중역(重譯)한 영웅-근대전환기 한국의 서구영웅전 수용』, 『대한제국과 콜럼버스』, 『한국근현대번역문학사론-세계문학·동아시아· 중역』(공저) 등이 있다.

유석환

성균관대학교 동아시아학술원을 졸업했고, 현재 성균관대학교 대동문화연구원의 연구교수로 재직 중이다. 주요 논저로 「식민지시기 책시장의 동향과 지식·문학의 관계」, 「한국문학 및 독서문화사 연구의 새로운 미래를 향하여」, 「지식문화사의 근현대와 삼천리사의 출판활동」, 『완역 태극학보』(공역), 『완역 서우』(공역), 『이주홍일기』(공편), 『대한제국기 학술장의 조감도』(공저) 등이 있다.

근대계몽기 서양영웅전기 번역총서 10

화성돈전
: 미국의 독립 영웅 워싱턴 전기

2025년 4월 25일 초판 1쇄 펴냄

옮긴이 손성준·유석환
발행인 김흥국
발행처 보고사

책임편집 이순민
표지디자인 김규범

등록 1990년 12월 13일 제6-0429호
주소 경기도 파주시 회동길 337-15 보고사
전화 031-955-9797
팩스 02-922-6990
메일 bogosabooks@naver.com
http://www.bogosabooks.co.kr

ISBN 979-11-6587-843-6 94810
　　　 979-11-6587-833-7 (세트)
ⓒ 손성준·유석환, 2025

정가 16,000원
사전 동의 없는 무단 전재 및 복제를 금합니다.
잘못 만들어진 책은 바꾸어 드립니다.

이 책은 2018년 대한민국 교육부와 한국연구재단의 지원을 받아 수행된 연구임
(NRF-2018S1A6A3A01042723)